The truth behind your lies

Für Lennart

Hinweis:
Dieses Buch enthält Inhalte, die potenziell triggern könnten.
Falls du vor dem Lesen auf traumatische Reize
hingewiesen werden möchtest, findest du am Ende der Geschichte
eine Triggerwarnung.

1. Auflage 2023
© Ueberreuter Verlag GmbH, Berlin 2023
ISBN 978-3-7641-7134-6
Alle Rechte vorbehalten. Das Werk darf – auch teilweise –
nur mit Genehmigung des Verlages wiedergegeben werden.
Übereinstimmungen und Ähnlichkeiten mit lebenden Personen
oder Familien sind rein zufällig und nicht beabsichtigt
Dieses Werk wurde vermittelt durch
Paula Peretti Literarische Agentur, Köln.
Lektorat: Cassandra Müller
Umschlaggestaltung: Susanne Kopp
unter der Verwendung von Fotos von stocksy.com:
© Marcel, © Sergey Filimonov, © Javier Díez, © Anna Malgina,
© Guille Faingold
Druck und Bindung: CPI books GmbH
Satz: Greiner & Reichel, Köln
Gedruckt auf Papier aus geprüfter nachhaltiger Forstwirtschaft.
www.ueberreuter.de

SILKE HEIMES

THE TRUTH BEHIND YOUR LIES

#nofilter

ueberreuter

#1 JAN

Mister Isangs Barthaare vibrieren wie die Saiten eines Cellos. Ein leichter Wind kämmt das Fell der Maus mit spitzen Fingern. Ähnlich einem Erdmännchen auf Wachposten sitzt sie an der Ecke der Bank und späht auf die Gipfel der Berge. Fehlt nur noch, dass die Maus ihre Knopfaugen mit den Pfoten gegen die Sonne abschirmt, die seit dem Mittag auf der Bank vor der Hütte liegt und den Staub glänzen lässt.

»Isang.« Jan reibt die Fingerspitzen aneinander, um die Maus zu sich zu locken.

»Na komm schon.« Er schnalzt mit der Zunge.

Aber die Maus ist viel zu schlau. Sie weiß, dass Jan keinen Käse in der Hand hat. Es wundert ihn ohnehin, dass sie überhaupt noch Käse anrührt. Er hat keine Ahnung, wie lange sie mit dem winzigen Eckchen in der Lebendfalle gehockt hat, in die Jans Mutter sie gelockt und aus der Jan sie wieder befreit hat. Aber es kann kein schönes Erlebnis gewesen sein.

»Na komm.« Dieses Mal ködert Jan seinen Freund mit einem Stück echtem Schweizer Emmentaler, den er im Migros-Supermarkt gekauft hat, gleich nachdem er am Mittag in der Schweiz angekommen ist.

Vorsichtig greift Isang danach. Er ist mit seinen winzigen, filigranen Pfoten so geschickt, dass er Jans Meinung nach damit glatt Geige spielen könnte.

»Musst dir nix einbilden«, sagt Jan, während Isang vor sich hin knabbert. »Die Löcher haben die nicht extra für dich da reingebohrt.«

Isangs Ohren bewegen sich hin und her, als verstünde er jedes einzelne Wort.

Jan blickt zum Tschingel, auf dessen Spitze noch Schnee liegt, und hört das leise Plätschern des Seilibachs, der hinter der Hütte vorbeifließt. Er hofft, dass sein Onkel niemals herausfindet, was er hier treibt. Oder besser gesagt: herausfinden wird, was er getrieben haben wird. Futur II.

Vielleicht hat die Clique doch recht und er ist ein Nerd. Das Abi ist vorbei und er denkt an Futur II.

Er hält Mister Isang, dessen Fell in der Sonne rötlich schimmert, ein zweites Stück Käse hin. »Das hast du dir verdient. Du warst die ganze Fahrt über so brav.« Mit dem Zeigefinger streichelt er die Maus zwischen den Ohren und fährt ihr Rückgrat entlang. Mister Isang zuckt wohlig. Wenn Jan die Maus kitzelt, gluckst sie wie ein Baby.

Er nimmt sein Cello aus dem gefütterten schwarzen Koffer und klemmt es sich zwischen die Beine. Dort liegt es wie eine Verlängerung seines Körpers. Nicht unbedingt Stradivaris *Mara*, aber handgefertigt und exakt auf Jans Körpermaße und Bedürfnisse zugeschnitten.

»So, Mister Isang. Hör gut zu.« Jan setzt den Bogen an. Bachs *Suite No. 1* in g-Moll. Genau das Richtige, um seinen Emotionen freien Lauf zu lassen. Enthusiastisch streicht Jan über die Saiten, schwingt den Bogen im Sechzehnteltakt, bis er die Melodie abrupt abreißen lässt, um mit einem raschen Klangfarbenwechsel fortzufahren, sich die Tonleiter nach oben zu arbeiten und in einem alles erlösenden Akkord zu enden. Wie beim Orgasmus. Oder so wie Jan sich einen Orgasmus vorstellt. Mit einem Mädchen. Mit *dem* Mädchen! Sofort taucht ihr schmales Gesicht vor seinen Augen auf. Die blasse Haut, die über das ganze Gesicht gesprenkelten Sommersprossen, die roten Haare und ihre grünen Augen.

Jan lehnt den Rücken an die Hauswand und drückt die Daumen auf die Augen, bis sich ihre Gesichtszüge in wirbelnden Farbkreisen auflösen.

Er setzt den Bogen erneut an. »Wollen doch mal sehen, was der gute alte Bach sonst noch so zu bieten hat.«

Er spielt das Lieblingslied seines Vorbildes Isang David Enders, Namenspate seiner Maus und bester Bachinterpret aller Zeiten. Findet Jan jedenfalls.

Nachdem die letzten Töne der *Suite No. 5* verklungen sind, lässt Jan den Bogen sinken. Er blickt zu Isang. Aber die Maus sitzt nicht mehr auf der Bank.

Jan legt das Cello in den Koffer und klickt den Bogen in den Magnethalter. Er steht auf und blickt den Hang hinunter. Weit und breit keine Maus. Allerdings ist das von gelbem Klee durchzogene Gras so hoch, dass man darin nicht einmal eine Katze sehen würde. Irgendwo kreischt eine Eule. Jan läuft den Hang ein Stück nach unten und durchpflügt das Gras mit den Füßen.

»Isang!«

Wieder und wieder ruft er nach der Maus.

Schließlich stiefelt er den Hang wieder nach oben. Wie konnte er nur so dumm sein, Isang unbeobachtet aus dem Käfig zu lassen? Einen kleinen Mäuserich, der nicht weiß, was ein Falke ist, und keine Ahnung hat, wie man einer Schlange entkommt.

Als Jan gerade ein weiteres Mal nach seiner Maus rufen will, entdeckt er sie unter der Bank. »Mensch, Isang«, sagt er und merkt selbst, dass seine Stimme wie die eines Zehnjährigen klingt, wie immer, wenn er aufgeregt oder ängstlich ist. Aber Hauptsache, er hat Isang gefunden.

Die Maus wälzt sich auf dem Boden und fiept. Jan beugt sich zu ihr und streckt die Hand aus. Anders als sonst klettert Isang nicht sofort drauf, sondern reibt nur weiter den Rücken auf dem Boden. Obwohl Jan die Maus normalerweise in Ruhe lässt, wenn sie nicht kommen will, greift er jetzt nach ihr und setzt sie auf seine Handfläche. Er führt die Maus so nah ans Gesicht, dass ihre Schnurrhaare seine Nase kitzeln. Aber Isang dreht und windet sich, als versuche er, mit seiner Schnauze den eigenen Rücken zu erreichen.

»Was ist?« Jan fährt mit dem Finger die Wirbelsäule der Maus entlang, kann aber nichts Besonderes feststellen.

»Jetzt bekommst du erst einmal etwas Feines!« Jan setzt Isang auf die Baumwolle, die er extra für die Reise in den Käfig gelegt hat. Er zieht das bereits leicht weich gewordene Snickers aus der Seitentasche seiner Cargohose, bricht ein Stück ab und legt es Isang vor die Schnauze.

So wild Isang sonst auf alles ist, was nach Nüssen riecht, dieses Mal leckt er nur kurz an Jans klebrigen Fingern und gräbt sich dann so tief wie möglich in die Baumwolle.

Etwas ratlos schließt Jan die Tür des Käfigs, hebt ihn an und geht in die Hütte.

Im Flur stinkt es nach totem Waschbär. Der Gestank kommt vermutlich von dem Flickenteppich, an dessen Rand ein Fleck zu sehen ist. Dunkelrot wie von getrocknetem Blut. Oder kommt der Geruch von den schlammverkrusteten Gummistiefeln neben dem Teppich? Der Burberryjacke, die an der Garderobe mit den Hirschgeweihen hängt?

Jan ist jedenfalls froh, dem Mief zu entkommen.

In der Küche stellt er Isangs Käfig auf den Tisch. Unter einer Plexiglasplatte liegt eine Wanderkarte, auf der ein paar Wege rot markiert sind. Um den Tisch herum stehen sechs Stühle mit herzförmigen Löchern in den Lehnen. Die Sitze sind mit grünem Stoff bezogen, auf dem Hirsche herumspringen, die sich auch auf den Vorhängen wiederfinden. Jan stöhnt. Irgendwie hat er die Hütte anders in Erinnerung. Zumindest die Küchenschränke sind weiß und ohne Alpenflair.

Er lässt sich auf einen der Stühle fallen, der bequemer ist, als er aussieht, und schiebt Isangs Käfig zur Seite, um die unmittelbare Umgebung der Hütte auf der Karte zu studieren.

»Der Tschingel, siehst du?« Jan schiebt den Käfig noch ein Stück zur Seite, um auch das Kleine Wellhorn und das Chaltenbrunner Moor zu sehen. Mitten im Nirgendwo hat jemand drei rote Kreuze auf die Karte gemalt. Vielleicht Hochsitze oder sonst etwas für die Jagd.

Das Quietschen des Laufrades reißt Jan aus seinen Gedanken. Erleichtert, dass mit Isang doch alles in Ordnung zu sein scheint, blickt er hoch und sieht gerade noch, wie es die Maus aus dem Laufrad schleudert.

»Oh Mann.« Jan öffnet den Käfig und nimmt Isang heraus. »Was ist nur mit dir los?« Nachdenklich betrachtet er Isang. Er kann aber erneut nichts Ungewöhnliches feststellen und setzt die Maus wieder in den Käfig.

»Tut mir leid, dass ich jetzt nicht mit dir spielen kann, Kumpel«, sagt er. »Aber ich muss echt loslegen.«

In diesem Augenblick steigt ein stechender Geruch aus dem Käfig in seine Nase. Fast so schlimm wie der Gestank im Flur. Jan hat keine Ahnung, was das ist, zumal er die Streu auf der Fahrt gewechselt hat. Aber der Gestank ist unerträglich. Entschlossen greift er nach dem Käfig und trägt ihn vor die Hütte. Er zieht das angebrochene Snickers aus der Tasche und bricht es in der Mitte durch. Die eine Hälfte schiebt er durch die Gitterstäbe, die andere steckt er sich selbst in den Mund. Dann geht er zurück in die Küche.

Okay, der Tisch sollte auf jeden Fall zentral zu sehen sein. Da die Kameras eine Weite von zehn Metern und einen Winkel von hundertfünfzig Grad abdecken, dürfte die Deckenlampe das beste Versteck sein. Überdies lässt sich der Magnet sicher leicht an das Metall der Lampenhalterung klicken. Natürlich wäre das auch der erste Ort, an dem man eine Kamera vermuten würde, aber die Dinger sind gerade einmal so groß wie eine Walnuss, und wenn man nicht darauf achtet, entdeckt man sie nicht.

»Was meinst du, Mister Isang, sollen wir …?« Jan bricht ab. Peinlich genug, sich mit einer Maus zu unterhalten, aber mit einer, die gar nicht im Zimmer ist?

Nachdem er die Kamera in der Deckenlampe installiert hat, geht er in den Flur und öffnet die Tür zur Toilette. Die Wände sind grün, von der Decke baumelt eine Glühbirne, das Toilettenpapier liegt auf dem Boden, in der Ecke steht eine abgenutzte Klobürste. Die Toilette ist so winzig, dass man sich beim Sitzen die Knie an der Tür stößt. Nichts, wo man eine Kamera verstecken könnte. Aber egal. Dann installiert er eben nur im Badezimmer im ersten Stock eine, lohnt sich wahrscheinlich ohnehin mehr.

Er geht ins Wohnzimmer. Gegenüber der Tür befindet sich ein offener Kamin, neben dem ein gefährlich aussehender Schürhaken und eine riesige Greifzange hängen. Vor dem Kamin steht ein geblümtes Sofa, das von zwei Sesseln flankiert wird. Dahinter prangt ein Ölgemälde, das schon ganz rissig ist. Eine Jagdszene. Klar. In einer Ecke des Wohnzimmers steht ein Schaukelstuhl, auf dem Beistelltisch liegt ein Buch über Pflanzenkunde.

Jan installiert eine Kamera in der Halbschalenlampe über dem Kamin und eine an der Wand neben dem Schaukelstuhl auf dem Podest des ausgestopften Marders. Nur gut, dass er die selbst klebenden Magnethalter noch gekauft hat, sonst hätte er jetzt ein Problem, da an dem Marder nichts Metallisches ist.

Er verlässt das Wohnzimmer und stößt die dritte Tür auf, die direkt neben der Treppe liegt und in das kleinste der insgesamt drei Schlafzimmer führt. In ihm befindet sich ein französisches Bett, das zu beiden Seiten einen schmalen Gang von etwa zwanzig Zentimetern frei lässt. Die Wände sind in einem unnatürlichen Himmelblau gestrichen und über dem Kopfende des Bettes hängt ein weiteres Ölgemälde. Diesmal ein Fasan. An der Decke in der Mitte des Zimmers befindet sich ein Kristalllüster. So seltsam er sich in der Hütte ausnimmt, so perfekt eignet er sich als Versteck für die Kamera.

Jan streift seine Vans ab und klettert aufs Bett, dessen Matratze dermaßen durchhängt, dass er beinahe runterfällt.

Als er sich nach dem Kristalllüster streckt, fehlen ihm schlappe zehn Zentimeter. Also steigt er auf das wackelige Bettgestell, von dem aus er es gerade so schafft. Mit einem satten Klicken haftet der Magnet an der Lampe. Na bitte! Bleibt zu hoffen, dass die Internetverbindung wirklich so stabil ist, wie gedacht.

Jan springt vom Bett, schlüpft in seine Schuhe und steigt die Stufen in den ersten Stock hoch. In dem Zimmer, das der Treppe gegenüberliegt, sind die Wände in einem seltsamen Beige gestrichen. Das Bett ist zwei mal zwei Meter groß und hat einen soliden Holzrahmen mit geschnitzten Ornamenten. Hirsche. Klar. Aber das Schärfste ist das Geweih über dem Kopfende. Nicht nur das Geweih, sondern gleich noch der Kopf dazu. Er wirkt so echt, dass Jan das Gefühl hat, der Hirsch glotze ihn direkt an.

Nachdem er sich vom ersten Schreck erholt hat, schmeißt er sich aufs Bett und lacht, während er den Hirsch, dessen Schnauze so feucht ist, dass er unmöglich tot sein kann, noch eine Weile im Blick behält.

Schließlich rollt er sich auf den Bauch, stützt das Kinn in die Hände und sieht aus dem Fenster. Auf die Berge. »Hier lässt es sich aushalten, was? Obwohl …« Er blickt zum Hirsch. »Big deer is watching you.«

Auch in diesem Zimmer muss Jan aufs Bettgestell klettern, um die Kamera hinter dem Geweih zu positionieren. Mit den sagenhaften Klebestreifen, die … Vor der Hütte ertönt ein Scheppern. Jan hält wie eingefroren inne.

Es scheppert erneut.

Was ist das? Der Deckel einer Tonne? Jan erinnert sich nicht, ob die Mülltonnen aus Metall sind.

Er rast die Stufen nach unten, bremst im Flur kurz ab, strafft die Schultern und tritt vor die Hütte.

Die Sonne steht bereits so tief, dass er zunächst kaum etwas erkennt. Erst als er die Augen mit der Hand abschirmt, sieht er den Schotterweg. Alles sieht so aus, wie er es kurz zuvor zurückgelassen hat. Der verbeulte grüne Toyota steht genau da, wo Jan ihn abgestellt hat, Isangs Käfig steht noch auf dem Tisch und der Cellokoffer lehnt an der Bank.

Jan geht seitlich an der Hütte entlang. Er muss sich nah an der Hüttenwand halten. Nur wenige Zentimeter zu seiner Linken geht es steil in die Tiefe, von der ihn lediglich eine bröckelig aussehende Abbruchkante trennt.

Der Weg zum Schuppen wird von einer Brombeerhecke und ihren Ranken überwuchert. Jan schiebt eine der Ranken zur Seite, lässt sie aber schnell wieder los. Wahrscheinlich war es ohnehin nur ein Waschbär, der die Mülltonne umgeworfen hat.

Auch auf dem Rückweg hält er sich eng an der Hüttenwand. Auf halber Strecke stolpert er allerdings und knallt aufs Knie.

Puh! Das war knapp. Mit angehaltenem Atem blickt Jan in die Tiefe. Bestimmt zwanzig Meter bis zum Boden. Nichts, woran man sich festhalten kann. Nichts, was den Fall bremst. Da ist ein angeschlagenes Knie eine Kleinigkeit. Sein rechter Handballen brennt allerdings ziemlich heftig. Jan wischt die Steinchen von der Haut und begutachtet die Verletzung. Nur oberflächlich. Glück gehabt. Nichts, was ihn am Cellospielen oder seiner Mission hindert.

Als er vor der Hütte ankommt, klingelt sein Handy. Bis er es jedoch aus seinem Rucksack geholt hat, ist es verstummt.

Die Anrufliste zeigt einen verpassten Anruf seiner Mutter. Uff! Besser so. Wenn er jetzt mit ihr reden müsste, wäre das … Aber da kommt bereits eine Nachricht von ihr an: *Hoffe, du bist gut in Budapest angekommen. Wünsche euch ein perfektes Auftaktkonzert.*

#2 EMMY

»Autsch.« Emmy reibt sich die Stirn. Jetzt ist sie schon zum dritten Mal an diesem Abend gegen den Deckenbalken in Rods Dachwohnung gestoßen.

»Was ist?« Rod streckt den Kopf zur Badezimmertür heraus, die Augenbrauen hochgezogen. Sein muskulöser Oberkörper glänzt im Deckenlicht, um die Hüften hat er ein Handtuch geschlungen, dessen Knoten kurz davor ist aufzugehen.

Emmy reibt sich noch immer die Stirn. »Das gibt eine echt fette Beule.«

»Im Gefrierfach sind Coolpacks.« Das Handtuch rutscht. Rod bedeckt seinen Schritt mit der Hand.

Emmy lacht. »Da ist nichts, was ich nicht schon ein paarmal gesehen habe.« Sie öffnet das Gefrierfach. »Hier sind keine Coolpacks.«

Rod ist schon wieder im Badezimmer. »Das Eis. Mist! Vanille. Stimmts? Kann ich noch holen. Oder? Ich meine …« Dann folgt erst mal nichts.

Normalerweise findet Emmy Rods Marotte, Sätze anzufangen und nicht zu beenden, ganz charmant, aber jetzt will sie einfach was Kaltes für ihre Stirn. »Rod?« Sie schließt die Kühlschranktür, in der die Flaschen fürs Abendessen klirren.

»Ach ja. Warte. Die Coolpacks hab ich rausgetan. Sind unten bei Mum. Soll ich sie holen?«

»Wenn du fertig bist, gerne.« Emmy reibt sich ein letztes Mal die Stirn, dann zieht sie den Topf mit dem Reis vom Herd. Hoffentlich kann sie die Beule später überschminken. Die vorerst letzten Fotos für ihren Blog sollen natürlich top werden. Wie das Sushi auch.

Emmy knetet den Reis. Das stand so in dem Rezept. Auch wenn sie nicht weiß, ob das wirklich nötig ist, hält sie sich an die Anweisung. Daran soll das Essen schließlich nicht scheitern.

Der Reis fühlt sich schleimig an, klebrig. Angeblich der beste Reis für Sushi. Sie werden sehen. Emmy sollte aufhören, sich selbst immer so zu stressen. Aber sie macht echt drei Kreuze, wenn sie endlich im Zug sitzen.

So! Genug geknetet, gewalkt oder wie immer man das nennen mag. Sie begutachtet den Reis. Ganz weiß ist er noch immer nicht, obwohl sie ihn vor dem Kochen dreimal gewaschen hat. Ob das mit dem krebserregenden Arsen zusammenhängt? Das sich im Reis ja angeblich nicht ganz vermeiden lässt, aber im Basmatireis so gut wie nicht vorhanden sein soll.

Vielleicht hat die Farbe auch mit was anderem zu tun. Manchmal weiß Emmy echt nicht mehr, was sie noch guten Gewissens in dem Blog empfehlen kann. Lieber Biogurken in Plastik eingeschweißt oder doch eher unverpackte Standardware? Milch von Demeter-Kühen aus der Region oder pflanzliche Sojamilch aus Brasilien? Emmy seufzt. Sie und Flo haben den Blog extra *back to nature* genannt. Aber manchmal hat sie das Gefühl, dass sie gar nicht weiß, wie man sich am besten auf die Natur besinnt. Außerdem weiß sie nicht, ob der Blog wirklich das ist, was sie in Zukunft machen will. Am liebsten würde sie ja einen Roman schreiben. Mit sieben hatte sie die Idee, ein Jahr im Wald zu leben und darüber zu schreiben. Aber was weiß man mit sieben schon vom Schreiben? Vom Wald? Und davon, wie lang ein Jahr ist?

In den letzten Tagen hat Emmy sich manchmal vorgestellt, wie es wäre, allein in die Hütte in den Schweizer Bergen zu fahren. Nur sie, ihr Notizbuch und die Stille und Einsamkeit der Berge. Ein überwältigender Gedanke, der ihr fast die Tränen in die Augen treibt.

Emmy nimmt ihr Handy und startet die Aufnahmefunktion: »*Ein optimal zubereiteter Reis ist das A und O für dein Sushi. Klebt der Reis nicht, hast du ein Problem.*«

Sie stoppt die Aufnahme. Nein, so geht das nicht. Viel zu oberlehrerinnenhaft. Sie startet noch mal: »*Du kannst es dir selbst ein wenig leichter machen, indem du Reis nimmst, der besonders gut klebt.*«

»Wer klebt gut?« Rod kommt in frischen Klamotten aus dem Bad. Emmy hat sich noch immer nicht an seine raspelkurzen Haare gewöhnt. Aber Rod haben seine Locken genervt. Falsch. Die Locken mochte er. Nur die Leute nicht, die ungefragt reingefasst haben. Seit ihrer Beziehung mit Rod weiß Emmy, dass nicht nur Frauen mit dem Problem zu kämpfen haben. Auch wenn große Männer deswegen seltener angegrapscht werden.

Rod drückt ihr einen Kuss in den Nacken. Dann beugt er sich über die Spüle und kippt das Dachfenster. Ohne sich am Deckenbalken zu stoßen. Obwohl er einen Meter neunzig ist und Emmy nur einen Meter achtzig! Okay, ist auch seine Wohnung.

»Für was ist der denn?« Amüsiert zeigt Rod auf den Fächer mit den Kirschblüten und den chinesischen Schriftzeichen, den Emmy am Vortag noch kurz vor Ladenschluss im Asia Markt ergattert hat.

»Damit fächelt man den Reis, um ihn abzukühlen.«

»Echt jetzt?« Ein amüsierter Zug liegt um Rods Mund.

»Föhnen geht auch«, sagt Emmy.

Rod schüttelt ungläubig den Kopf. »Du verarschst mich doch.« Er greift nach einem Stück Lachs.

»Nicht.« Spielerisch schlägt Emmy ihm auf die Finger. »Den brauchen wir.«

»Jeden einzelnen Streifen?« Rod setzt diesen Welpenblick auf, dem Emmy nur schwer widerstehen kann.

Aber heute geht es um die Fotos für den Blog. Deswegen sagt Emmy versöhnlich: »Nach der Fotosession.« Sie legt ihren Kopf an Rods Brust und atmet seufzend ein. »Scheiße riechst du gut.«

»Nur Nivea.«

»Ich weiß.«

Rod streicht über Emmys Stirn. »Alles o. k.?«

»Ich will halt, dass das Sushi gut wird.«

»Weiß ich doch.« Rod vergräbt seine Nase in Emmys Locken und atmet ebenfalls seufzend ein. Das hat er von ihr. Wie sie das mit den Küssen auf die Nasenwurzel von ihm hat. *Persönliches Erkennungszeichen* hat er es genannt und Emmy hat es tatsächlich noch bei keinem anderen Paar gesehen.

»Weißt du, wenn wir den Blog nach dem Urlaub …«

»Genau! Nach dem Urlaub«, sagt Rod.

»Ich muss einfach professioneller werden, wenn ich das weitermachen will. Ich habe viel zu viel Essig in den Reis geschüttet.«

»Das sieht man auf den Fotos doch nicht.« Rod fährt mit dem Daumen über Emmys Lippen. »Und wenn du den Reis erst mal gefächelt hast.« Er grinst und küsst sie. »Stress dich nicht so. Du machst das prima.« Er hebt sie hoch und trägt sie zum Sofa.

»Nicht, Rod, bitte.«

»Nur ganz kurz?«

»Flo und Jens kommen gleich.«

»Ganz schnell?«

Emmy schüttelt den Kopf, auch wenn sie sich selbst dafür nicht besonders mag. Sie wäre auch gerne lockerer. Nicht immer so perfektionistisch. Sie überlegt, sich zu entschuldigen und Rod zu sagen, dass es auch wieder anders wird. Aber nicht mal das kann sie ihm versprechen. Denn es liegt ja nicht nur an ihrem Perfektionismus. »Hör zu ...«

Rod legt ihr einen Finger auf die Lippen. »Schon okay. Wirklich.« Er küsst sie auf die Nasenwurzel. »Kann ich dir helfen?«

Emmy nickt und schüttelt dann den Kopf. Das ist ja Teil des Problems. Dass sie selbst nicht mehr weiß, was helfen könnte.

Doch in diesem Augenblick klingelt es und Rod geht zur Tür und drückt den Öffner. Auf der Treppe sind Schritte zu hören und kurz darauf wirbelt Flo ins Zimmer, gefolgt von Jens, der in der einen Hand eine Flasche Sekt und in der anderen Flos Kamera hält.

Flo schreitet an den Tellern auf der Küchenanrichte entlang, auf denen Emmy bereits Gurken, Karotten, Avocado, Paprika und Lachs arrangiert hat.

»Uih, mega. Und alles in Streifen.« Flo drückt Emmy einen Kuss auf die Wange. »Das werden supergute Fotos. Bei den Farben.« Mit einer schnellen Bewegung steckt sie sich einen Streifen Lachs in den Mund.

»Mensch, Flo, lass das! Wir brauchen die Sachen echt für die Fotos.«

»Du bist die Beste«, sagt Flo ganz einfach und gibt Emmy noch einen Kuss. Ihre Lippen sind vom Lachs ein wenig fettig und Emmy wischt sich über die Wange. Die Fotos!

»Ich leg die Kamera auf den Tisch, okay?«, fragt Jens.
Flo nickt.
»Und den Sekt stell ich in den Kühlschrank?«, fragt er.
Flo nickt ein weiteres Mal.
Emmy würde Jens' Unterwürfigkeit nerven, wenn sie seine Freundin wäre, das gescheitelte Haar und die immer korrekte Kleidung. Aber Flo scheint das alles nicht zu stören.
»Ihr müsst jetzt mal für 'ne halbe Stunde verschwinden, Jungs. Wir brauchen den Tisch für die Fotos und …« Flo macht eine Handbewegung, als verscheuche sie Hühner. »Ruhe. Absolute Ruhe und Konzentration. Ihr versteht?« Sie lacht.
Wenn Emmy das gesagt hätte, hätte es sicher wieder Stress gegeben. Aber Flo verzeiht man das. Sie ist halt so. Klein, schnell und resolut.
»Wir holen dann mal das Eis«, sagt Rod. »Muss das auch mit auf die Fotos? Vielleicht mit Himbeersoße? Wegen der Farbe?« Er schlägt sich gegen die Stirn. »Ach und die Coolpacks! Sorry.«
Jens tippt Rod auf die Schulter. »Wir sollten gehen. Emmy wirkt schon etwas angepisst.«
Typisch. Irgendwie landet der Schwarze Peter immer bei ihr. Dabei hat Flo die beiden quasi rausgeworfen und sagt jetzt auch noch kackfrech: »Bye, bye.«
»Musik für euch?« Rod greift nach seinem Handy. »*Fire?*«
Schon erklingen die ersten Takte und Rod beginnt zu singen, bevor Barns die Gelegenheit dazu hat. Nur dass Rod leider keinen einzigen Ton trifft. Dafür singt er umso lauter: »*Lonely shadows following me.*«
»Dein Einsatz war mal wieder viel zu früh.« Jens grinst anzüglich, packt Rod am Ärmel und zieht ihn aus der Wohnung.

»Haben die überhaupt Geld dabei?«, fragt Emmy.

Flo verdreht die Augen. »Kennst doch Jens. Der hat seine Kreditkarte immer parat.« Sie nimmt eine Bambusmatte, legt ein Noriblatt darauf, schaufelt eine Handvoll Reis oben drauf und garniert das Ganze mit Gurkensticks und Lachsstreifen. Sie betrachtet ihr Kunstwerk. »Perfekt«, sagt sie dann und Emmy beneidet Flo mal wieder darum, dass sie nicht lange fackelt, sondern einfach macht. Allerdings redet sie auch nicht gerne über Probleme. Aber Emmy muss mit ihr reden. Am besten sofort. Damit sie die Sache aus dem Kopf bekommt. »Flo?«

»Hm?«

»Können wir noch mal über das Sponsoring durch Kooperationen für den Blog sprechen?«

Flo stöhnt und verdreht ihre blauen Augen.

»Bitte. Ich fühl mich dabei echt unwohl. Die Ortovox-Jacke ist schweineteuer. Merinowolle! Und was ist, wenn die Schuhe unbequem sind? Müssen wir dann trotzdem schreiben, wie super wir die finden? Und dass der Rucksack praktisch ist, obwohl die vielen Schnallen nerven?« Emmy hat so schnell geredet, dass sie erst mal Luft holen muss. Sie wartet darauf, dass Flo etwas sagt, aber die rollt nur weiter ihre Algenblätter. Aber das wenigstens so, wie Emmy es ihr gezeigt hat.

Emmy quetscht einen Reisklumpen zwischen ihren Fingern hindurch. Wahrscheinlich nicht besonders hygienisch, aber, hey, Rod würde sagen, dass man das auf den Fotos ohnehin nicht sieht.

»Die haben doch gesagt, dass wir uns bei den Bewertungen total frei fühlen sollen«, sagt Flo schließlich und zuckt mit den Schultern. »Also mach dir keinen Kopf.«

»Aber wir machen uns abhängig! Darum geht es doch bei Kooperationen, oder nicht? Man wird beeinflussbar.«

Flo hört auf zu rollen. »Ist das nicht immer so? Meine Mutter muss in ihrer Marketingagentur doch auch springen, wie die Kunden das wollen.« Flo schiebt energisch die Ärmel ihres pinken Hoodies nach oben.

»Mag sein, aber ...«

»Außerdem kann man doch immer auch Nein sagen.« Ärmel runter.

»Wenn das so einfach wäre.«

»Ist es.« Ärmel wieder hoch.

Dieses *Ärmel hoch und runter* nervt Emmy, aber sie weiß, dass Flo das nur macht, wenn sie nervös ist. Was wiederum ein gutes Zeichen ist, weil es bedeutet, dass Flo die Sache ernst nimmt.

In diesem Augenblick klingelt Emmys Handy, das neben dem Kühlschrank liegt. Flo, die näher dran ist, schielt aufs Display. »Ann.« Sie nimmt das Handy und hält es Emmy hin.

Emmy senkt den Blick und starrt auf Flos schwarze Chucks mit den weißen Häschen, als stünde dort eine Regieanweisung.

»Willst du nicht rangehen?« Flo hält Emmy noch immer das Handy hin.

»Schon, aber ...«

»Scheißsituation?«

Emmy nickt. Nickt und nickt. Wie so ein Scheißwackeldackel auf der Hutablage im Auto.

#3 JAN

Die Schotterstraße windet sich in Serpentinen den Hang hinab. Immer wieder kreuzt sie den Seilibach, der im Sommer ganz harmlos vor sich hin plätschert, bei der Schneeschmelze im Frühjahr allerdings leicht mal über die Ufer treten und die Straße überfluten kann. Unaufhörlich schlagen Steine von unten gegen den Wagen und alle hundert Meter muss Jan ein Schlagloch umfahren. Oder mitten durch. Er umklammert das Lenkrad, seine Hände sind vor Anspannung ganz feucht. Hinter der nächsten Spitzkehre liegt ein Ast quer auf der Fahrbahn. Jan muss voll in die Bremsen treten. Der Motor stottert und erstirbt. Der Wagen kommt knapp vor dem Ast zum Stehen. Jan zittert am ganzen Körper. Er blickt zu Isang, dessen Käfig gegen das Armaturenbrett gerutscht ist. »Alles okay, Kumpel?« Sogar seine Stimme zittert. Er schiebt den Käfig zurück auf den Sitz, atmet tief ein, gibt sich einen Ruck und steigt aus.

Der Ast stammt von einer Fichte und ist schwerer, als er aussieht. Jans Füße finden kaum Halt auf dem Schotter und sein aufgeschürfter Handballen brennt höllisch. Zentimeter für Zentimeter zieht er den Ast von der Straße, steigt wieder ein, schnallt sich und den Käfig fest und fährt los.

Er versucht, sich die Windungen des Weges so gut wie möglich einzuprägen. Auch wenn er nicht vorhat, die Strecke im Dunkeln zu fahren, weiß man schließlich nie.

Nachdem Jan den Wald verlassen hat, wird es schlagartig heller. Er passiert Wiesen und Äcker mit braun gefleckten Kühen, um deren Hälse dicke Glocken hängen. Es riecht nach frisch gemähtem Gras und Jan summt *Strawberry Fields forever* von den Beatles vor sich hin. Das Zusammenspiel von Cello und Gitarre in diesem Lied fasziniert ihn. Außerdem liebt er die Zeile: »*It's getting hard to be someone.*« Genau, verdammt schwer, jemand zu sein.

Die Schattenhalb sieht aus, als habe ein Riese mal eben ein paar Häuser auf ein paar Hügel geworfen. Die Straßen weisen keinerlei Systematik auf und Jan muss den Ort zweimal abfahren, bevor er die Pension in einer Sackgasse entdeckt. *Ufem Egg* steht auf einem verwitterten windschiefen Schild. Auf dem Parkplatz steht ein roter VW Bus mit deutschem sowie ein blauer Land Rover mit Züricher Kennzeichen. Jan stellt seinen grünen Toyota neben den Land Rover.

Auf der angrenzenden Wiese grasen Schafe. Auch sie tragen Glöckchen. Kleiner und heller als die der Kühe. Jan grinst darüber, dass in der Schweiz nicht nur die Kühe, sondern auch die Schafe Glöckchen haben.

Leider riecht es kein bisschen mehr nach frisch gemähtem Gras, sondern vielmehr nach frisch ausgefahrener Gülle, und Jan kurbelt schnell das Fenster nach oben.

Als sein Blick auf Isang fällt, schlägt er sich gegen die Stirn. »Mist. Ich habe bei der Anmeldung vergessen zu sagen, dass du dabei bist.«

Isang wühlt in der Baumwolle. Jan macht sich noch immer Sorgen, ob mit ihm auch wirklich alles in Ordnung ist. Keinesfalls möchte er die Maus über Nacht allein im Wagen lassen.

»Wir warten, bis es dunkel ist, okay? Dann schmuggle ich dich rein«, sagt er, als es plötzlich an der Seitenscheibe klopft und ein Mädchen mit pinken und grünen Haarsträhnen durchs Fenster blickt.

Als Jan die Fahrertür öffnet, rutscht ihm der Griff aus der Hand, die Tür schwingt auf und knallt in die Angeln. Das Mädchen kann gerade noch rechtzeitig zur Seite springen. Jan spürt, wie ihm das Blut ins Gesicht schießt.

»Ganz schö' wild.« Das Mädchen lächelt. Es hat Grübchen in den Wangen.

»Jan, oder? Ich bin d' Maira.« Sie hebt die Hand zum Gruß und streicht sich eine pinke Strähne aus dem Gesicht.

»Kannst drüben parkiere?« Sie zeigt ans andere Ende des Platzes. »Morgen kommen die Bauarbeiter.«

»Da drüben parken?« Jan ist sich nicht sicher, ob er sie richtig verstanden hat.

Doch da beugt Maira sich zu ihm ins Auto und zeigt auf Isang. »Jöh, is die härzig.«

Maira riecht leicht nach Aprikose. Entweder ist es ihre Haut oder es sind die Haare oder …

»Mister Isang«, stellt Jan die Maus vor. »Ich hatte vergessen zu sagen, dass …«

Maira beugt sich noch weiter ins Auto, um den Käfig zu erreichen und die Maus zu streicheln. Als ihre Brust Jans Wange streift, glüht sein Gesicht noch heftiger. Doch so weit Maira sich auch streckt, sie erreicht den Käfig nicht und richtet sich schließlich wieder auf, wobei sie sich eine grüne Haarsträhne aus dem Gesicht streicht. »Mir haben Chüngle«, sagt sie.

Jan nickt. Er hat nicht vor zu fragen, was Chüngle sind. Nicht, solange sein Gesicht dermaßen glüht. Solange sein Gesicht so leuchtet, wird er gar nicht …

Doch da übersetzt Maira das Wort schon. »Hasen«, sagt sie lächelnd und wieder erscheinen diese Grübchen in ihren Wangen.

»Soll ich Bärndütsch rede?«, fragt sie, als habe sie gerade erst bemerkt, dass Jan ein klitzekleines Problem mit ihrem Dialekt hat.

Er nickt dankbar, um beim nächsten Satz festzustellen, dass dieses Bärndütsch genauso klingt wie das, was Maira zuvor gesprochen hat.

In diesem Moment klopft Maira salopp aufs Autodach und verschwindet in Richtung Haus.

#4 EMMY

»Nimm mich mit, bitte!« Mike liegt auf Emmys Bett, die Hände flehentlich in ihre Richtung gereckt.

»Hör schon auf.« Emmy sitzt aufrecht am Schreibtisch und zieht konzentriert ein elfenbeinfarbenes Falzmesser über ein rotes Blatt Papier.

»Es ist wichtig! Bitte. Sonst werde ich ... Ich werde ganz sicher ...«

Aus den Augenwinkeln sieht Emmy, wie ihr kleiner Bruder die Zunge herausstreckt und schielt. »Mike!« Emmy bemüht sich um einen strengen Tonfall, auch wenn sie kurz davor ist zu lachen. Hoffentlich sieht Mike das nicht an ihren leicht bebenden Schultern, sonst nutzt er das sofort aus. »Du kannst nicht mit«, sagt sie ernst und faltet das Papier erst der Länge und dann der Breite nach. Wieder zieht sie das Falzmesser über die Kanten. »Aus dem einfachen Grund, dass du weder zur Clique gehörst noch Abi gemacht hast.«

Mike seufzt und angelt sich einen von Emmys neuen kanariengelben Wanderschuhen. »Du weißt aber schon, dass die total scheiße aussehen?« Er lässt den Schuh am Schnürsenkel hin und her baumeln. Emmy faltet das Papier erst in die eine und dann in die andere Diagonale.

»Ich meine, klar, spart die Signalpistole. Aber mal ehrlich …« Er nickt mit dem Kinn in Richtung des ebenfalls neuen türkisfarbenen Rucksacks. »Wie kann man der Natur so was antun? Menschen mit diesen Farben auf sie loslassen?« Mike pendelt den Schuh noch mal hin und her, dann lässt er ihn los. Der Schuh knallt gegen die Balkontür und rutscht zu Boden.

»Mensch, Mike!« Emmy merkt, dass sie viel angepisster klingt, als es angemessen wäre. »Sorry, aber …« Sie zuckt mit den Schultern, weil ihr nichts weiter dazu einfällt. Dann faltet sie das Papier ein weiteres Mal, sodass es wie ein zusammengepresstes Quadrat aussieht.

»Der wievielte Kranich ist das? Numero tausend?« Ihr Bruder sieht zur Decke, wo Kraniche in allen Farben und Größen an beinahe unsichtbaren Fäden hängen und durch den Raum zu schweben scheinen.

»Basteln beruhigt mich halt«, sagt Emmy.

Mike rafft sämtliche Kissen zusammen, die auf Emmys Bett zu finden sind, und stapelt sie zu einem Turm. Er verpasst dem obersten Kissen in der Mitte einen Handkantenschlag und legt seinen Kopf zufrieden grinsend darauf, die Arme hinter dem Kopf verschränkt. »Ich hab das noch immer nicht kapiert«, sagt er. »Was ist, wenn dir die Schuhe nicht gefallen?«

Emmy versteht erst, was ihr Bruder meint, als er ein Paar Socken auf den Wanderschuh pfeffert, der an der Balkontür liegt.

»Ich meine, wenn die total kacke sind und voll unbequem? Musst du dann trotzdem schreiben, dass sie super sind? Nur weil du die umsonst bekommen hast?«

»Problem erkannt.« Emmy seufzt.

»Ich würde mich für so was ja nicht hergeben.«

»Dir bietet so was ja auch niemand an.«

Mike pustet in Richtung der Kraniche, als seien sie Teil eines Mobiles. Da sie aber bestimmt einen halben Meter über seinem Kopf schweben, bewirkt sein Pusten gar nichts. Trotzdem pustet er ein weiteres Mal, bevor er leise sagt: »Ich könnte doch wenigstens für ein oder zwei Tage kommen.«

Emmy dreht sich um und blickt ihrem Bruder fest in die Augen. »Er ist nicht dabei.« Zur Sicherheit wiederholt sie es: »Er. Ist. Nicht. Dabei.« Doch kaum dass sie zu Ende gesprochen hat, tut es ihr schon leid, einen so schroffen Ton an den Tag gelegt zu haben. Mike sieht kein bisschen aufmüpfig mehr aus, sondern eher traurig und verloren. Kurz ist Emmy versucht, zu ihm zu gehen, ihn in die Arme zu ziehen und ihm einen Kuss auf seine rotblonden Haare zu drücken. Aber dann beschränkt sie sich darauf, einfach nur zu fragen: »Warum er?«

Mike zuckt hilflos mit den Schultern. Dann zieht er den rot-weiß gestreiften Kater, der gerade ins Zimmer getigert ist, an sich und drückt ihn so fest, dass er erschrocken maunzt.

»Er spielt Cello!«, sagt Emmy, als handele es sich dabei um eine Krankheit.

»Na und?«, sagt Mike trotzig.

»Bei deinen Gitarrenriffs kann doch kein Cello mithalten.« Emmy bemüht sich um ein Lächeln. Sie steht auf und setzt sich zu ihrem Bruder. »Du bist gut. Du bist in einer tollen Band. Ihr habt

Auftritte. Du, du …« Emmy kramt in ihrem Gehirn nach etwas, das ihren Bruder trösten könnte. Dabei weiß sie ganz genau, dass es das nicht gibt. Schließlich sagt sie lahm: »Cello und Gitarre, das passt doch gar nicht.«

»Coldplay, Nirvana, One republic. Die mixen alle Pop und Klassik«, sagt Mike. »Seit Jahrzehnten! *Eleanor Rigby* und *Strawberry Fields forever*. Songs von den Beatles. Falls dir das was sagt. Da spielen auch Gitarre und Cello zusammen.« Mike blickt sie flehend an.

Emmy hat keine Ahnung, was sie sagen soll.

»Ich war auf einem seiner Konzerte«, sagt Mike nach einer ganzen Weile und zeigt auf das Datum, das er sich jeden Morgen von Neuem auf den Unterarm schreibt, weil ihre Mutter ihm kein Tattoo erlaubt. Die Bedeutung hat er bisher vor Emmy geheim gehalten.

»Oh. Die Zahlen stehen für den Konzertabend im April? Wo du mit Mama und Papa warst? Aber hast du da überhaupt mit ihm gesprochen?«

Mike zuckt mit den Schultern.

Emmy seufzt. Die erste Liebe. Sie weiß noch genau, wie sich das anfühlt. Nur dass Rod ihre Gefühle von Anfang an erwidert hat. Und der Richtige war. Damals jedenfalls.

»Was hältst du von einem Sandwich mit Erdnussbutter und Marmelade?« Emmy wuschelt ihrem Bruder durchs Haar. »So wie früher.«

#5 JAN

Maira schreitet so energisch voraus, dass ihr kleiner gelber Rucksack auf und ab wippt. Bei jedem Schritt verströmt sie diesen herrlichen Aprikosenduft, den Jan schon am ersten Tag gerochen hat. »Mein Vater hätt' die Pension beinahe in den Ruin getrieben«, sagt sie. »Deswäge.«

Jan erinnert sich, Maira beim Frühstück gefragt zu haben, warum sie Betriebsökonomie studiert. Obwohl sie sich noch nicht besonders lange kennen, ist Jan bereits aufgefallen, dass sie manche Fragen erst mit einer ziemlichen Zeitverzögerung beantwortet.

Sie haben die Schattenhalb gerade hinter sich gelassen, als Maira über einen Weidezaun klettert. »Das isch die Wiese vom Toni«, sagt sie und fordert Jan auf, ihr zu folgen.

Dass Maira den Besitzer der Wiese kennt, beruhigt Jan kein bisschen. Denn kaum dass er auf der anderen Seite des Zauns auf den Boden gesprungen ist, kommen ein paar riesige Kühe in atemberaubendem Tempo auf sie zu.

»Die haben Kälber, da sind sie immer wild«, sagt Maira, was sie nicht davon abhält, sich todesmutig der ersten auf sie zustürmenden Kuh in den Weg zu stellen. Das Tier bremst unerwartet elegant ab und Maira streichelt ihm das Maul.

Jan versucht, sich möglichst unauffällig an ihr und den Tieren vorbeizudrücken. Das Gras ist jedoch taufeucht und er rutscht mehr auf die Kühe zu als an ihnen vorbei. Die Tiere muhen und schütteln die Hälse, dass die Glocken nur so läuten.

»Einfach ruhig vorbeigehen«, sagt Maira.

Jan, dem der Schweiß den Rücken hinunterläuft, hat Mühe, nicht hysterisch zu lachen. Einfach ruhig vorbeigehen? Toller Ratschlag. Nur etwas schwierig in der Umsetzung. Er scannt die Wiese, um am Ende nicht noch aus Versehen in die Nähe besagter Kälbchen zu geraten. Aber entweder hat die Panik seine Sicht getrübt oder es sind gar keine Kälber auf der Wiese. Immerhin scheint Maira seine Not bemerkt zu haben und schiebt sich wie ein lebender Schutzschild zwischen ihn und die Kühe. Das bringt Jan zum Lachen. Als könne Mairas zarter Körper ihn auch nur eine Sekunde vor den bulligen Tieren schützen.

»Die Mütter sind sowieso wild, auch wenn die Kälber im Stall sind. Hormone halt«, sagt Maira und beantwortet damit die Frage, die Jan gar nicht gestellt hat. Doch er ist so darauf konzentriert, den Zaun am anderen Ende der Wiese zu erreichen und dabei nicht auch noch in Kuhscheiße zu treten, dass er nur stumm nickt. Er fühlt sich ähnlich gedemütigt wie im Sportunterricht in der Zehnten, als alle es an den Seilen bis zur Decke geschafft haben, nur er nicht.

»Alles o.k.?«, fragt Maira und prinzipiell ist es das auch, weil sie endlich den gefühlt fünf Kilometer entfernten Zaun erreicht haben, aber Jans Knie sind so weich, dass er erst einmal innehalten muss, bevor er auch nur daran denken kann, über den Zaun zu klettern. Er schämt sich dermaßen, ein solcher Angsthase zu sein, dass er unverwandt auf seine dreckverschmierten Vans blickt.

Doch als er es endlich schafft hochzusehen, ist in Mairas Gesicht kein Spott zu erkennen, sondern lediglich Besorgnis.

»Die Schweizer Kühe sind schon sehr speziell«, sagt sie und Jan ist ihr dafür so dankbar, dass er sich an einem Lächeln versucht und sich so dynamisch wie möglich über den Zaun in Sicherheit bringt. Zugleich hofft er, dass sie damit die letzte Kuhwiese auf dem Weg zum Tschingel überquert haben.

Während Mairas drahtiger Körper wie für die Berge gemacht zu sein scheint, ist Jan schon nach einer Stunde völlig fertig. Am schlechtesten geht es seinen Füßen. Es fühlt sich an, als hinge die Haut an seinen Fersen bereits in Fetzen. Vans sind eben keine Wanderschuhe und Jan ist definitiv nicht der Outdoortyp. Aber er ist schließlich auch nicht zum Wandern in die Berge gekommen. Er hat einfach nur gedacht, dass es nichts schadet, sich ein wenig mit der Umgebung vertraut zu machen. Woraufhin Maira ihm angeboten hat, ihm die Gegend zu zeigen und mit ihm zum Tschingel zu gehen. Also heißt es jetzt, Zähne zusammenbeißen und weiterlaufen.

Jan ist dankbar, dass Maira nicht so viel redet wie die meisten Mädchen aus seiner ehemaligen Klasse. Nur ab und zu macht sie ihn auf einen Vogel aufmerksam, dessen Namen Jan im nächsten Augenblick allerdings schon wieder vergessen hat. Gedanklich checkt er nämlich noch immer die Kameras in der Hütte, auch wenn er sie bereits mehrfach überprüft hat und alles in Ordnung ist.

In diesem Augenblick legt Maira eine Hand auf Jans Arm und bedeutet ihm, still zu sein. Sie beugt sich so nah zu ihm, dass er neben dem Aprikosenduft noch einen zarten, aber nicht unangenehmen Schweißgeruch wahrnimmt.

»Murmeli«, flüstert sie und ihr Mund ist so nah an Jans Ohr, dass die Härchen darin ihn kitzeln und Jan eine Gänsehaut bekommt.

»Schau.« Maira zeigt ins Gebüsch.

Während Jan konzentriert in die Büsche starrt, legt Maira ihre Wange an seine, um seinen Blick zu lenken. Genau in diesem Augenblick bricht das Murmeltier aus dem Grün hervor und rennt den Weg entlang. Es sieht aus wie Mister Isang. Nur ein bisschen größer.

»Super!« Maira drückt Jan einen Kuss auf die Wange, wobei sie verrutscht und auf seinem Mundwinkel landet. »Großartig, oder? Das hab ich mir für dich g'wünscht.« Ihr Gesicht glüht vor Begeisterung, als sei es für sie das Allergrößte, einem Fremden ein Murmeltier zu zeigen.

#6 EMMY

Emmy hockt auf ihrem neuen Rucksack und beobachtet eine Plastiktüte, die durch den Luftzug eines einfahrenden Zugs sanft in die Luft gehoben wird. Sie schwebt ein Stück über dem Bahnsteig, berührt kurz den Boden und tanzt noch einmal in der Luft, bevor sie an einer Bank hängen bleibt. In den Querstreben der Halle hocken gurrend Tauben und Emmy schreckt auf, als Flo und Rod am Ende des Bahnsteigs den Countdown für den Start ihres Parcours laut herunterzählen: »Drei … zwei … eins!« Sie rennen los, springen auf die Sitzfläche einer Bank, von dort auf die Lehne, wieder auf den Boden und machen eine Rolle vorwärts, wobei sich Flos rosa Hoodiekapuze über ihre blonden Haare stülpt. Im Rennen schiebt sie die Kapuze wieder zurück und nimmt die nächste Bank in Angriff. Wieder ein Sprung, erst auf den Sitz, dann auf die Lehne, kurzes Straucheln, Sichfangen, Sprung auf den Boden, Rolle vorwärts. Der halbe Bahnsteig ist geschafft, Flo liegt klar vor Rod. Sie ist leichter und wendiger und von der dritten Bank schon wieder runter, bevor Rod sie überhaupt erreicht hat. Dann rennt Flo zur vierten und letzten Bank, von der aus sie einem knutschenden Pärchen direkt vor die Füße rollt. Die beiden fahren erschrocken auseinander und lachen. Ein Mann, der danebensteht, murmelt was von der Jugend von heute und sieht Flo und den kurz darauf eintreffenden Rod an, als seien sie dabei, etwas in die Luft zu jagen.

Rod klatscht Flo ab. »Okay, hast gewonnen.« Er bemüht sich, locker zu klingen, aber Emmy weiß, dass er enttäuscht ist. Immer muss er aus allem einen Wettkampf machen.

»Darum gehts beim Parcours doch nicht«, sagt Flo prompt und lässt sich neben Emmy auf den Rucksack plumpsen. Sie fährt sich durch die kurzen Haare. Den Pixie-Haarschnitt hat sie sich schneiden lassen, nachdem auch die Popsängerin Halsey ihre Haare mal wieder radikal gekürzt hatte. Emmy muss zugeben, dass die Frisur Flos Gesicht gut zur Geltung bringt.

Rod, der gerade einen isotonischen Drink aus seinem Rucksack zieht, legt noch mal nach: »Es geht immer ums Gewinnen.«

Dass er es aber auch nie gut sein lassen kann. Auf dem Sportplatz mag das ja okay sein, aber im Alltag nervt das manchmal echt ganz schön. Rod ist zweifellos ein toller Siebenkämpfer, aber zuweilen vergisst er einfach, dass es im Leben auch noch etwas anderes gibt.

Ann und Jens kommen den Bahnsteig entlang. Beide haben in jeder Hand einen wiederauffüllbaren Kaffeebecher. Sobald sie bei ihnen sind, küsst Jens Flo auf den Mund, wobei er sich runterbeugen muss, weil Flo mit ihren eins fünfundsechzig echt klein ist. »Na, hast du die lahme Ente mal wieder fertiggemacht?« Er gibt Flo einen Becher.

»Ha, ha«, macht Rod.

Flo öffnet den Mund, um etwas zu sagen, aber Jens kommt ihr zuvor und sagt in Flos Tonfall: »Darum geht es beim Parcours nicht.«

Emmy, Flo, Rod und Jens lachen. Und sogar Ann gelingt ein Lächeln, auch wenn es in ihren Mundwinkeln hocken bleibt und ihre schönen mandelförmigen Augen nicht erreicht.

»Wie sollen die Kids, die ich im Parcours trainiere, es denn kapieren, wenn nicht mal ihr es kapiert?«, fragt Flo und blickt herausfordernd in die Runde.

Jens stöhnt. Er tritt vom einen auf den anderen Fuß, als müsse er mal aufs Klo. Aber vielleicht will er auch nur auf seine neuen Turnschuhe aufmerksam machen.

»Also, ich finds gut«, sagt Ann in dieser schüchternen Art, die sie sich in den letzten Wochen angewöhnt hat. »Ist doch toll, wenn die Kids das früh lernen.«

Emmy seufzt. Obwohl knapp dreißig Grad vorhergesagt sind und es jetzt schon warm ist, trägt Ann wie immer ein langärmeliges Shirt.

»Was lernen?«, fragt Jens, wobei er den Bahnsteig entlangblickt, als sei er nur mäßig an Anns Antwort interessiert.

»Der Blog *Go Go Go!* hat immerhin tausend Abonnenten«, sagt Ann. »Das zeigt doch, dass die Kinder Interesse am Parcours haben. Und natürlich an der Idee dahinter.«

Flo sieht Ann irritiert an und auch Emmy wundert sich, woher Ann das weiß. Zumal sie mit Sport nicht gerade viel am Hut hat.

Nicht mal Emmy kannte den Blog, bis Flo damit um die Ecke kam, weil ihr der Initiator von *Go Go Go!* angeboten hatte, Schnupperworkshops für Kinder zu geben, nachdem er sie selbst beim Parcours gesehen hatte.

»Echt jetzt«, sagt Ann. »Die haben auf ihrer Website nicht nur Angebote für Workshops, sondern da war auch ein Artikel aus einer Tageszeitung. Darin wurde noch mal ziemlich gut erklärt, dass es nicht um Leistung und Wettkampf geht, sondern um Kreativität und Geschicklichkeit. Das spricht die Kids an, hieß es im Beitrag. Kann ich verstehen. Leistungsdruck haben die ja ohnehin genug.«

Das war die längste Rede, die Emmy seit Wochen von Ann gehört hat. Sie versucht, Anns Blick einzufangen. Aber das kurze lebendige Aufflackern in deren Augen ist schon wieder verschwunden und die Schultern sind nach unten gesackt. Ann hält den Blick gesenkt und den Kaffeebecher so vor den Mund, als wolle sie sich selbst am Weiterreden hindern. Warum auch immer. Das hat Emmy in der ganzen letzten Zeit schon nicht kapiert. Ann ist noch undurchschaubarer als in ihren schlimmsten Zeiten und Emmy hat keine Ahnung mehr, was in ihrer Freundin vorgeht.

»Der Typ von *Go Go Go!* ist echt cool. Findest du nicht?«, sagt Emmy in der Hoffnung, Ann noch mal zum Reden zu bringen. Doch Ann starrt nur weiter auf den Boden, den Becher vor dem Mund, ohne zu trinken.

Frustriert kaut Emmy an ihrer Nagelhaut, die schon ganz rot und entzündet ist.

Wie aus dem Nichts steht ein Zugbegleiter neben Flo. Oder vielleicht doch nicht so plötzlich? Emmy muss sich wirklich zusammenreißen. Es kann nicht sein, dass sie nur noch die Hälfte von dem mitbekommt, was um sie herum passiert.

Der Mann benimmt sich allerdings seltsam. Als Flo nach rechts blickt, blickt er auch nach rechts. Als sie sich durch die kurzen Haare fährt, macht der Mann dieselbe Geste, obwohl er eine Glatze hat.

»Okaaay?«, fragt Flo gedehnt.

Der Zugbegleiter bewegt seine Lippen, als sage auch er *Okaaay*.

Flo hebt fragend die Hände. »Kann mir bitte mal jemand sagen, was hier los ist?«

Der Mann, der gut zwei Meter groß und klapperdürr ist, hebt ebenfalls die Hände.

Emmy, die ein weiteres Stück Nagelhaut mit den Zähnen zu fassen bekommt, spürt, dass Flo kurz vorm Explodieren steht.

Doch in diesem Moment sagt der Zugbegleiter: »Also ich persönlich finde Parcours ja auch gut. So wie Daniel Craig als James Bond, 'ne? Rauf auf den Kran, wieder runter, über die Mauer, zack. Echt beeindruckend.« Er macht eine Pause, bevor er sagt: »Ist hier aber nicht erlaubt.« Er zwinkert Flo zu.

Jens, der gerade an seinem Kaffee genippt hat, spuckt dem Mann die schwarze Brühe vor die Füße.

Einen Augenblick lang ist es still.

Dann hebt Jens beschwichtigend die Hände. »Tut mir leid. Das Zeug ist höllisch heiß!«

»Solange ihr die Becher nicht hier herumfliegen lasst«, sagt der Mann und zwinkert jetzt Jens zu. Wahrscheinlich ein nervöser Tic. Dann tippt er sich an die Glatze, als trüge er eine Mütze, und geht.

»Was war denn das?«, fragt Flo.

Jens zieht ein Stofftaschentuch aus der Hose und wischt sich den Mund ab. Er ist der einzige lebende Mensch, den Emmy kennt, der Stofftaschentücher benutzt. Er sieht an sich herunter, als wolle er sichergehen, dass seine schöne, neue und sicher verdammt teure Hose und das ebenfalls neue dunkelblaue Hemd nichts abbekommen haben, und sagt: »Das war ja so was von peinlich.«

»Aber so was von«, echot die Clique.

Rod zeigt auf die Überwachungskamera über der Anzeigentafel. »Ob wir uns da reinhacken können? Das glaubt uns doch sonst niemand. Ich hätte das filmen sollen.« Er zieht sein Handy aus der Hosentasche.

»Rod«, sagt Emmy genervt.

»Was? Handyverbot erst ab der Landesgrenze. War doch so besprochen.«

»Das ist kein Verbot«, sagt Flo. »*Digital detox*. Du erinnerst dich? Wir alle haben zusammen entschieden, dass wir mal eine Zeit lang nicht dauernd online und erreichbar sein wollen. Sogar der Blog macht 'ne Pause.«

»Ich send nur schnell noch was an die Jungs«, sagt Rod. »Die müssen doch wissen, dass ich zwei Wochen off bin. Ich meine, hey! Ist das zu glauben? Zwei Wochen!« Ohne mit dem Tippen aufzuhören, macht er einen Schritt zurück. »Nur noch schnell …« Er macht einen weiteren Schritt zurück und Jens kann ihn gerade noch rechtzeitig am Hoodie packen, damit er nicht auf den Bahnsteig fällt.

»Ups«, macht Rod, als er sieht, wie nah er der Kante gekommen ist und dass ihr Zug auch gerade noch einfährt.

»Du hast mir das Leben gerettet, Bro«, sagt er lachend und bahnt sich wie ein Schwimmer einen Weg durch die hereneilenden Leute zu ihren Rucksäcken.

»Abi. Wir haben Abi! Welt, wir kommen.« Er zieht seinen Rucksack aus dem Haufen. Da er allerdings ganz unten liegt, poltern alle anderen Rucksäcke auf den Boden.

»Schöne Grüße auch von Flos sauteurem Objektiv, das ich freundlicherweise in meinen Rucksack gesteckt habe«, sagt Jens.

»Und gerne geschehen. Das mit dem Lebenretten.«

»Wer nimmt schon ein sauteures Objektiv mit in die Berge?« Rod wirft sich seinen Rucksack auf den Rücken und rennt los.

»Warum rennt der denn so? Ich dachte, wir hätten Plätze reserviert.« Ann blickt Rod verständnislos hinterher.

»Der ist schon den ganzen Morgen so.« Emmy tippt sich an die Stirn. Etwas in ihr beginnt zu kribbeln, als Ann sie so eindringlich ansieht. Doch da wendet Ann den Blick schon wieder ab.

Ohne dass sie es richtig bemerkt haben, hat sich der Bahnsteig in den letzten Minuten ordentlich gefüllt und sie brauchen eine Weile, um sich bis zu ihrem Abteil durchzukämpfen. Sie schieben die Tagesrucksäcke unter die Sitze und quetschen die vier großen Rucksäcke in die Gepäckfächer über ihren Köpfen. Nur Emmys türkisfarbener Rucksack, an dem die kanariengelben Wanderschuhe hängen, passt nicht mehr in die Fächer. Also stellt sie ihn auf den leeren sechsten Platz, auf dem eigentlich Matze hätte sitzen sollen. Wenn er sich nicht kurz zuvor selbst aus der Clique katapultiert hätte. Sein neues Date auf die Abifeier mitzubringen, ohne vorher mit Ann Schluss zu machen, verteilte die Solidaritäten schnell und eindeutig.

Eine Frau im schwarzen Businesskostüm reißt die Abteiltür auf und zeigt auf Emmys Rucksack. »Muss der da sitzen?«

Emmy will den Rucksack gerade auf ihren Schoß hieven, als Ann sagt: »Da sitzt mein Ex-Freund«, und in Tränen ausbricht.

#7 JAN

Die Aufnahmen sind gestochen scharf und die Tonqualität ist so gut, dass Jan das Gefühl hat, mitten in der Hütte zu stehen. Es hat sich nichts verändert, seit er die Kameras das letzte Mal gecheckt hat. Der YouTube-Kanal *The truth behind* ist angelegt, Jan hat ein Probevideo hochgeladen und wieder gelöscht und kann es kaum erwarten, dass es losgeht.

Nur Mister Isang macht ihm weiter Sorgen. Obwohl Jan den Käfig so auf den Kofferträger gestellt hat, dass Isang auf die Berge blicken kann, und ihn mit Karotten, Käse und Erdnüssen gefüttert hat, liegt die Maus seit ihrer Ankunft wie erschlagen im Käfig und fiept nur hin und wieder kraftlos. Kein einziges Mal war sie in ihrem Laufrad. Als Jan sie rausgenommen und auf den Boden gesetzt hat, ist sie nicht wie sonst rumgelaufen, um das Zimmer zu erkunden, sondern hat nur kurz am Tischbein geschnuppert und sich dann unter die Heizung gelegt.

Jan öffnet den Käfig und nimmt Isang heraus. »Was ist los, mein Freund?« Er mustert die Maus. Ihre Augen wirken matt, die Schnurrhaare hängen schlaff herunter. Jan hält Isang ein Stück Paprika vor die Schnauze, aber die Maus dreht den Kopf weg. »Du bist doch wohl nicht krank?« Jan streichelt der Maus über den Rücken. Isang fiept. Jan streichelt noch einmal über den Rücken und spürt eine leichte Verdickung an der Wirbelsäule. War die in den letzten Tagen auch schon da? Oder täuscht er sich und da ist nichts?

Doch sobald er die Stelle berührt, fiept Isang, als hätte er Schmerzen.

Vorsichtig setzt Jan die Maus zurück in ihren Käfig und schließt die Klappe. Ob er mit Isang zum Tierarzt soll?

Jan googelt die Tierärzte in Meiringen und findet fünf. Er schnappt sich sein Portemonnaie und das Handy. Dann zieht er den grünen Hoodie mit dem *I love Cello*-Print über den Kopf, nimmt den Käfig und geht in die Gaststube.

Glücklicherweise ist Maira da und ihre Mutter ist mit einer der Tierärztinnen sogar zur Schule gegangen, sodass sie gleich einen Termin bekommen. Jan ist sich nicht sicher, ob Maira es lächerlich findet, mit einer Maus zum Tierarzt zu fahren. Anmerken lässt sie sich jedenfalls nichts. Im Gegenteil. Auf der Fahrt erzählt sie, dass sie ihren Kühen immer Namen wie Bella, Nina und Luna gegeben hat, obwohl klar war, dass sie früher oder später geschlachtet würden.

Als sie im Wartezimmer sitzen und Jan die Maus durch die Gitterstäbe streichelt, fragt Maira: »Warum bist eigentlich hier?«

Obwohl es eine naheliegende Frage ist, hat Jan nicht daran gedacht, sich eine Ausrede zurechtzulegen, und sofort spürt er die vertraute Hitze im Gesicht.

»Sorry«, sagt Maira. »Geht mich ja nüt an. Aber die meischte, die zu uns kommen, sind den ganzen Tag am Berg. Du aber ...« Sie verstummt, als sei ihr klar geworden, dass es so klingt, als hätte sie Jan die ganze Zeit über beobachtet.

Während Jans Gehirn fieberhaft nach einer Antwort sucht, werden sie ins Sprechzimmer gerufen. Ein kleiner Spitz, der neben der Tür zum Sprechzimmer sitzt, kläfft Isang wie irre an, als sie vorbeigehen. Die Frau, die ihn an der Leine hält, lächelt entschuldigend. Der Besitzer eines Pitbulls grinst, als sei ihm die Situation nur allzu bekannt.

Wie das Wartezimmer ist auch das Sprechzimmer eine Mischung aus Praxis, Laden und Hundesalon. Überall stehen Pflegeprodukte und Futterergänzungsmittel. Frau Dr. Käppeli erkundigt sich bei Maira, ob sie sich in Zürich eingelebt habe, ihre Eltern gesund seien und es ihrem Bruder den Umständen entsprechend gut gehe.

Während Jan die Ärztin gut versteht, verfällt Maira in einen Dialekt, von dem Jan kein Wort kapiert, sodass er nicht erfährt, wie es Maira und ihrer Familie geht.

Er muss sich Mühe geben, nicht ungeduldig vom einen auf den anderen Fuß zu treten. Er krault Isang durch die Gitterstäbe. Wie gerne würde er ihm sagen, dass er sich keine Sorgen machen muss, dass Jan die ganze Zeit bei ihm bleiben und ihm nichts passieren wird. Aber vor den anderen traut er sich nicht, mit Isang zu reden. Dabei muss der Arme höllische Angst haben. Er war noch nie beim Arzt. Allein der Geruch nach Desinfektionsmittel. Jan blickt auf die Liege, auf der ein rosa Tuch liegt, farblich passend zum Mundschutz der Ärztin, der um ihren Hals hängt.

Weil Jan nicht mit Isang reden kann, schnalzt er beruhigend mit der Zunge. Das versteht Isang auch und die anderen werden es am wenigsten komisch finden. Obwohl man sich da leicht täuschen konnte. Im Sportunterricht haben sie Jan einmal ausgelacht, weil er die falsche Unterhose anhatte. Bis dahin hatte er nicht einmal gewusst, dass es so etwas wie eine falsche Unterhose überhaupt gibt.

Endlich zieht die Ärztin den Mundschutz nach oben und öffnet den Käfig. Vorsichtig hebt sie Isang, der sich auf den Boden des Käfigs duckt, heraus und setzt ihn auf die Liege. Routiniert tastet sie ihn ab und verharrt genau an der Stelle, an der Jan am Morgen die Verdickung entdeckt hat. Sie blickt hoch und Jan bleibt fast das Herz stehen, so ernst ist ihre Miene. »Ein Tumor«, sagt sie. »Ob gut- oder bösartig weiß ich nicht. Aber es macht keinen Sinn, weitere Untersuchungen durchzuführen oder zu operieren. Das Beste wäre, die Maus so bald wie möglich einzuschläfern. Das erspart ihr Schmerzen.«

In Jans Ohren beginnt es zu rauschen. Seine Knie fühlen sich butterweich an. Er starrt erst die Ärztin an. Dann Isang. Nein. Das kann nicht sein. Isang hat keinen Tumor. In Jans Kopf kreischt es: Neeeiiin!

Vage nimmt er wahr, dass die anderen ihn ansehen, und er weiß, dass er langsam etwas sagen müsste, bringt aber kein Wort heraus. Am liebsten würde er Isang an sich reißen und aus der Praxis rennen. Die Ärztin muss sich irren. Als sie in Deutschland losgefahren sind, hat Isang nichts gefehlt. Absolut nichts. Das ist gerade einmal drei Tage her. Warum sagt die Ärztin, dass eine OP sinnlos ist? Weil eine kleine Maus das nicht wert ist? Wie kann sie so etwas sagen?

Wie aus weiter Ferne dringt Mairas Stimme an Jans Ohr. Er versteht nicht, was sie sagt, spürt nur ihren Arm um seine Schulter. Er sieht, wie die Ärztin Isang in den Käfig setzt und Jan ein Fläschchen mit einer Pipette hinhält.

Als Jan nicht reagiert, nimmt Maira sowohl die Flasche als auch den Käfig und führt Jan aus dem Sprechzimmer.

#8 EMMY

Rod rast mit einem Einkaufswagen auf Emmy zu. Gekonnt bremst er vor ihr ab und macht eine einladende Geste. »Darf ich bitten?«

Einen Augenblick lang stellt Emmy sich vor, wie es wäre, in den Wagen zu springen und sich von Rod durch den Supermarkt fahren zu lassen. Die Hand auszustrecken und die Sachen aus den Regalen in den Wagen zu werfen. Doch dann meldet sich die vernünftige Emmy, die stets weiß, wie man sich benimmt, auch wenn das weniger Spaß macht. »Danke fürs Angebot.« Sie zuckt entschuldigend mit den Schultern. Sie weiß, dass Rod *Miss Vernünftig* hasst. Sie selbst mag sie auch nicht besonders. Aber sie kann eben nicht aus ihrer Haut. In letzter Zeit schon gar nicht. Sie versucht sich an einem Lächeln und küsst Rod auf die Nasenwurzel. Als Zeichen dafür, dass sie weiß, was für eine Spaßbremse sie gerade ist.

»Schon okay.« Rod boxt ihr spielerisch gegen den Arm. »Und hey, Baby.« Er beugt sich zu ihr und flüstert ihr ins Ohr. »Du darfst Spaß haben. Sei locker.«

»Seht mal!« Flo nimmt eine Großpackung Energieriegel aus dem Regal. »Hier gibts Crownhealth-Powerbars.« Sie legt die Packung in den Wagen.

Rod nimmt sie raus und liest: »Pistazie und Kakao?« Er tut, als würde er sich den Finger in den Hals stecken und würgt. Dann zuckt er mit den Schultern. »Aber wenns dir schmeckt.« Er wirft die Riegel wieder in den Wagen.

Jens holt unterdessen eine Packung Schokowaffeln aus dem Regal. »Kägi. Die liebe ich!« Er legt den Karton in den Einkaufswagen. Als er nach einer zweiten Packung greift, hält Flo seine Hand fest. »Spinnst du? Das ist Zucker pur. Außerdem sind die alle einzeln verpackt.«

»Sind deine Riegel doch auch.« Jens wehrt Flos Hand ab und legt die zweite Packung in den Wagen. »Die sind in 'nem Minidispenser. Ihr wisst schon, Klappe auf, Kägi raus. Das ist so was von cool.« Er grinst wie ein kleiner Junge.

»Jeder darf nehmen, was er will.« Rod versucht, ernst zu nicken, kann sich aber ein Grinsen nicht verkneifen. »Mensch, Leute, wir haben Abi.« Er nimmt eine Packung Trinkschokolade aus dem Regal. »Caotina! Mein erstes Kakaogetränk auf deutschem Boden. Das war noch am Flughafen in Frankfurt. Da war ich grad mal vier. Die hatten unser Gepäck auf dem Weg von Massachusetts nach Deutschland verbummelt und wir mussten volle fünf Stunden warten, bis unsere Koffer wieder aufgetaucht sind.«

Rod schlägt Jens auf die Schulter. »Los, Bro. Da vorne gibts *echten* Schweizer Käse.« Dann rollern die beiden mit ihren Einkaufswagen zum Ende des Gangs und biegen um die Ecke.

Emmy blickt sich suchend um. »Wo ist eigentlich Ann?«

Flo sieht den Gang entlang. »Keine Ahnung. In Interlaken war sie jedenfalls noch bei uns.«

»Mensch, Flo«, sagt Emmy. »Manchmal bist du so was von ...«

»War doch nur ein Witz. Klar hätten wir gemerkt, wenn wir Ann beim Umsteigen verloren hätten. Außerdem weiß ich doch, dass ihr ...« Flo bricht abrupt ab und lächelt über Emmys Schulter hinweg. »Hey, Ann. Alles okay?«

Manchmal geht es Emmy wirklich auf die Nerven, dass Flo immer alle fragen muss, ob *alles okay* ist. Besonders dann, wenn ganz offensichtlich nichts *okay* ist! Sie weiß doch, was passiert ist.

Aber Ann hat ohnehin ihr Pokerface aufgesetzt. Die Augen kalt und hart, der Mund ein ausdrucksloser Strich. Und bevor Emmy etwas sagen kann, geht Ann an ihr vorbei und biegt, ohne sich noch einmal umzudrehen, um dieselbe Ecke wie kurz zuvor die Jungen.

»Was war denn das?« Flo zieht die Augenbrauen hoch.

Emmy winkt ab.

An der Kasse zieht Jens eine Kreditkarte aus seiner neuen supercoolen Skinfit-Hose, die er sich im Zug angezogen hat und für die er ganz sicher kein Sponsoring braucht. »Geht auf mich«, sagt er und Emmy muss ihm zugutehalten, dass es nicht arrogant rüberkommt, sondern eher so, als lade er die Clique mal eben zum Eis ein. Dieses Lässige, Weltmännische, um das Emmy ihn fast ein wenig beneidet, hat Jens unzweifelhaft von seinem Vater. Vielleicht wird Jens später selbst mal Diplomat. Das Reisen und Leben in verschiedenen Ländern scheint ihm jedenfalls im Blut zu liegen.

»Nee«, sagt Rod. »Können wir nicht annehmen.«

»Haben wir doch hundertmal besprochen«, sagt Jens. »Mein Alter zahlt.«

Emmy hält den Atem an. Sie weiß, dass Rod sich immer klein fühlt, wenn es um Jens' Vater und dessen Geld geht. Vielleicht weil er selbst seit der zehnten Klasse immer irgendwelche Jobs hat, um sich was dazuzuverdienen. Doch dieses Mal hält Rod den Mund und nimmt stattdessen eine rote Baseballkappe mit weißem Kreuz von einem Drehgestell an der Kasse. »Switzerland!« Er reckt die Faust in die Luft. Die Kassiererin blickt ihn missbilligend an. Aber nicht nur ihn, sondern auch Emmy, die nichts getan hat und dennoch entschuldigend mit den Schultern zuckt.

»Wirf sie mit aufs Band«, sagt Jens. Als die Kassiererin auch darüber verärgert zu sein scheint, warum auch immer, zuckt Emmy noch mal mit den Schultern, als sei es ihr Job, sich für alle und alles zu entschuldigen.

Emmy ist froh, als alles eingepackt ist und sie endlich im Großraumtaxi sitzen. Jens sitzt neben dem Fahrer, den Ellenbogen halb auf dem geöffneten Fenster abgelegt, die rote Baseballkappe auf dem Kopf. Am Verschluss baumelt noch das Preisschild. Emmy sitzt mit Rod in der zweiten Reihe. Flo und Ann haben es sich in der letzten Reihe bequem gemacht.

»Seht mal«, sagt Flo, deren eines Bein neben Rod über der Lehne hängt. »Da ist das *Sherlock Holmes Museum*. Ihr wisst ja sicher, dass Holmes im Kampf gegen Professor Moriarty die Reichenbachfälle runtergestürzt ist. Ende der Krimiserie.«

Während Emmy sich fragt, woher Flo das alles weiß, tippt diese schon gegen die Scheibe. »Das *Sherlock Hotel*. Und da vorne: der Alpbach. Fließt in die Aare.«

Bei jedem Satz hämmert Flo gegen die Rückenlehne von Emmys und Rods Sitzbank, bis Rod nach draußen zeigt und sagt: »Seht mal! Das Büro der Allianz!« Er tippt ebenfalls gegen die Scheibe. »Und da, das *Restaurant Lucia* und …« Seine Stimme schraubt sich in die Höhe. »Jetzt fahren wir durchs *Hirschgässli*.«

»Idiot!« Flo schlägt ihm lachend auf den Oberarm, verzichtet dann aber darauf, weiter die Reiseführerin zu spielen.

Während Rod Emmys Nacken krault und Jens synchron mit dem Taxifahrer vor sich hin plappert, passieren sie die letzten Häuser einer Ortschaft namens Schattenhalb. Danach wird die Straße zunehmend schmaler und windet sich in Serpentinen den Hang hinauf.

Nachdem sie eine offene Schranke passiert haben, geht es auf einer holprigen Schotterpiste weiter. Steine spritzen zur Seite, die Sonne zeichnet Licht- und Schattenmuster auf den Boden und der Weg endet schließlich auf einem kleinen Plateau, von dem aus man sowohl auf die Berge als auch ins Tal blicken kann. Als hätte jemand alle Bäume gerodet, nur um freie Sicht zu haben.

Rod reißt die Tür auf, springt aus dem Taxi und hüpft so stürmisch auf und ab, als wären sie tagelang in einem Viehtransporter eingepfercht gewesen. Emmy steigt ebenfalls aus und saugt gierig die frische Luft ein. Es riecht erdig und feucht. Vor der Hütte geht es zunächst ein Stück bergab, bevor die Landschaft wieder ansteigt, erst sanft, dann zunehmend steiler. Die Gipfel der Berge sind zum Teil noch schneebedeckt und Emmy spürt, wie ein Teil der Anspannung der letzten Wochen von ihr abfällt. Diese Berge gab es lange vor ihr und wird es lange nach ihr geben. Für die Berge spielt es keine Rolle, was sie tut oder nicht. Sie richten keine Erwartungen an Emmy. Und das fühlt sich zur Abwechslung mal verdammt gut an.

Ann stellt sich neben Emmy. Ihre Augen sind staunend aufgerissen. »Genial!« Es ist das erste Mal seit Wochen, dass Emmy sie so begeistert erlebt.

»Sieh nur, da oben liegt noch Schnee!«, sagt Ann. »Krass, oder? Und diese Wiese! Sind das Butterblumen? Wie die leuchten. Und die Luft hier.« Anns Stimme vibriert vor Aufregung und Emmy wird ganz warm ums Herz. Vielleicht können die Berge ihr die alte Ann ein Stück zurückbringen. Einem Impuls folgend, legt sie einen Arm um Ann und sagt: »Ich hab dich echt vermisst.« Als sie spürt, wie Anns Körper sich versteift, schiebt sie hinterher: »Das sollte kein Vorwurf sein.«

Rod stößt bereits die Fensterläden im ersten Stock auf und ruft: »Das müsst ihr euch ansehen. Hier hängt ein Hirschkopf. Ein ganzer Kopf. Das ist so was von ... brutal!«

»Kommen gleich.« Emmy winkt, auch wenn Rod schon wieder im Zimmer verschwunden ist.

Flo tritt zu ihnen und zeigt zum Tschingel. »2326 Meter. Von hier aus sechs Kilometer. Tausend Höhenmeter. Gelände einfach.«

»Für jemanden wie dich oder so Normalos wie uns?«, fragt Emmy und bereut ihre Frage sofort, weil sie unnötig spitz klingt. »Sorry«, sagt sie. »Aber, hey! Du bestehst nur aus Muskeln und Sehnen. Während wir oder vielmehr ich ...«

Flo lacht. »Es hat niemand gesagt, in welcher Zeit wir da hochmüssen.« Sie stößt einen zufriedenen Seufzer aus. »Ach, Mädels. Ich bin ja sooo froh, dass wir hier sind.«

»Echt schön hier«, sagt Ann, aber Emmy kann hören, dass sich die Traurigkeit, die Ann seit einiger Zeit mit sich herumträgt, schon wieder in ihre Stimme geschlichen hat.

Die Jungen kommen mit einer Flasche Sekt und fünf Gläsern aus der Hütte. Sie stellen alles auf den Tisch und Jens beginnt einzuschenken. »Jetzt wird angestoßen«, sagt er.

Kurz darauf kommt Rod mit zwei vollen Gläsern auf Emmy zu. Sie ist sich sicher, dass nur sie bemerkt, wie er kurz zögert, weil Ann und sie so vertraut beisammenstehen. Und dass seine schön geschwungenen Wimpern ganz leicht zittern, als er ihr den Sekt reicht. Dennoch sagt er voller Euphorie: »Wir schlafen heute Nacht unter einem echten Hirschkopf. Und morgen und übermorgen auch. Prost!«

# 9 JAN

Jan liegt mit Isang auf dem Bett und streicht ihm sanft über den Bauch. Seit er von dem Tumor weiß, hat er Isangs Rücken nicht mehr angefasst. Er hat Isang in seinen Lieblingshoodie gebettet, als müsse er ihn warm halten, auch wenn das sicher Unsinn ist.

»Was soll ich denn nur tun?«, fragt er die Maus. Er hat keine Ahnung, wie alt sie ist und wie lange sie ohne Krebs noch leben würde. Und er weiß nicht, ob sie Schmerzen hat. Seit er ihr das Schmerzmittel in die Schnauze geträufelt hat, liegt Isang zwar ganz ruhig da, aber was hat das schon zu sagen?

Er streichelt Isangs Schnauze. Am liebsten würde er seine Mutter anrufen und fragen, was er jetzt tun soll. Aber wahrscheinlich könnte sie ihm ohnehin nicht helfen. Sie ist Biologin und keine Tierärztin. Außerdem geht sie davon aus, dass er in Ungarn ist. Während ein Freund von ihm auf Mister Isang aufpasst. Als ob Jan solche Freunde hätte. Isang ist sein Freund. Und der hat einen inoperablen Tumor.

Jan drückt die Fäuste auf die Augen. Jetzt nicht heulen. Isang braucht ihn. Jan muss sich zusammenreißen. Er schlägt aufs Bett. Isang, der sonst beim kleinsten Laut und der leisesten Erschütterung die Ohren spitzt, liegt völlig teilnahmslos da. Ob Jan ihm zu viel von dem Schmerzmittel gegeben hat? Er wischt sich den Rotz vom Gesicht und greift nach der Flasche. *M-retard*®, *Inhaltsstoff: Morphin*. Er streichelt über Isangs Bauch. »Okay, Kumpel. Wir machen das folgendermaßen. Wenn die Schmerzen zu schlimm werden, helfe ich dir. Ich verspreche dir, dass ich bei dir bleibe. Die ganze Zeit. Bis du gut …« Er schluckt. »Bis du gut drüben angekommen bist.«

Was sagt er denn da? Wo bitte schön ist *drüben*?

Isang wird nicht *drüben* sein, sondern tot.

»Ich lass dich jedenfalls auf keinen Fall allein«, sagt er und versucht, seiner Stimme einen beruhigenden Klang zu verleihen, auch wenn er merkt, wie sie immer wieder kippt. Aber er wird sich jetzt zusammenreißen und recherchieren, was im Notfall zu tun ist.

Er drapiert den Ärmel seines Hoodies so, dass er direkt vor Isangs Schnauze liegt, damit die Maus seinen vertrauten Geruch einatmen kann. Dann setzt er sich an den Computer, klickt die Bilder der Überwachungskameras weg und öffnet den Browser. In das Suchfenster gibt er *Morphin* und *Mäuse* ein. Alle Treffer sind Links zu Tierexperimenten. Die Menschen sind solche Idioten!

Erst als er die Suche verfeinert und *Morphin tödliche Dosis* ins Suchfeld tippt, erscheint ein Link zu einem Fachartikel, der die tödliche Morphindosis mit 210 mg/kg angibt. Weil Jan sich nie Gedanken darüber gemacht hat, wie viel eine Maus wiegt, muss er auch das im Netz nachlesen, um mit einem Dreisatz auf eine Dosis von 4,2 mg Morphin zu kommen.

Erschrocken, wie schnell plötzlich alles konkret wird, schließt Jan das Browserfenster und blickt zu Isang, als wolle er sichergehen, dass der nicht mitbekommen hat, was sein Herrchen am Computer macht. Er nimmt die zitternden und schweißnassen Hände von der Tastatur und wischt sie mehrfach an der Hose ab, bevor er sich wieder zu Isang aufs Bett legt. Er vergräbt seine Nase im Fell der Maus, das so wunderbar nach Mister Isang riecht, dass Jan schon wieder heulen muss, so heftig, dass seine

Nase kurz darauf dermaßen verstopft ist, dass er keine Luft mehr bekommt.

Weil er keine Taschentücher hat, geht er ins Badezimmer und putzt sich die Nase mit Toilettenpapier. Dann betrachtet er sich im Spiegel und denkt: So sieht ein Mörder aus! Ein Mäusemörder. Und schon muss er wieder heulen.

Um sich abzulenken, setzt er sich an den Computer und klickt auf die Kamera, die er vor der Hütte installiert hat. Die fünf sitzen im Kreis um ein Lagerfeuer, das sie aus ein paar Steinen und dem Kaminholz gemacht haben, das Jan an der Seite der Hütte gesehen hat. Emmys schmales Gesicht wird vom Schein des Feuers erhellt, ihre Haare sehen aus, als würden sie in Flammen stehen. Sie trägt einen grünen Pullover und hält einen Stock mit einem aufgespießten Marshmallow übers Feuer. Neben ihr sitzt Rod, einen Arm um Emmys Schulter, in der anderen Hand hält er eine Flasche, wahrscheinlich Bier. Für seinen Stock hat er eine Art Ablage aus einer Astgabel gebastelt. Nur für seinen Stock. Was für ein egoistischer Arsch! Denkt immer nur an sich. Was findet Emmy an dem?

Durch das Knistern des Feuers und den Wind ist nicht zu verstehen, was die fünf reden, aber an ihren Gesichtern kann Jan ablesen, dass sie ihren ersten gemeinsamen Abend auf der Hütte genießen.

Er klickt zur Kamera im Hirschkopf. Rods Kleider liegen überall im Raum verteilt, als hätte kurz nach seiner Ankunft ein Tsunami gewütet. Überall liegen T-Shirts, Unterhosen, Funktionsshirts und Socken herum. Unter dem Tisch stehen ein paar gelbe Wanderschuhe, der Größe nach Emmys, auch wenn Jan sich wundert, weil sie irgendwie gar nicht Emmys Stil sind.

Er klickt wieder zu der Kamera vor der Hütte. Noch immer prasselt das Feuer. Jens stochert in der Glut. Flo sitzt hinter ihm, den Kopf an seinen Rücken geschmiegt. Mit ihren blonden Haaren und den blauen Augen sehen die beiden aus wie Geschwister. Jan hat nie kapiert, warum sie ein Paar sind. Flo macht immerhin dieses Parcoursding und unterrichtet Kinder, wenn Jan das richtig verstanden hat. Jens dagegen ist einfach nur ein reiches, verwöhntes Diplomatensöhnchen. Jan ist überzeugt, dass er ohne den Status und das Geld seines Vaters gar nicht Teil der Clique wäre.

Emmy starrt ins Feuer. Irgendetwas stimmt mit ihr nicht. Das ist Jan schon in der Schule aufgefallen, kurz vor ihrem Abi. Sie hat Ringe unter den Augen und ihre helle Haut ist noch blasser als sonst. Ihre Bewegungen wirken wie die eines Menschen unter Wasser. Als müsse sie die ganze Zeit gegen einen unsichtbaren Widerstand ankämpfen. Und die Bilder auf Instagram und ihrem *back to nature*-Blog kommen Jan in der letzten Zeit noch gestellter und übertriebener vor als sonst. Aber vielleicht bildet er sich das alles auch nur ein. Vielleicht will er, dass es Emmy schlecht geht, damit sie sich von Rod trennt und Jan sie trösten kann.

Er wechselt zu der Kamera in dem kleinen Schlafzimmer, das im Erdgeschoss liegt. Ann sitzt auf ihrem Bett.

Jan switcht noch einmal zum Lagerfeuer. Tatsächlich. Er hat zuvor gar nicht gemerkt, dass Ann nicht bei den anderen ist.

Er wechselt wieder ins Schlafzimmer. Obwohl Ann mit ihren schwarzen Haaren, der olivefarbenen Haut und den leicht mandelförmigen Augen ganz hübsch ist, ist sie zugleich die Unscheinbarste aus der Clique. Vielleicht weil sie leiser ist als die anderen. Was allerdings nicht bedeutet, dass sie weniger schlimm ist. Im Gegenteil. Jan vermutet vielmehr, dass sie die Drahtzieherin im Hintergrund ist.

Anns Rücken ist durchgedrückt und ihre Schultern sind hochgezogen. Zuerst begreift Jan nicht, was sie da macht. Doch dann erkennt er die Rasierklinge in ihrer Hand, die über ihrem linken Unterarm schwebt. Einem Arm voller Narben, manche noch ganz frisch und rot, andere schon älter und blasser.

Blut quillt aus dem Schnitt. Durch Anns Körper läuft ein Zittern. Ihre Schultern sacken nach vorne und ihr Kinn fällt auf die Brust. Sie legt die Klinge auf ein quadratisch gefaltetes Stück Toilettenpapier, das sie extra dafür vorbereitet zu haben scheint. Dann greift sie nach einem weiteren Stück Papier und presst es auf den Schnitt. Als sie sich rücklings aufs Bett fallen lässt, sieht Jan, dass ihre Augen geschlossen sind.

Oh Mann! Wie schrecklich! Warum macht sie das?

#10 EMMY

Emmy erwacht vom Zwitschern der Vögel. Sie blickt auf die Armbanduhr ihres Großvaters, die auf dem Nachttisch liegt. Sechs. Dabei hat sie ausschlafen wollen. Wobei *ausschlafen* übertrieben ist. Der Wecker steht auf acht. Immerhin wollen sie wandern gehen und laut Wetterbericht soll der Tag dafür perfekt werden. Sonne und fünfundzwanzig Grad.

Obwohl Emmy nur fünf Stunden geschlafen hat, fühlt sie sich wach und voller Tatendrang. Die Müdigkeit und Schwere, mit denen sie in den letzten Wochen zu kämpfen hatte, scheinen verflogen zu sein.

»Guten Morgen, lieber Tschingel«, murmelt sie, als ihr Blick auf den Berg fällt. Wenn sie jetzt ganz leise ist und Glück hat, bleiben ihr vielleicht ein oder zwei Stunden nur für sich allein.

Rod liegt wie immer auf dem Rücken. Die Bettdecke hat er zu Boden gestrampelt. Emmy schwingt die Beine aus dem Bett. Rod rollt zur Seite, tastet nach ihr und murmelt: »Baby.« Dann rollt er wieder auf den Rücken und schläft weiter.

Auf Zehenspitzen geht Emmy ins Badezimmer, putzt sich die Zähne und schleicht die Treppe nach unten. Sie nimmt ihre Jacke vom Haken und zieht den Zipper bis ganz nach oben. So ist es am Hals schön warm, zumal ihre graue Schlafhose kurz und viel zu dünn ist. Aber um die anderen nicht zu wecken, will Emmy auf keinen Fall noch einmal nach oben. Und weil sie auch ihre Schuhe vergessen hat, steigt sie kurzerhand in die grünen Gummistiefel, die unter der Garderobe stehen. Die sind zwar ein wenig groß, aber das ist ihr egal. Wie Emmy in dem Augenblick, in dem sie die Tür öffnet, ohnehin alles egal ist. Genau hier will sie in genau diesem Moment sein. In dieser herrlich frischen Luft. Mit diesen wunderbaren Bergen. Und dann zieht sie die Gummistiefel auch schon wieder aus, weil sie den Boden unter den Füßen spüren will. Die Wiese. Die Kälte. Sie rennt den Hang hinab, spürt die Grashalme an den nackten Waden und die Sonne im Gesicht.

Sie legt sich auf den Boden und macht einen Schneeengel, nur eben im Gras. Dann schließt sie die Augen und liegt ganz still. Versucht, sogar dann noch ruhig liegen zu bleiben, als etwas über ihren Fuß läuft. Sie kann nur hoffen, dass es keine Spinne ist. Aber sie will sich ausprobieren. Jetzt und hier. Auch in Bezug auf ihre

Ängste. Wie es wohl wäre, in den Bergen zu leben? Sie könnte diese wunderbare Luft jeden Morgen einatmen. Sich jeden Tag über den Gesang der Vögel freuen. Einfach entspannt sein. Weit weg von allem.

Das Insekt, was auch immer es ist, hat Emmys Knöchel erreicht, und als Emmy glaubt, es keine Sekunde länger auszuhalten, hört das Kribbeln auf. Entweder hat das Tier Flügel und sich in die Luft erhoben oder es hat den Sprung ins Gras gewagt. In jedem Fall hat Emmy durchgehalten. Ein kleiner Triumph. In diesem Augenblick schiebt sich ein Schatten über ihr Gesicht. Ruckartig richtet sie sich auf und ... knallt gegen Anns Stirn. Scheiße! Das tut weh. Ann hingegen scheint der Zusammenstoß nichts ausgemacht zu haben. Sie kniet neben Emmy und ihr schöner Mund verzieht sich zu einem breiten Lächeln. Sanft drückt sie Emmys Kopf zurück auf die Wiese, reißt einen Grashalm ab und fährt damit über Emmys Stirn.

#11 JAN

Jan schreckt hoch, als es an der Tür klopft. Mist. Er hat verschlafen. Er wird zu spät zur Schule kommen! Doch dann sieht er das gerahmte Foto von Meiringen, das seinem Bett gegenüberhängt, und das Waschbecken in der Ecke. Isang! Jans Blick schnellt zum Käfig. Was ist mit Isang? Er springt aus dem Bett, als es erneut an der Tür pocht. Er ignoriert das Klopfen und beugt sich über den Käfig. Isangs Schwanz lugt aus seiner Schlafröhre. »Hey, Isang.

Hallo.« Jan zieht ganz leicht am Schwanz der Maus. Verdammt, er hätte wach bleiben und Isang nicht in den Käfig legen sollen. Dabei hat er doch nur verhindern wollen, dass er ihn im Bett erdrückt, für den Fall, dass er einschlafen sollte. Was ja wohl passiert ist.

»Alles o. k.?«, ruft Maira vor der Tür.

Jan zieht noch einmal an dem Schwanz. Er muss Isang aus dieser verdammten Röhre bekommen.

»Mit Isang alles in Ordnung?«, ruft Maira.

Jan entfährt ein Schluchzer. Nein, mit Isang ist nichts in Ordnung. Absolut nichts! Er nimmt die Röhre und hält sie so schräg, dass Isangs Körper ins Rutschen kommt und in der Baumwolle landet. Jan hebt die Maus hoch. Ihr Körper ist ganz kalt. »Nein!« Jan pustet Isang ins Gesicht. »Bitte beweg dich!« Er tippt Isang gegen die Schnauze. »Wach auf! Los, komm schon.«

»I komm jetzt rein«, sagt Maira und drückt die Klinke nach unten, die Tür ist jedoch abgeschlossen.

»Isang, bitte.« Jan küsst Isangs Schnauze, die ebenfalls ganz kalt ist. »Atme.« Jan legt den steifen kleinen Mäusekörper auf seine Oberschenkel und drückt mit zwei Fingern auf Isangs Brust. Dreißigmal. Dann pustet er zweimal Luft vor Isangs Schnauze. Wahnsinn. Er hat keine Ahnung, was er da macht. Für seinen Führerschein hat er zwar einen Erste-Hilfe-Kurs absolvieren müssen, aber da haben sie Plastikpuppen beatmet.

Maira drückt die Klinke noch einmal nach unten. »Bitte mach uff. Ich mach mir Sorgen.«

Jan streichelt über Isangs kalten Körper. Er hat ihm zu viel von dem Schmerzmittel gegeben. Das muss es sein. »Es tut mir so leid«, murmelt er und presst die Faust vor den Mund. Dann legt er sich mit Isang aufs Bett und wickelt ihn und sich in die Decke.

Irgendwann, Jan hat jedes Zeitgefühl verloren, klopft es erneut an der Tür und Maira ruft noch einmal nach ihm. Dann öffnet sie die Tür mit einem Zweitschlüssel. Sie tritt zu Jan ans Bett und streckt die Hand aus.

»Ich habe ihn umgebracht«, schluchzt Jan.

»Unsinn«, sagt Maira sanft und berührt Isangs Schnauze. »Er hat Krebs gehabt und du häsch ihm geholfe.«

»Aber ich habe es nicht absichtlich getan. Ich meine, ich habe nicht ...« Jan verstummt.

Maira berührt seine Wange. »Scht. Is' scho' gut.«

»Ich wollte das nicht«, sagt Jan.

»Scho' gut«, wiederholt Maira und streichelt Jans Wange.

»Vielleicht schläft er ja nur?« Jan blickt auf Isang, der friedlich auf dem Kopfkissen liegt.

»Vielleicht«, sagt Maira. Dann legt sie sich neben Jan und Isang.

#12 EMMY

»Das Chaltenbrunner Moor liegt auf einem Hang oberhalb von Meiringen. Es ist das am höchsten gelegene Moor Europas.« Flo klemmt ihren Zeigefinger zwischen die Seiten. »So ein Reiseführer in Buchform hat schon was. Findet ihr nicht?« Sie wischt sich einen Krümel aus dem Mundwinkel.

Rod schiebt zwei Scheiben Weißbrot in den Toaster. »Schade, dass es hier keine Croissants gibt.«

Vor Jens steht einer der Kägi-Minidispenser, auf seinem Teller häufen sich die leeren Papierchen. »Großartig.« Er seufzt glücklich. »Davon muss ich unbedingt ein paar mit nach Hause nehmen.«

»So einfach bist du zufriedenzustellen?« Flo zwinkert ihm zu. Sie selbst hat bereits drei Käsebrote verputzt. Emmy hat keine Ahnung, wie Flo es schafft, so schmal zu bleiben, bei den Mengen, die sie immer in sich hineinfrisst. Zumal sie fünfzehn Zentimeter kleiner ist als Emmy, die sich mit nur einem Brot begnügt.

Jens zuckt mit den Schultern. »Solange ihr die Finger von meinen Kägis lasst, ist alles gut.«

Emmy sind Schokowaffeln gerade so was von egal. Sogar das Moor, auf das sie sich gefreut hat, ist ihr an diesem Morgen egal. Ann hat noch kein Wort gesagt, seit sie sich an den Tisch gesetzt haben. Immer wieder zieht sie ihre Ärmel über die Handgelenke, als friere sie. Emmy hofft, dass es nicht das zu bedeuten hat, was sie denkt.

Flo liest wieder aus dem zerfledderten Reiseführer vor, den sie im Wohnzimmer gefunden hat: »Seine schönste Seite zeigt das Moor im Spätsommer. Dann wartet es mit einer grandiosen Farbenpracht auf. Riedgras in warmen Rottönen, leuchtend grüne Bergföhren und tiefblaue Seen.«

»Gut«, sagt Rod. »Dann kommen wir im Spätsommer wieder.« Er beschmiert seinen Toast dick mit Butter und Marmelade.

Ann steht plötzlich auf und verlässt die Küche.

Flo sieht Emmy mit hochgezogenen Augenbrauen an.

Emmy zuckt mit den Schultern. So ein Scheiß! Dabei hat der Morgen so gut angefangen. Ann und sie nebeneinander im Gras. Ein zutiefst friedlicher Moment.

»Was riecht hier eigentlich so komisch?« Jens verzieht das Gesicht. »Irgendwie nach toter Ratte.«

»Igitt.« Flo schlägt Jens gegen den Oberarm. »Musst du einem den Appetit verderben?«

»Du bist doch längst fertig.«

»Ich glaube, das ist der Flickenteppich«, sagt Emmy und nutzt die Gelegenheit, um aufzustehen.

»Ich werf ihn schnell raus«, ruft sie vom Flur aus, bleibt dann aber mit angehaltenem Atem vor Anns Tür stehen und lauscht, ob sich im Zimmer etwas regt.

Nichts. Nicht das kleinste Geräusch. Was verdammt noch mal macht Ann? Hat sie sich wieder ins Bett gelegt? Die Tür ist zwar nur angelehnt, aber der Spalt ist zu klein, um etwas zu erkennen. Oder hat sie die Hütte verlassen, ohne jemandem etwas zu sagen?

Emmy schnappt sich den Teppich. Jens hat recht. Das Teil stinkt nach toter Ratte. Irgendeine Erinnerung ploppt in ihr hoch, aber Emmy bekommt sie nicht richtig zu fassen.

#13 JAN

Maira hat ein Holzkreuz errichtet. Auf den Querbalken hat sie *Isang* geschrieben. Und *RIP*. Das alles kommt Jan total unwirklich vor. Hier steht er und hält Händchen mit einer Frau, die er vor vier Tagen noch nicht einmal gekannt hat. Sie haben ein kleines Grab im hinteren Teil des Gartens ausgehoben. Isang ruht in einer Schachtel, die sie mit der Baumwolle aus seinem Käfig ausgekleidet haben. Maira hat Jan immer wieder versichert, dass es für Isang so am besten sei. Und Jan hat sich selbst versichert, dass er Isang nicht zu viel Schmerzmittel gegeben hat, sondern die Maus an ihrem Tumor gestorben ist. Natürlich hat Jan die Todesdosis recherchiert, aber doch nur für den Fall der Fälle. Rein hypothetisch. Um Isang Schmerzen zu ersparen. Später. Wer hätte denn ahnen können, dass alles so schnell gehen würde?

»»Man sieht nur mit dem Herzen gut. Das Wesentliche ist für die Augen unsichtbar‹«, zitiert Maira die Sätze aus dem *Kleinen Prinzen* von Antoine de Saint-Exupéry. Sie trägt ein schwarzes Kleid. In der Hand hält sie eine weiße Rose, die sie von einem Strauch im Garten abgeschnitten hat. Jan hat auch eine in der Hand. Maira bückt sich und reicht Jan die kleine Schippe, die sie zuvor in den Erdhaufen neben dem Grab gesteckt hat. Jan blickt auf die weiße Schachtel, in der Isang ruht und um die Maira ein rotes Band gewickelt hat. Kurz fragt er sich, wo sie alle die Sachen so schnell aufgetrieben hat, doch dann ist dieser Gedanke auch schon weitergezogen.

Der Griff der Schippe fühlt sich fremd an. Falsch. Dabei handelt es sich lediglich um eine Pflanzkelle. Mehr nicht. Jan stößt die Schaufel in den Hügel und lässt die Erde behutsam auf die Schachtel rieseln. Er würde gerne ein paar Abschiedsworte sagen, aber seine Kehle ist wie zugeschnürt. Unaufhörlich laufen ihm die Tränen über die Wangen. Er hat sogar schon aufgehört, sich dafür zu schämen.

Nachdem auch Maira eine Kelle Erde auf die Schachtel hat rieseln lassen, zupfen sie den Rosen die Blüten aus und werfen sie ins Grab.

Kaum dass die Blütenblätter in der Grube gelandet sind, will Jan sie wieder rausholen, weil sie auf dem Grab sicher viel besser aussehen und unter der Erde nur ersticken. Aber Maira hält ihn zurück. »Es gibt genug Blumen. Wir können sehr viele davon uffs Grab legen.«

Jan meint ein leichtes Schmunzeln in ihren Mundwinkeln zu sehen und nickt. Sie weiß, dass es nicht um die Blumen geht, und er weiß es auch. Dennoch würde er sich am liebsten auf den Boden werfen und Isang wieder rausholen. Deswegen ist er sehr froh, dass Maira seine Hand hält und er nicht in Versuchung kommt.

Maira streicht sich eine pinke Haarsträhne aus dem Gesicht und plötzlich muss Jan lachen. Irgendwie sieht Maira verdammt komisch aus. Die bunten Haare, das schwarze Kleid und diese Grabesmiene. Dabei will er lieber nicht wissen, wie seltsam er erst aussieht. Er trägt noch immer sein verblasstes Schlafshirt und an den Beinen etwas, das man mit viel gutem Willen als Boxershorts bezeichnen könnte.

»Was isch so komisch?«, fragt Maira.

Aber Jan schüttelt nur den Kopf und fragt stattdessen: »Soll ich dir etwas vorspielen?« Die Frage ist ihm einfach so herausgerutscht. Sie muss ihn sowieso für verrückt halten. Doch als Maira nickt, gibt es kein Zurück.

#14 EMMY

Der Weg führt sanft bergauf. Eine breite Fahrstraße, auf der man leicht gehen kann. Die Berggipfel werden bereits von der Sonne erfasst, während die fünf noch im Schatten der Häuser und Bäume laufen. Emmy hört, wie Flo etwas sagt und Rod und Jens lachen. Ann hat sich zurückfallen lassen. Obwohl es heute heiß werden soll und jetzt schon sehr warm ist, trägt sie wie immer ein langärmeliges Shirt, auch wenn das hier gar nicht nötig ist, da ohnehin alle über den Grund Bescheid wissen.

Da Flo die Tour geplant hat, weiß Emmy zwar nicht genau, wo es langgeht, aber die Bewegung tut ihr so gut, dass sie kräftig voranschreitet. Am liebsten würde sie einfach immer so weiterlaufen, bis sie sich alles von der Seele gerannt hat und ihr Gehirn sich ausschaltet.

Der Weg führt aus dem Ort heraus und in den Wald hinein. Irgendwelche Nadelbäume. Vielleicht Fichten. Emmy kennt sich damit nicht aus. Sie sind hoch und stehen dicht, sodass es gleich kühler wird, auch wenn die Sonne den Boden streift und sprenkelt. In den Bäumen zwitschern Vögel, schicken sich Botschaften von Wipfel zu Wipfel. Die Männchen markieren ihr Revier und werben um die Weibchen. So jedenfalls stellt Emmy sich das vor. Aber auch von Vögeln hat sie nicht gerade viel Ahnung. Vielleicht hätte sie in Biologie besser aufpassen sollen. Aber das liegt jetzt erst mal hinter ihr. Schule, Abi, das frühe Aufstehen und das viele Lernen.

Flo schließt zu ihr auf und legt ihr einen Arm um die Schulter. »Alles klar, Süße?«

Emmy nickt. »Tolle Tour. Danke fürs Planen.«

»Schon gut.« Flo drückt Emmys Schulter. »Sobald wir aus dem Wald raus sind, wird es allerdings ein wenig steiler.«

»Kein Problem«, sagt Emmy, ist aber kaum zu verstehen, da Rod plötzlich wie ein wild gewordener Stier an ihnen vorbeirennt, wobei irgendwas in seinem Rucksack laut klappert.

»Da vorne sind Kühe«, ruft er über die Schulter hinweg, als handele es sich um eines der sieben Weltwunder.

»Ich habe ihre Glocken gehört«, ruft er, als sei auch das was Besonderes.

Flo lacht und Emmy muss ebenfalls lachen. Manchmal ist Rod so ungestüm wie ein junger Hund und Emmy beneidet ihn um diese Unbedarftheit.

»Hat sich das zwischen dir und Rod geklärt?«, fragt Flo. »Wegen …« Sie dreht sich um. »Ann?«

Emmy schüttelt den Kopf und zuckt mit den Schultern. »Ich kann weder mit Rod reden noch mit Ann. Sie ist grad wie eine Fremde für mich, zieht sich komplett zurück.«

»Ist sie das nicht immer irgendwie? Ann, die Unnahbare.«

Emmy bleibt die Spucke weg. Sie wusste nicht, dass Flo so über Ann denkt.

»Sie gibt sich doch öfter als Miss Rührmichnichtan«, sagt Flo. »Ist doch schon fast so was wie ein Markenzeichen.«

»Findest du?« Emmy verspürt den Impuls, Ann in Schutz zu nehmen. Sie sind doch Freundinnen. Alle drei. Oder waren es jedenfalls.

Jens kommt angekeucht. »Puh, ganz schön steil.«

Emmy sieht, wie Flo sich auf die Lippen beißt. Sicher, um ihm nicht zu sagen, dass er deutlich fitter wäre, wenn er weniger trinken und kiffen würde. Aber vielleicht denkt auch nur Emmy so, während das Flo gar nicht auffällt. Oder nicht interessiert, weil sie mit dem Kopf ohnehin längst woanders ist?

»Voll weich«, sagt Rod, als Emmy und Flo ihn erreicht haben. Er streichelt der Kuh gleich noch einmal übers Maul und greift dann nach Emmys Hand. »Probier auch mal.«

Aber Emmy zieht ihre Hand zurück und versteckt sie hinter ihrem Rücken. Sie hat echt Respekt vor diesen großen Viechern. Um nicht zu sagen Angst. Weswegen sie auch echt froh ist, dass ein elektrisch geladener Zaun sie und die Kühe trennt.

Die Wiese, auf der die Kühe weiden, befindet sich in der prallen Sonne. Der vor ihnen liegende Weg, der sich zu einem Pfad verengt, steigt in der Tat ziemlich steil an. Emmy wirft Jens einen Blick zu. Sein Shirt ist total verschwitzt und seine sonst so akkurat gescheitelten Haare kleben am Kopf.

Auch Flo scheint zu bemerken, wie erschöpft er jetzt schon ist. »Ein paar der Kurven können wir abschneiden«, sagt sie. »Und auf dem Höhenweg machen wir Pause. Der Ausblick dort muss der Hammer sein.«

»Wie lange dauert das denn noch?« Jens stöhnt und greift an die Riemen seines Rucksacks. »Der ist voll schwer.«

Flo verkneift sich freundlicherweise zu sagen, dass sie ihn beim Frühstück gefragt hat, ob er das wirklich alles mitnehmen muss.

Mittlerweile ist auch Ann bei ihnen angekommen. Sie macht ein mürrisches Gesicht. Aber wenn sie das hier alles so scheiße findet, hätte sie schließlich nicht mitkommen müssen. Doch Emmy will nicht ungerecht sein. Auf der Wiese am Morgen hat Ann immerhin gelächelt. Sie hat Emmy mit dem Grashalm über die Stirn gestrichen und dabei für einen Moment fast glücklich ausgesehen.

Als hätte Ann sich in diesem Augenblick ebenfalls daran erinnert, blitzen ihre Augen und sie sagt mit dieser samtigen Stimme, die Emmy so liebt: »Voll schön hier.«

Obwohl es Emmy ganz warm ums Herz wird, findet sie diese ständigen Stimmungswechsel anstrengend. Zumal die Ausschläge immer heftiger zu werden scheinen.

Ann zeigt auf ein Gebüsch mit rosa Blüten. »Weiß jemand, wie die heißen?«

Auf einmal wirkt Ann so normal, dass Emmy sich fragt, ob sie sich ihre mürrische Miene nur eingebildet hat. Oder Ann ihr nur so abweisend vorkommt, weil sie sich in Wahrheit etwas anderes wünscht.

Jens, Rod und Ann sehen Flo erwartungsvoll an, als müsse sie wissen, um was für Blumen es sich handelt. Doch sie hebt in gespielter Empörung die Hände. »Ich habe die Tour zwar geplant, aber um ehrlich zu sein …« Dann holt sie so tief Luft, als stehe sie kurz davor, ein lang gehütetes Geheimnis zu verraten, um dann lediglich zu sagen: »Ich bin das erste Mal in den Bergen.«

Rod macht ein verblüfftes Gesicht. Jens ist nicht anzusehen, ob er das wusste, Ann sieht aus, als wäre sie ohnehin schon wieder ganz woanders und Emmy ist verwundert. Seltsam, dass das nicht zur Sprache kam. Schließlich haben sie die Sache lange genug geplant und Flo und Jens waren vor der Abreise ja sogar noch zum Sushiessen bei ihnen. Emmy weiß zwar, dass Flos Mutter nur selten Geld hat, um mit Flo und den Zwillingen zu verreisen, aber das Flo als Sportfan noch nie in den Bergen war, hatte Emmy nicht auf dem Schirm. Immerhin hat Flo die Planung für die Reise mit all ihren Ausflügen und Wanderungen im Vorfeld extrem freudig übernommen.

»Autsch«, ruft Ann und reibt sich das Handgelenk.

»Der Zaun ist geladen«, sagt Rod.

»Ach!« Ann funkelt ihn wütend an.

»Los weiter, Leute.« Flo klatscht in die Hände. »Sonst packen wir das heute nicht.« Sie setzt sich in Bewegung.

»Jawohl, Frau General«, sagt Jens und Emmy fragt sich, wie lange das zwischen den beiden wohl noch gut geht. Und ob es das überhaupt muss.

Während Jens, Rod und Ann ebenfalls loslaufen, nimmt Emmy allen Mut zusammen und streichelt einem Kälbchen übers Maul. Rod hat recht. Die Schnauze ist total weich und die warme Atemluft des Tiers streicht beruhigend über Emmys Hand.

»Machs gut, Kälbchen«, sagt sie schließlich und verbucht einen weiteren Triumph über ihre Ängste. Dann folgt sie den anderen über die blühende Alpwiese, setzt einfach einen Fuß vor den anderen, bis sie ihren Rhythmus wiederfindet und spürt, wie ihre Brust sich weitet und der Kopf sich für einen Augenblick ausschaltet.

Nach kurzer Zeit schließt Emmy zu Ann auf, die plötzlich stehen geblieben ist. »Alles okay?«, fragt Emmy, wobei ihr ihre Stimme selbst ein wenig steif vorkommt. Sie räuspert sich und fragt: »Gefällt es dir?« Und schon im nächsten Augenblick ärgert sie sich, weil sie wie eine unsichere Zwölfjährige klingt. »Die Wanderung, meine ich«, fügt sie noch hinzu und schweigt dann resigniert.

Anns Blick bohrt sich in Emmys Augen. »Das ist das Beste, was ich in den letzten zwei Jahren erlebt habe«, sagt sie.

In den letzten zwei Jahren?, will Emmy fragen, aber der Schmerz in ihrer Brust macht es ihr unmöglich, auch nur ein Wort herauszubringen. *Und was ist mit uns? Mit den letzten Wochen?*

Doch bevor sie etwas sagen kann, spuckt Ann unerwartet grob auf den Boden, dreht sich um und lässt Emmy einfach stehen.

Für einen Moment ist Emmy wie gelähmt. Dann setzt auch sie sich wieder in Bewegung und rennt beinahe den Berg hinauf.

Als sie Rod überholt, ruft er: »Go, Emmy, go.«

Jens sagt: »Ich wusste gar nicht, dass du eine Bergziege bist.«

»Gämse«, erwidert Emmy, ohne sich umzudrehen oder das Tempo zu verringern, und stürmt voraus, bis sie den Höhenweg erreicht hat, von dem aus man einen Ausblick hat, der sie zwar nicht für Anns Kälte entschädigt, sie aber wenigstens ablenkt.

Man schaut direkt ins Reichenbachtal. Die Ebene ist grün und hügelig und von Flüssen und Bächen durchzogen und am Horizont ragen die schroffen Felsen der Engelhörner in die Höhe.

»Na, was habe ich euch versprochen«, sagt Flo, nachdem die Gruppe Emmy eingeholt hat. »Das ist doch einfach mega.« Sie breitet die Arme aus und wirkt so stolz, als habe sie die Berge höchstpersönlich für ihre Freunde an diesen Ort getragen.

»Lasst uns ein Foto für den Blog machen«, sagt Emmy. »Damit wir nach dem Detox was zum Posten haben.«

»Oh ja, los, so ein Pyramidenfoto«, sagt Rod. »Ihr wisst schon, wie in Rom.«

»Davon tut mir jetzt noch der Rücken weh«, ächzt Jens, lacht aber. »Hat allerdings echt cool ausgesehen und echt viele Klicks bekommen.«

»Und wer macht das Foto, wenn wir alle in der Pyramide stehen?«, fragt Ann und Emmy ärgert sich, dass Ann schon wieder so negativ ist.

»Dann drapieren wir uns eben vor dem Moor und tun so, als ob einige von uns gerade darin versinken, während andere sie rausziehen«, sagt Rod. »Auf dem Boden ist es leichter, ein Selfie zu schießen, als auf einer wackeligen Pyramide.« Er blickt über die weite Fläche. »Meint ihr, das Moor ist hier so, dass man tatsächlich einsinkt und weg ist?« Er macht ein schlürfendes Geräusch. »Sieht gar nicht nach Moor aus«, sagt er. »Alles grün.« Er tritt neben den Weg und testet den Boden. »Total stabil.« Er entfernt sich noch ein Stück weiter vom Weg. »Sicher alles nur ein Ammenmärchen.« Beim nächsten Schritt sinkt er ein. »Fuck.« Erschrocken reißt er die Arme in die Höhe, als könne das sein Versinken im Moor verhindern.

Flo lacht. »Das ist doch gar nicht das Moor. Nur eine feuchte Wiese. Kannst ganz normal weiterlaufen.«

»Ich zieh dich jedenfalls nicht raus«, sagt Jens. »Keinen Bock, auch da drin zu stecken.«

»Das ist eine Wiese«, wiederholt Flo und verdreht die Augen.

»Also gut, ich versinke freiwillig«, sagt Rod und zieht eine entsprechende Grimasse.

»Was für ein Kindergarten«, sagt Ann.

Emmy stellt sich vor Ann. »Was machst du eigentlich hier, wenn alles ohnehin nur scheiße ist?«

Ann wirft ihr einen mörderischen Blick zu und setzt sich in Richtung Moorsee in Bewegung.

Rod macht erneut ein schlürfendes Geräusch. »Weg war sie.«

Dann schlägt er Jens auf die Schulter. »Komm, Bro. Wettrennen zum Wasser.«

Mit hüpfenden Rucksäcken rennen sie zum See, in dessen kristallklarem Wasser sich die mächtigen Berge spiegeln.

Am See angekommen, werfen sie ihre Rucksäcke auf den Boden, streifen Schuhe und Strümpfe ab und rennen in den See.

Emmy ist sich nicht sicher, ob das überhaupt erlaubt ist. Von wegen Naturschutz und so. Sie blickt sich um. Am gegenüberliegenden Ufer geht ein Mann mit seinem Hund spazieren und auch Ann hat mit ihren schnellen Schritten bereits die andere Seite des Sees erreicht.

»Mega«, sagt Flo, die ebenfalls schon bis zu den Knien im Wasser steht und Emmy zu sich winkt. »Los, komm. Hat eine total reinigende Wirkung. Spürt man sofort.« Sie lacht.

Also zieht auch Emmy Schuhe und Socken aus und watet ins Wasser, das so kalt ist, dass ihr für einen Moment der Atem stockt. Doch dann durchflutet sie tatsächlich eine belebende Welle und sie versteht, was Flo gemeint hat, und vergisst für einen Augenblick alle Zweifel und Fragen.

Später liegen Flo, Jens, Rod und Emmy am Ufer und essen ihre mitgebrachten Brote, während Ann noch immer um den See latscht.

Jens reicht seinen Tee herum. Rod nimmt einen Schluck, spuckt ihn aber sofort wieder aus. »Mit Schuss? Ernsthaft, Bro? Auf einer Wanderung?«

»Das macht man in den Bergen so«, sagt Jens.

Flo sieht ihn mit hochgezogenen Augenbrauen an, sagt aber nichts, sondern lässt sich nur rücklings ins Gras fallen.

#15 JAN

Jan schleicht zur Hütte, auch wenn das wahrscheinlich gar nicht nötig wäre. Über die Kamera in der Küche hat er am Morgen mitbekommen, dass die Clique einen Ausflug zum Chaltenbrunner Moor macht. Sofern sich niemand verletzt oder die fünf aus einem anderen Grund früher zurückkommen, bleibt ihm der ganze Vormittag, um sich in der Hütte umzusehen und die Kamera im Hirschkopf neu zu positionieren. Im Moment sieht er eher Rods und Emmys Füße als deren Köpfe.

Die Atmosphäre vor der Hütte kommt Jan völlig verändert vor, auch wenn das Unsinn ist, zumal alles noch so aussieht wie bei seinem letzten Besuch. Bis auf die heruntergebrannte Kerze auf dem Tisch und der Tatsache, dass Isang fehlt.

Vielleicht hätte Jan die Maus vor der Hütte begraben sollen. Immerhin gehört der Grund und Boden Jans Onkel, während er zu Mairas Pension keinen Bezug hat. Bisher jedenfalls nicht.

Sein Blick fällt auf das Lagerfeuer. Ein Steinkreis mit verkohlten Holzresten. Jan kneift die Augen zusammen. Was ist das?

Er holt sich einen Stock und stochert in der Asche. Ein rotes Stück Stoff. Sieht aus wie der verbrannte Rest eines Stringtangas, auch wenn Jan sich damit nicht gut auskennt.

Kurz überlegt er, in der Küche einen Frischhaltebeutel zu holen, um den Stoff einzutüten. Wie ein Beweismittel in einem Krimi. Aber das sollte er lieber nicht tun. Am Ende fällt noch jemandem auf, dass der Fetzen fehlt.

Wann haben die das verbrannt? Er wird sich die Videos noch einmal ansehen müssen. Beim ersten Schnelldurchlauf ist ihm nichts aufgefallen. Es muss mitten in der Nacht gewesen sein. Ganz sicher nicht, während alle ums Feuer saßen. Die Sequenz hat Jan live gesehen.

Er setzt sich auf die Bank vor der Hütte und schließt die Augen. Sofort ertönt in seinen Ohren Bachs *Suite No. 1* in g-Moll. Genau das Richtige für die Berge und seine Gefühle hat er noch vor wenigen Tagen gedacht. Dabei aber ganz sicher nicht Isangs Tod im Sinn gehabt.

Verdammt. Er muss sich zusammenreißen, wenn das hier etwas werden soll.

Was, wenn der Slip Emmy gehört hat? Jan schießt die Hitze ins Gesicht. Hastig steht er auf und geht in die Hütte. Er zentriert die Kamera in der Küche noch etwas exakter. Dann geht er in den ersten Stock, steigt auf das große Bett und richtet die Kamera im Hirschkopf so aus, dass er in Zukunft zum Kopfende blickt. Das Zimmer sieht aus wie ein Saustall. Jan kann gar nicht verstehen, wie Emmy das aushält. Doch dann bemerkt er, dass auch ihre Klamotten auf dem Boden liegen. Ob es bei ihr zu Hause ebenfalls so aussieht? In der Schule wirkte sie immer so ordentlich und sortiert.

Oh, wow! Was ist das?

Jan geht zur Kommode. Die oberste Schublade steht offen. Er greift hinein und zieht einen roten Stringtanga heraus.

Erst hält er ihn nur zwischen den Fingerspitzen, dann reibt er den Stoff aneinander. Krass. Er hatte noch nie so weichen Stoff in der Hand. Ob das Seide ist? Ob Emmy den für Rod gekauft hat? Jan führt den Slip zur Nase. Er riecht nach Waschmittel.

Als ihm bewusst wird, was er da macht, legt er den Tanga schnell wieder in die Schublade.

Oh Mann, er mutiert hier noch zum Stalker! Er blickt zur Kamera, die er am Morgen ausgeschaltet hat, weil es nichts zu filmen gibt, während die fünf auf der Wanderung sind. Aber in der Pension muss er das noch einmal checken. Nicht dass am Ende das falsche Material im Netz landet und jeder sieht, wie Jan, der Nerd, am Stringtanga schnüffelt.

Während er die Küche ansteuert, fragt er sich, wer einen Tanga ins Feuer wirft. Und warum?

Auf der Hälfte der Treppe kommt ihm ein Gedanke und er rennt noch einmal in den ersten Stock, durchwühlt Kommode, Schrank und Koffer. Nirgends ein Notiz- oder Tagebuch. Dabei ist Emmy doch dauernd am Schreiben. Irgendwo müssen diese Notizen doch sein. Ob sie ihr Notizbuch auf die Wanderung mitgenommen hat? Vielleicht will sie unterwegs etwas notieren, um es später auf dem Blog zu veröffentlichen.

Jan geht rasch durch alle Zimmer. Keine Computer, keine Handys. Die haben sie für Notfälle sicher in ihre Rucksäcke gesteckt. In Anns Zimmer entdeckt Jan ebenfalls Tangas. Rot und blau. Der verkohlte Fetzen könnte also auch von Ann sein. Ob Maira auch solche Teile trägt? Jan schüttelt den Kopf. Es reicht. Er muss sich jetzt wirklich fokussieren.

In der Küche wirft er einen Blick in den Kühlschrank und die Vorratskammer. Vollgestopft! Wenigstens das scheinen die fünf ernst zu nehmen. Dass sie kein Auto benutzen wollen. Zumindest einmal eine ehrliche Ansage auf dem Blog.

Jan setzt sich an den Küchentisch. Kurz ist er versucht, sich ein Käsebrot zu schmieren und für einen Moment so zu tun, als sei er Teil der Clique und wäre an diesem Tag zum Chillen in der Hütte geblieben. Aber vielleicht erinnert sich einer der fünf genau daran, in welchem Zustand die Küche war. Jens wäre eine solche Gründlichkeit durchaus zuzutrauen. So geleckt, wie der jeden Morgen in der Schule erschienen ist. Den Scheitel an exakt derselben Stelle, die Klamotten immer frisch gebügelt, teilweise mit Bügelfalte.

Die ganze Nachdenkerei über Mädchenunterwäsche und Genauigkeit hat Jan irgendwie in den Unterzucker getrieben. Das kennt er von seinen Konzerten. Wenn er nicht sofort etwas isst, schafft er es nicht einmal bis zum Auto. Er steht auf und geht zur Speisekammer. Vorsichtig zieht er einen Riegel aus einer Großpackung. Crownhealth. Sicher irgend so ein Brainfood.

Trotz der beeindruckenden Verpackung schmeckt der Riegel nach Pappe. Ein Snickers wäre Jan jetzt lieber. Der Gedanke, wie sehr Isang Nüsse geliebt hat, treibt ihm sofort wieder die Tränen in die Augen. Er schnappt nach Luft. Ob Isang wohl noch leben würde, wenn sie nicht hierhergekommen wären?

In diesem Moment vibriert das Handy in der Hosentasche. 👍🥜 *Glückwunsch zum Auftaktkonzert!! Alles gut bei dir?* Früher hat seine Mutter sich geweigert, ihm ein einziges Emoji zu senden. Viel zu primitiv, hat sie gesagt. Und jetzt das.

Jan klickt auf ein lachendes Emoji und schreibt: *Alles super!* Was nicht einmal gelogen ist.

#16 EMMY

Rod streicht über seinen nicht vorhandenen Bauch. »Das war lecker. Geht doch nix über eine ordentliche Portion Nudeln.«

»Doch«, sagt Jens. »Eine ordentliche Portion Gummibärchen.« Er wedelt mit der Tüte. »Wer will?«

Ann schnappt sich die Tüte, reißt sie auf und fängt an, alle roten Bärchen rauszuholen und vor sich auf den Tisch zu legen.

Rod will ihr die Tüte wieder abnehmen. »Wer bitte soll die anderen essen, wenn du erst mal alle angegrapscht hast?«

Ann macht ungerührt weiter, bis alle roten Bären vor ihr liegen. Erst dann reicht sie die Tüte an Rod. Der legt den Kopf in den Nacken und schüttet die Bären aus der Tüte direkt in den Mund. Emmy schüttelt den Kopf. Ob das nun hygienischer ist? Flo steht auf und holt einen ihrer Energieriegel aus der Speisekammer. »War jemand an meinen Crownhealth?«

»An *deinen* Crownhealth?« Rod runzelt die Stirn.

»Sag nur, du hast die gezählt?«, fragt Jens und hebt die Hände in einer Geste der Unschuld. »Ich wars nicht.«

»Jemand war an meinen Riegeln«, beharrt Flo.

Emmy sieht, wie Rods Hand schon zu seinem Kopf wandert, und sie hofft, dass er Flo jetzt keinen Vogel zeigt. Doch dann kratzt er sich lediglich an der Stirn und sagt: »Los, wir spielen Wahrheit oder Pflicht.«

Kollektives Aufstöhnen.

»Habt ihr einen besseren Vorschlag?«

»Wir wissen doch eh schon alles voneinander«, sagt Jens und Emmy denkt: Wenn du dich da mal nicht täuschst.

Ann holt eine neue Tüte Gummibärchen aus der Speisekammer.

»Die könnten wir in Wodka einlegen«, sagt Jens.

Flo verdreht die Augen und stöhnt gereizt.

Rod steht auf. »Ich hab was Besseres.« Er fördert eine Packung Wodka Feige zutage. »Tataaaa! Vierundzwanzig Kleine Feiglinge.« Er sagt es so stolz, als handele es sich um seine Kinder.

»Wo hast du die denn her?« Emmy ist langsam ein wenig beunruhigt. Wahrheit oder Pflicht ist schon schlimm genug. Aber wenn alle total besoffen sind? Wahrscheinlich hat Rod das Spiel nur vorgeschlagen, um mehr über sie und Ann zu erfahren. Sie blickt zu Ann, die noch mit ihren Gummibärchen beschäftigt ist oder jedenfalls so tut. Emmy ist sich nicht sicher, ob sie sich auf Ann verlassen kann. »Lasst uns zum Spielen wenigstens vor die Hütte gehen«, sagt sie, in der Hoffnung, Rod und Jens könnten beim Anblick der Berge auf andere Gedanken kommen und ihren Spieleifer vergessen.

»Gute Idee.« Flo greift nach der Schokolade, die sie gerade auf den Tisch gelegt hat.

Vor der Hütte startet Emmy ein letztes Ablenkungsmanöver: »Wollen wir nicht lieber ein Feuer machen und die Berge genießen?«

»Nix gibts.« Rod stellt die Kleinen Feiglinge auf den Tisch.

Jens dreht einen Joint. »Die Berge kannst du auch beim Spiel genießen.«

»Kannst du nicht mal einen Tag darauf verzichten?« Flo zeigt auf den Joint.

»Doch«, sagt Jens. »Will ich aber nicht.«

»Klar, willst du nicht«, echot Flo und stopft sich gleich zwei Stücke Schokolade in den Mund.

#17 JAN

Jan wechselt zur Kamera vor der Hütte. Drinnen hat er wegen der Musik nicht viel vom Gespräch mitbekommen. Draußen ist es besser, zumal die fünf an diesem Abend kein Feuer machen, sondern sich einfach nur um den Tisch herum setzen. Emmy und Rod mit dem Rücken zur Hütte und mit Blick auf die Berge, Ann, Jens und Flo gegenüber, auf drei der Herzstühle, die sie aus der Küche mitgebracht haben.

»Ich zuerst.« Rod streckt wie ein übereifriger Schüler den Arm in die Luft. Fehlt nur noch, dass er mit den Fingern schnippt, denkt Jan, der sich sofort ins Klassenzimmer zurückversetzt fühlt. Der coole Rod, der natürlich nur zur Belustigung der Mitschüler mit den Fingern geschnippt hat. Klar. Hätte Jan geschnippt, hätte man ihn sofort als Streber bezeichnet.

Rod hat aus der Küche eine Kerze mitgebracht, die er jetzt dreht. Der Docht zeigt auf Jens. »Wahrheit«, sagt der wie aus der Pistole geschossen und zieht an seinem Joint, als sauge er Mut für Rods Frage daraus.

Den scheint er auch zu brauchen, denn Rod richtet sofort seinen Zeigefinger auf ihn und fragt: »Wenn du dein Geld illegal verdienen müsstest, womit würdest du das tun?«

»Drogen«, sagt Jens, ohne zu zögern.

Flo öffnet den Mund und schließt ihn wieder. Sie schnappt nach Luft wie ein Fisch, bis sie schließlich herausbringt: »Das ist geschmacklos.«

»Danke«, sagt Jens, als handele es sich um ein Kompliment und deutet eine Verbeugung an, die völlig fehl am Platz wirkt.

Jan schluckt. Spinnen die? Jens und Drogen? Er kifft, ja. Aber das heißt doch nicht, dass er Drogen vertickt. Oder? Wie kann Jens nur, ohne überhaupt darüber nachzudenken, eine solche Antwort bringen?

Alle wirken total angespannt, bis Rod schließlich lacht. Ein wenig zu laut vielleicht, aber immerhin. Er nimmt eine Flasche aus dem Karton und hält sie Jens hin. »Prost.«

Bevor Jens zugreifen kann, reißt Flo Rod die Flasche aus der Hand, nuschelt etwas Unverständliches und stellt den Kleinen Feigling wieder in den Karton.

Emmy fragt sich, ob Flo das macht, um zu vermeiden, dass Jens Alkohol trinkt oder weil er vielleicht nicht gelogen hat, als er das mit »Drogen verticken« gesagt hat.

Jens zuckt lediglich mit den Schultern, greift zur Kerze und sagt: »Ich bin dran.«

Die Kerze rollt mehr, als dass sie sich dreht, und der Docht zeigt auf Ann. Noch bevor die Kerze richtig zum Stillstand gekommen ist, greift Ann in den Karton, holt eine Flasche raus und sagt: »Ich trinke.«

Rod, der sich offensichtlich als Spielführer versteht, nimmt ihr die Flasche ab und sagt: »Sorry, aber so funktioniert das Spiel nicht.«

Ann zuckt mit den Schultern. »Wieso nicht? Wenn jemand eine Frage stellt, die man nicht beantworten will, trinkt man. Bekommt man eine Aufgabe, die man nicht machen will, trinkt man. Ich trinke halt gleich.« Sie zuckt noch einmal mit den Schultern.

»Wartet«, sagt Flo beschwichtigend und wendet sich an Ann. »Ich habe eine Aufgabe für dich. Du musst trinken, was immer Emmy dir in der Küche zusammenmixt.«

»Nee, Mädels.« Rod hebt den Zeigefinger und wiederholt: »So läuft das nicht. Dann bekommt sie ja auf jeden Fall den Alk, auf den sie scharf ist.«

»Ich bin auf gar nichts scharf«, sagt Ann.

»Ich hab nicht von Alkohol geredet«, sagt Flo.

»Ihr seid die totalen Spielverderber«, sagt Rod und Jan ist sich nicht sicher, ob er tatsächlich beleidigt ist oder nur so tut.

»Lass sie doch«, sagt Jens. »Wird doch eh erst spannend, wenn alle richtig besoffen sind.«

»Dann trink halt deinen Feigling«, sagt Rod. »Damit es endlich weitergeht.«

Ann klopft die Flasche auf den Tisch, schraubt den Verschluss ab und kippt den Inhalt in einem Zug herunter, wobei sie die Flasche nur mit den Lippen hält. Sie blickt Rod herausfordernd an, als wolle sie sagen: Gut so?

»Eigentlich gehört der Deckel auf die Nase«, sagt Rod.

Obwohl Jan sein Gesicht nicht sieht, kann er Rods Grinsen förmlich in seiner Stimme hören.

Man legt den Deckel auf die Nase? Wie albern ist das denn? Oder hat Rod sich das gerade ausgedacht?

Obwohl Jan nicht mitspielt, ermüdet ihn das Spiel schon jetzt. Aber vielleicht wird es wirklich erst spannend, wenn alle besoffen sind.

Ann dreht die Kerze und fragt Emmy, die sich für Wahrheit entscheidet: »Was war der größte Fehler deines Lebens?«

Emmy stöhnt, als wolle sie zum Ausdruck bringen: Ist das dein Ernst? Doch Anns Miene ist völlig unbewegt. Sie blinzelt nicht einmal. Etwas stimmt nicht zwischen ihr und Emmy. Das kann Jan sogar in seinem Pensionszimmer spüren. Aber was?

»Ich glaube, der größte Fehler meines Lebens kommt erst noch«, sagt Emmy dann und auch wenn Ann den Blick schnell senkt, meint Jan, ein leichtes Lächeln auf ihrem Gesicht gesehen zu haben, als sei sie mit Emmys Antwort zufrieden.

Rod hat dagegen wie immer etwas zu meckern. »Das ist doch keine Antwort«, sagt er künstlich aufgebracht, während Jens Emmy zur Seite springt und sagt: »Also ich find die Antwort geil.«

Rod zögert noch einen Augenblick, dann drückt er Emmy die Kerze in die Hand.

Emmy dreht. Der Docht zeigt auf Rod. »Pflicht«, brüllt der sofort.

»Hol die Fahne da runter.« Emmy zeigt auf die Schweizer Flagge, die Jans Onkel am Dachfirst angebracht hat.

»Hast du was gegen die Schweizer oder gegen übertriebenen Lokalpatriotismus?« Rod lacht.

»Weder noch. Ich seh dich einfach gerne klettern.« Emmy lächelt und Jan fragt sich, was die Aufgabe für einen Sinn haben soll. Andererseits konnte er dem Spiel noch nie viel abgewinnen. Hauptsache, die fünf bringen die Hütte am Ende wieder in Ordnung und die Fahne aufs Dach.

Rod steigt auf die Bank und zieht sich am Fensterbrett nach oben. Wie ein Fassadenkletterer setzt er die Füße auf winzige vorstehende Bretterkanten und holt die Fahne aus dem Halter. Er klettert wieder ein Stück nach unten und gleitet mit einem Sprung zurück auf den Boden. Dort reckt er die geballte Faust in die Luft, schwenkt die Fahne hin und her und steckt sie neben der Feuerstelle in die Erde. Dann ist er sofort wieder am Tisch und dreht die Kerze, als befinde er sich in einem Siebenkampf.

Der Docht zeigt auf Jens, der erneut Wahrheit wählt.

»Was würdest du gerne mit Flo machen, wenn du danach ihr Gedächtnis löschen könntest?«, fragt Rod.

Was für eine krasse Frage. Rod klingt, als mache es ihm Spaß, Jens eins auszuwischen. Vielleicht sind die fünf ja nicht nur zu Jan, sondern auch untereinander gemein.

Aber Jens scheint die Frage gar nicht gemein zu finden. Gelassen sagt er: »Da würde mir so einiges einfallen.«

Alle Köpfe wenden sich ihm zu. Jens legt den Finger auf die Lippen. »Das sag ich Flo, wenn wir allein sind.« Er greift nach einem Feigling und stürzt ihn runter.

»Ihr seid vielleicht eine lahme Bande«, sagt Rod.

Jens dreht die Kerze und wie durch ein Wunder zeigt der Docht auf Rod. Revanche! Zumal Rod Wahrheit wählt, ganz so, als wolle er den anderen zeigen, dass es brisantere Wahrheiten und bessere Sprüche gibt.

»In welche der anwesenden Frau könntest du dich am ehesten verlieben?«, fragt Jens.

»Emmy«, sagt Rod prompt.

»Das ist spannender als unsere Antworten?«, fragt Flo.

»Alle außer Emmy natürlich«, sagt Jens.

Emmy streckt Rod eine Flasche entgegen.

Rod zögert. Dann scheint er zu begreifen und trinkt.

Die nächsten Runden bestehen weiter aus sinnlosen Aufgaben und mäßig interessanten Wahrheiten. Jan fragt sich langsam, warum er ganze drei Jahre lang in der Schule unbedingt zu dieser Clique gehören wollte.

Dann ist die Runde wieder an Emmy und Ann stellt ihr wie gewünscht eine Aufgabe: »Beweis deinen Mut und stell dich an die Abbruchkante.«

Jan zieht scharf die Luft ein. Warum fordert Ann das von Emmy? Das kann sie doch unmöglich ernst meinen. Emmy hat für so was doch viel zu viel getrunken. Alle haben sie zu viel getrunken.

Doch Emmy steht schwankend auf und auch Flo erhebt sich wankend.

Jan springt von seinem Stuhl. »Nein!«, schreit er, auch wenn die anderen ihn natürlich nicht hören. Er läuft vor dem Computer auf und ab, rauft sich die ohnehin zerzausten Haare.

Jens und Rod legen sich wie Saufkumpane die Arme um die Schultern und torkeln hinter Emmy und Flo her. Einzig Ann scheint noch relativ nüchtern zu sein. Mit einem Grinsen auf dem Gesicht und einigermaßen kontrollierten Bewegungen folgt sie den anderen und verschwindet damit ebenfalls aus Jans Blickfeld.

Was soll das? Warum macht Ann das? Hat sie doch mehr getrunken, als es zunächst den Anschein hatte? Zu dumm nur, dass er keine Kamera an der Seite der Hütte angebracht hat. Jetzt kann er die fünf weder sehen noch hören. Er kann nichts machen, als zu warten, dass sie zurückkommen.

Er setzt sich vor den Computer und starrt auf die leeren Herzstühle und die leere Bank. Er bewegt die Computermaus wie manisch hin und her, als würde das etwas daran ändern, dass er die Abbruchkante nicht sehen kann.

Wenn alle fünf wieder zurückkommen ... Doch da ertönt ein lang gezogener Schrei. Jan springt auf, der Stuhl kippt um.

#18 EMMY

Emmy öffnet die Augen. Sie fühlt sich zerschlagen, benommen. Ihre Wange brennt und der rechte Fußknöchel pocht. Sie führt die Hand zum Gesicht und tastet es ab. Ein verdammt langer Kratzer. Sie kreist ihren Fuß im Gelenk. Hat sich zwar schon mal besser angefühlt, aber es scheint nichts gebrochen oder gerissen zu sein. Sie blickt nach oben. Sieht den Hirschkopf und hört Rod neben sich schnarchen. Er sieht aus wie ein Baby. Sein Gesicht ist entspannt und sogar die steile Falte zwischen seinen Augenbrauen, die er hat, wenn er denkt oder ihm etwas missfällt, hat sich geglättet. Seine Lippen sind leicht geöffnet und vibrieren bei jedem Atemzug. Hätte er Emmy gestern Abend nicht von der Kante zurückgerissen, wäre das Ganze nicht so glimpflich abgelaufen. Dann wäre Emmy in die Tiefe gestürzt. Verdammte zwanzig Meter. Nachdem er ihr am Abend zuvor also gewissermaßen das Leben gerettet hat, müsste Emmy vor Liebe eigentlich überströmen. Doch sie spürt lediglich Dankbarkeit. Allenfalls ein wenig Zärtlichkeit. Aber keine Liebe. Die fühlt sich anders an. Das weiß sie, weil … Sie verbietet sich jeden weiteren Gedanken und streicht über Rods Wange. Er schlägt die Augen auf und ist sofort hellwach, als habe man einen Schalter umgelegt. Er streckt die Arme aus. »Baby, komm her.« Seine Stimme ist warm und sanft. Emmy lässt sich von ihm in die Arme ziehen, auch wenn es sich wie eine Lüge anfühlt.

Rod vergräbt das Gesicht in ihren Haaren und murmelt: »Das war ja so was von krass.«

Ja, so was von. Jedenfalls wie Rod sie gerettet hat. Wie er hingegen auf Ann losgegangen ist, war weniger nett. Zumal sie nicht alleine schuld gewesen ist. Schließlich haben alle mitgemacht. Alle sind sie zur Kante gegangen. Und alle waren sie besoffen. Ann vielleicht am wenigsten, aber sie deswegen als mörderische Verräterin zu bezeichnen, ist schon hart.

Rod nimmt Emmys Gesicht in die Hände und küsst sie auf die Nasenwurzel. »Du weißt ja gar nicht, wie sehr ich dich ...« Er schluckt.

Emmy ahnt, was kommt. Will es nicht hören.

Doch in diesem Augenblick stößt Rod das Wort schon aus: »... liebe.«

Er stößt es so schnell und heftig hervor, dass Emmy es vielleicht nicht mal verstanden hätte, hätte sie nicht damit gerechnet. Es ist das erste Mal, das Rod das Wort sagt. Emmy weiß, dass sie etwas erwidern müsste. Im besten Fall, dass sie Rod ebenfalls liebt. Aber das kann sie nicht. Nicht mehr. Nicht jetzt. Und doch versteht sie, dass Rod sich enttäuscht abwendet.

So sanft es ihr möglich ist, legt Emmy ihre Hand auf Rods Rücken. »Rod, bitte«, sagt sie leise, aber er schüttelt ihre Hand ab und springt auf. Er krallt sich eine Hose und ein Shirt und verlässt fluchtartig das Zimmer.

#19 JAN

Jan hat Mühe, die Augen zu öffnen. Seine Lider fühlen sich an, als hätte jemand sie über Nacht zusammengeklebt. Wo ist er? Auf einer Konzertreise? In Ungarn?

Aber nein. In der Schweiz. Natürlich. Er erinnert sich. Oha, genau. Gestern Abend. Er springt auf und stürzt an den Computer. Hastig klickt er vom einen zum nächsten Zimmer, ohne wirklich etwas wahrzunehmen. Okay, ganz ruhig. Er weiß, dass mit Emmy alles in Ordnung ist. Er will nur ganz sichergehen. Also sieht er sich die Aufnahmen vom Vorabend noch einmal an. Wie die fünf um die Ecke kommen. Wie Emmy humpelt und Rod sie stützt. Wie alle mit einem Mal ganz fürsorglich sind, Emmy ins Bett bringen, den Knöchel mit Eis kühlen und das Blut von ihrer Wange wischen. Wie Rod danach auf Ann losgeht und sie beschuldigt, Emmy beinahe umgebracht zu haben. Das ist ganz große Klasse. Großes Kino ist das. Das wird sich auf Jans Kanal ganz wunderbar machen.

So weit, so gut. Mal sehen, wie es Emmy geht. Jan klickt zur Kamera im großen Schlafzimmer. Niemand unter dem Hirschkopf, niemand … oder halt. Da ist doch jemand unter der Bettdecke? Die wird sich kaum von selbst bewegt haben. Oder hat sie sich gar nicht bewegt?

Nein. Da bewegt sich was. Eindeutig. Rod? Emmy? Beide? Auch wenn man unter der Bettdecke sicher erstickt und der Hügel für beide eigentlich zu klein ist. Außerdem ist nichts zu sehen, weder ein Arm noch ein Bein. Nicht mal eine Nase.

Jan wechselt zur Kamera im Badezimmer, wo Rod sich rasiert. Wieder zurück ins Schlafzimmer. Wenn Rod im Bad ist, muss das unter der Decke Emmy sein. Auch wenn sich jetzt nichts mehr bewegt. Vielleicht nur ein Schlafanzug? Zwei Schlafanzüge? Aber wo ist dann Emmy?

Jan schaltet zur Kamera in der Küche, wo Jens und Flo den Tisch decken. Okay, uninteressant. Er klickt zur Kamera in Anns

Zimmer. Niemand. Ob Ann und Emmy vor der Hütte sind? Den Streit vom Vorabend fortsetzen? Wenn es überhaupt ein Streit war und nicht der ganz normale Wahnsinn, wenn die fünf sich unbeobachtet fühlen. Jan wechselt zur Kamera vor der Hütte. Auf dem Tisch liegt noch die Kerze, mit der die fünf Wahrheit oder Pflicht gespielt haben. Drumherum lauter leere Flaschen Kleiner Feigling.

Emmy lebt. Und bis auf einen verstauchten Knöchel und eine kleine Schramme geht es ihr gut. Das sagt Jan sich immer wieder. Doch das reicht ihm nicht. Schließlich will er wissen, wie es ihr wirklich geht. Als er gerade erneut zur Kamera in Emmys und Rods Schlafzimmer schalten will, nimmt er am hinteren Bildrand eine Bewegung wahr. Ein paar Arme und Beine, die in der Luft zappeln. Emmy, die auf der Wiese liegt, alle viere von sich gestreckt hat und wie ein auf dem Rücken liegender Käfer strampelt. Ob Ann bei ihr ist? Sofern sie nicht auch ihre Arme und Beine in die Luft reckt, hat Jan keine Chance, sie zu sehen. Dafür ist das Gras zu hoch.

Er klickt noch einmal zur Kamera im Anns Schlafzimmer, wo diese auf dem Bett sitzt, sich die Hände eincremt. Sicher war sie nur auf der kleinen Toilette, in der es keine Kamera gibt. Doch bevor Jan sich weitere Gedanken machen kann, klopft es an der Tür und ihm fällt ein, dass Maira ihm für den heutigen Tag eine Überraschung versprochen hat.

#20 EMMY

Während Jens die Tickets holt, liest Emmy den Aushang. Die Seilbahn, die sie den Berg hinauftransportieren wird, ist ein exakter Nachbau aus dem Jahr 1899, *als kühne Ingenieure die Schienen gelegt haben, Auge in Auge mit dem wilden hundertzwanzig Meter hohen Reichenbachfall.*

Emmy hofft, dass die Technik nicht auch von 1899 ist. Sie fühlt sich noch immer leicht benommen. Aber wahrscheinlich eher von den Schmerztabletten als vom Restalkohol, den ihr Körper so langsam abgebaut haben dürfte. Rod legt ihr den Arm um die Schulter. Obwohl Emmy ihn am Morgen mit ihrem Schweigen als Antwort auf seine Liebeserklärung ziemlich verletzt haben muss, ist er ausgesprochen fürsorglich. Er weicht kaum von ihrer Seite und erdolcht zwischendurch Ann mit seinen Blicken.

Als sie zu fünft auf die Bahn zusteuern, werden Emmy und Ann durch eine Gruppe Holländer von den anderen getrennt und müssen in einen anderen Wagen steigen. Rod versucht noch, gegen den Strom zu laufen, um zu ihnen zu kommen, wird aber immer wieder zurückgedrängt, bis er sich seinem Schicksal ergibt.

Emmy winkt ihm beruhigend zu, auch wenn sie selbst alles andere als ruhig ist. Im Gegenteil. Ihr Herz rast wie irre. Endlich ist sie mit Ann allein und kann sie fragen, warum sie ihr am Abend zuvor diese Aufgabe gestellt hat. *Wir sind doch keine Feindinnen,* wird sie sagen. Und: *Was hast du dir dabei gedacht?*

Oder sollte sie Ann lieber das fragen, was ihr die ganze Zeit schon auf der Seele liegt? Das, was sie in Wahrheit wissen will. Auch wenn sie Angst vor der Antwort hat.

Als die Bahn sich in Bewegung setzt, bringt Emmy jedoch kein Wort heraus. Sie schafft es nicht mal, Ann in die Augen zu sehen. Und dann steckt Ann ihr auch schon einen ihrer Kopfhörer ins Ohr: »*We are never ever getting back together.*«

Nee jetzt. Oder? Emmy wirft Ann einen irritierten Blick zu, als die Bahn plötzlich ruckt und Emmy gegen Ann gepresst wird. Sie spürt, wie ihr Körper sich erst versteift und dann, als sie die Wärme von Anns Körper spürt, ganz weich wird. Emmy riecht den leichten Kokosduft, den Ann verströmt und der Emmy immer an Sommertage am Meer erinnert.

Taylor Swift singt: »*I used to think that we were forever ever, ever. And I used to say, never say never.*«

Der Fahrtwind treibt Emmy die Tränen in die Augen. Dann ruckt die Bahn erneut. Dieses Mal so heftig, als habe ein Riese Schluckauf. Eine der Holländerinnen kreischt. In den Lautsprechern knistert es. Allerdings erfolgt keine Durchsage.

Verunsichert dreht Emmy sich zu Ann um, aber die starrt nur in die Ferne und wippt mit dem Kopf im Takt der Musik, als habe sie gar nicht bemerkt, dass sie stotternd zum Stillstand gekommen sind.

Emmy stupst sie an. »Da stimmt doch was nicht.«

Obwohl Ann nickt, macht es nicht den Eindruck, als habe sie verstanden, was Emmy gesagt hat.

Emmy lehnt sich aus dem Wagen. In der Tiefe brausen die Wassermassen ins Tal. Ob ein Seilzug gerissen ist? Funktioniert die Bahn überhaupt mit Seilzügen? Aber müssten sie dann nicht längst den Berg hinuntergerauscht sein?

Rod brüllt etwas zu ihnen herüber, das Emmy nicht genau versteht, aber so viel heißen könnte wie: »Don't worry.«

Emmy blickt zu Ann, die sie angrinst, was sie noch mehr aus der Fassung bringt. Wie kann Ann so gelassen sein, wenn sie gerade abstürzen? Ann hat noch immer den einen Kopfhörer im Ohr. Ihre Ohren sind perfekt. Sie hat die am feinsten geformten Ohrmuscheln, die Emmy je gesehen hat. Sie streckt die Hand aus, um Ann den Stöpsel aus dem Ohr zu ziehen. Doch dann lässt sie die Hand wieder sinken, weil es ihr irgendwie zu intim vorkommt, Anns Ohr zu berühren. Was man eben so denkt, wenn man abzustürzen glaubt. Von wegen, das ganze Leben zieht in einem solchen Augenblick an einem vorbei. Das ist gestern Nacht nicht passiert und heute tut es das auch nicht.

Schließlich nimmt Ann den Stöpsel selbst aus dem Ohr. Sie beugt sich so nah zu Emmy, dass ihre Lippen Emmys aufgeschrammte Wange berühren. »Alles Teil des Programms«, flüstert sie und grinst dabei wie die Grinsekatze aus *Alice im Wunderland*.

»Fast wie gestern Abend an der Kante, was?«, schiebt sie kichernd hinterher, während auch sie sich aus dem Wagen lehnt und nach unten blickt.

Emmy kann sich nicht erinnern, Ann schon jemals kichern gehört zu haben. Ihr selbst ist kein bisschen nach Lachen zumute. Und dann platzen die Worte nur so aus ihr heraus: »Ich halte das nicht mehr aus. Ich kann verstehen, dass du Zeit brauchst, aber ich will endlich ...«

»Emmy, bitte.« Anns Tonfall klingt gelangweilt.

»Ich drehe langsam echt durch.« Emmy fährt sich mit den Fingern durch die Haare. »Verstehst du das denn nicht? Ich muss wissen, was ist. Seit ...«

Ann legt Emmy eine Hand auf den Mund.

»Alles okay?«, schreit Rod.

Genervt winkt Emmy ein weiteres Mal zum Nachbarwagen, der glücklicherweise so weit entfernt ist, dass die anderen nicht genau sehen und hören, was bei Ann und Emmy los ist.

Es knistert ein weiteres Mal in den Lautsprechern. Eine blecherne Stimme ertönt: »Wir befinden uns jetzt an der Stelle, an der Sherlock und Professor Moriarty miteinander gekämpft haben. Es gibt verschiedene Versionen, wer wen in die Tiefe gestoßen haben soll ...«

»Sag ich doch«, flüstert Ann triumphierend. »Alles Teil des Programms.« Sie beugt sich so nah zu Emmy, dass diese Anns Atem auf der Haut spürt und unwillkürlich aufstöhnt. *Lass das*, möchte ein Teil von ihr sagen. *Hör auf damit. Hör auf, mit mir zu spielen.* Und ein anderer Teil von ihr würde Ann am liebsten auf Mund, Augen und Nase küssen. Überallhin möchte dieser Teil von Emmy diese verrückte Ann küssen. Und der andere Teil von Emmy möchte Ann am liebsten ohrfeigen. Dieses *komm her, geh weg*, das hält doch niemand aus.

Emmy möchte reden und zugleich auch nicht, weil sie Angst hat, Ann könnte etwas sagen, das sie nicht erträgt. Emmys Herz hämmert wild in ihrer Brust und in ihrem Bauch flattert ein Kolibri. Einer dieser tapferen kleinen Vögel, die Hunderte von Kilometern fliegen können, ohne ein einziges Mal Nahrung aufzunehmen. *Mein kleiner Kolibri*, hat Ann sie einmal genannt. Wie lange ist das her? War das *davor* oder *danach*? Emmy kann kaum noch klar denken. Sie sucht Anns Blick. Doch gerade als sie ihn eingefangen hat, rutscht die Bahn ein Stück den Berg hinunter.

Diesmal kreischen gleich ein paar Leute. Emmy hört Rod etwas rufen. Das kann doch unmöglich Teil des Programms sein?

Über die Lautsprecher wird die Legende von Holmes und Moriarty auf Englisch wiederholt. Und dieses Herunterleiern der nüchternen Fakten, während die Bahn weiter und weiter in die Tiefe rutscht, ist so absurd, dass Emmy plötzlich laut lachen muss.

Zunächst blickt Ann sie verwundert an. Doch dann fällt sie in Emmys Lachen ein und zusammen steigern sie sich in einen wahrhaften Lachanfall. So wie früher.

#21 JAN

Sie sind auf dem Weg zu der Überraschung, die Maira Jan versprochen hat. Eigentlich hat er an diesem Morgen das Videomaterial sichten und online gehen wollen. Zuvor wollte er eigentlich noch eine Mail an Jasmin schicken, die schon bei der Abifeier mit der Orga des Ehemaligentreffens im nächsten Jahr geprahlt hatte. Sie als Hauptverantwortliche der Schülerzeitung verstehe es als ihre Pflicht, alle auf dem Laufenden zu halten. Auch nach dem Abi.

Aber jetzt sitzt Jan erst mal neben Maira in ihrem Landrover. Seit sie ihn in seinem Zimmer abgeholt hat, hat sie kaum ein Wort gesagt. Hat im Wagen nur ihr Handy eingesteckt und laut Musik angestellt: *Spaghetti mit Spinat*. Jan hat weder von dem Lied noch von der Sängerin jemals etwas gehört, aber Maira hat ihm erklärt, dass Sophie Hunger in der Schweiz so etwas Ähnliches wie Helene Fischer in Deutschland ist. Nur viel besser.

Obwohl es sich also um eine Art Schweizer Volkssängerin handelt, versteht Jan den ganzen Text und fragt sich insgeheim, ob er was mit Maira zu tun hat.

»Du hast gut lachen. Denn du bist wunderschön. Du musst nie irgendetwas Spezielles machen. Außer rauchend in der Ecke stehen.«

Irgendwie erinnert ihn der Text an Emmy. Sie hat zwar nie rauchend auf dem Schulhof gestanden, aber auch sie hat nie etwas tun müssen, um von allen bewundert zu werden.

»Alle tanzen, tanzen um dich ständig. Du hast im Leben noch nie gestört.«

Jan wirft Maira einen verstohlenen Blick zu. Hätte sie nicht diese pinken und grünen Haare, wäre sie niemand, der einem sofort ins Auge fallen würde. Keine Emmy, die die Motten wie das Licht anzieht. Ob Maira sich in ihrer Schulzeit wohl um Anerkennung bemühen musste? Singt sie deswegen lauthals mit? Sie singt gut. Jan tippt auf Sopran.

Maira bemerkt seinen Blick und wendet sich ihm zu. Dabei lächelt sie zaghaft und wieder tauchen diese Grübchen in ihren Wangen auf, die Jan ebenso gefallen wie Mairas aktuelle Unsicherheit. Er mag sie. Ihre starke Seite ebenso wie die Befangenheit, die er jetzt zum ersten Mal zu sehen bekommt und die dazu führt, dass er sich mit einem Mal sehr gut vorstellen kann, dass auch sie oft allein auf dem Pausenhof stand.

Nach etwa zehn Minuten halten sie in Meiringen vor einem gelben Haus mit blauen Fensterläden im Erdgeschoss, grünen im ersten und roten im zweiten Stock. Es sieht aus, wie Jan sich Pippi Langstrumpfs Haus als Kind immer vorgestellt hat. Nur dass dieses hier viel größer ist und an seiner Fassade ein Schild mit der Aufschrift *Wohneinrichtung für behinderte Menschen* hängt.

»Sieht fröhlich aus«, sagt Jan, weil er nicht weiß, was er sonst sagen soll. Warum hat Maira ihn hierhergebracht? Warum ist sie so nervös?

»Willst du net aussteigen?« Maira legt eine Hand auf seinen Arm und irgendwie fühlt Jan sich in diesem Augenblick echt mies. Maira scheint so vertrauensselig, während er ... Nicht dass er sie belügen würde, aber immerhin verschweigt er ihr etwas Wesentliches. Maira blickt ihn aufmerksam an, ohne ihn zum Aussteigen oder Reden zu drängen. Sie lächelt einfach und Jan lächelt ebenfalls. Seit langer Zeit das erste Lächeln, das sich nicht anfühlt, als würde jemand seine Mundwinkel mit Gewalt auseinanderziehen, sondern wie eins, bei dem es Jan warm ums Herz wird.

»Bereit?«, fragt Maira und es klingt, als frage sie nicht ihn, sondern sich.

Jan weiß noch immer nicht, was sie hier machen. Aber es muss etwas sein, das Maira so wichtig ist, dass es sie ganz nervös macht. »Bereit.« Entschlossen öffnet er die Tür. Dann folgt er Maira zu dem bunten Haus.

Auf dem Weg greift Maira nach Jans Hand. Ihre Hand ist klein und zart und ein wenig verschwitzt. Jan würde gerne etwas sagen, um ihr einen Teil der Aufregung zu nehmen, aber ihm fällt absolut nichts ein, weswegen er nur leicht ihre Hand drückt.

Eine Frau, deren Rock so bunt ist wie das Haus, begrüßt Maira mit Küsschen links, rechts, links. Dann dreht sie sich zu Jan und küsst auch ihn. Links, rechts, links. So schnell, dass er nicht darüber nachdenken kann, ob ihm das recht ist, zumal er sich von Fremden nicht gerne anfassen, geschweige denn küssen lässt.

»Das isch die Linda, die Leiterin von der Einrichtung«, sagt Maira und stellt Jan als Freund aus Deutschland vor. Woraufhin dieser sich überlegt, wie es wäre, wenn Maira *mein* statt *ein* Freund gesagt hätte. Irgendwie wäre das gut. Sehr gut sogar. Wieder durchströmt ihn dieses warme Gefühl und seine Brust weitet sich, sodass er ganz tief und frei atmen kann.

Linda führt sie in einen liebevoll eingerichteten Raum, an dessen Wand ein Klavier steht. Ein Junge kommt ungestüm auf Maira zugerannt und umklammert ihre Taille. Dabei hüpft er auf und ab, sodass Maira stark hin und her schwankt.

»Maira, Maira!«, ruft er, als habe er sie ewig nicht gesehen und nicht damit gerechnet, sie jemals wiederzusehen.

Maira lächelt. Und als sie sich zu Jan umdreht und sagt: »Ben, mi Brueder«, wird ihr Gesicht zartrot.

Der Junge lässt seine Schwester los und mustert Jan neugierig. Dann überzieht ein breites Lächeln sein Gesicht und seine ohnehin schon schmalen Augen verengen sich zu Schlitzen. Jan hat einmal eine Sendung über Menschen mit Downsyndrom gesehen. Daran erinnert er sich jetzt. Obwohl Ben ihm irgendwie alterslos vorkommt, schätzt er ihn auf etwa sechzehn oder siebzehn.

Nachdem Ben die Musterung von Jan beendet hat und diese zu seiner Zufriedenheit ausgefallen zu sein scheint, umarmt er auch ihn, wenn auch weniger enthusiastisch als Maira. Danach tippt er sich mehrfach gegen die Brust, wobei er im Takt seinen Namen wiederholt. Dabei strahlt er dermaßen, dass Jan die Tränen in die Augen treten. Noch nie in seinem Leben ist er so freudig begrüßt worden.

Als Maira, Ben und Jan im Garten Fußball spielen, freut Ben sich über jedes Tor, völlig egal, wer es geschossen hat. Immer wieder ruft er: »Tor! Tor!« Sogar dann, wenn der Ball gar nicht zwischen den Jacken hindurchrollt, sondern nur auf einer der Jacken liegen bleibt, die sie als Pfosten auf den Rasen geworfen haben.

Und weil es bei drei Spielern eigentlich keine richtigen Mannschaften gibt und jeder gegen den Ball tritt, sobald er ihm vor die Füße rollt, reißen sie am Ende einfach gemeinsam die Arme in die Höhe. Und während Ben mit geröteten Wangen immer wieder »Sieg! Sieg!« ruft, beugt Jan sich zu Maira und sagt ganz leise: »Danke.«

#22 EMMY

Nachdem die Clique ohne weitere Zwischenfälle auf dem Berg angekommen ist, gehen sie zum Monstertrotti-Verleih.

Monstern Sie bei uns!, steht auf einem Plakat. *Velohelme sind obligatorisch und werden zur Verfügung gestellt.*

»Kann mir das mal jemand übersetzen?«, fragt Rod. »Für dieses Schweizerdeutsch braucht man echt ein Wörterbuch.«

»Monstertrottis sind die Roller mit den riesigen Reifen«, sagt Flo. »Und ein Velo ist ein Fahrrad.« Ihre Nase steckt im Reiseführer. »Ergo braucht man einen Fahrradhelm, um mit den Rollern zu fahren.« Sie grinst. »Prima, was?«

Jens, der über ihre Schulter mitgelesen hat, drückt Flo einen Kuss in den Nacken und sagt: »Du bist die weltbeste Übersetzerin für Schwyzerdütsch. Nur weiter so. Ich hole inzwischen die Tickets.«

Emmy bleibt die ganze Zeit in Anns Nähe. Mit einem Mal stören die anderen nur, vor allem Rod, der die ganze Zeit um sie herumschwirrt, als müssten die Ereignisse in der Bahn Emmy ganz besonders mitgenommen haben. Als wäre sie krank. Obwohl sie doch nur einen verstauchten Knöchel hat. Aber sie kann Rod ja schlecht sagen, dass er sich verziehen soll. Schließlich ist das, was passiert ist, nicht seine Schuld. Nichts ist je Rods Schuld.

Als Ann sie streift, verspürt Emmy ein Kribbeln. War das Absicht? Sucht Ann ihre Nähe? Verstohlen blickt Emmy sie an. Doch Ann hat schon wieder ihr Pokerface aufgesetzt. Echt frustrierend das Ganze, auch wenn Emmy das bereits kennt. Das hat Ann schon zu Schulzeiten perfektioniert. Aber bisher nie als Waffe gegen Emmy eingesetzt.

»Hab die Tickets.« Jens wedelt mit den Fahrscheinen in der Luft herum. »Die heißen hier Billetts.«

»Dann mal los«, sagt Rod, wobei er nicht Jens, sondern Emmy ansieht, als halte er das für *die* Gelegenheit, Emmy und Ann zu trennen.

Beim Verleih ist die Hölle los und sie müssen eine ganze Weile warten, bevor sich jemand um sie kümmert. Helme gibt es genug, Roller nicht.

Jens und Flo bekommen schließlich die ersten beiden Roller.

»Wir warten natürlich auf euch«, sagt Flo. »Macht doch mehr Spaß, wenn wir zusammen den Berg runterrasen.«

»Ach was«, sagt Rod. »Fahrt ruhig. Wir holen euch eh ein.«

Flo verdreht die Augen, aber Jens sagt sofort: »Los, Süße. Dann wir zwei.«

Und dann rollern sie auch schon los und nehmen so schnell Fahrt auf, dass sie gleich darauf um die Kurve verschwunden sind.

Emmy rutscht das Herz in die Hose. Sie hat es nicht so mit Geschwindigkeit. Schon auf dem Fahrrad ist sie eher vorsichtig. Mal eben einen Single-Trail mit dem Mountainbike runterzurattern, ist nicht ihre Sache.

»Nur 'ne Fahrstraße«, sagt Rod, als habe er ihre Gedanken erraten. »Völlig ungefährlich.«

Emmy nickt. Wenn Rod nur nicht so nett wäre. Und Ann ein wenig netter. Dann wäre alles viel einfacher.

Der Mann vom Verleih stellt einen Roller vor Rod. Als der ihn schon an Ann weitergeben will, sagt der Mann: »Den musst du nehmen. Der ist extragroß. Davon haben wir nur drei. Und die anderen zwei sind wohl noch eine Weile unterwegs.«

Also nimmt Rod den Roller. Bleibt damit aber beharrlich neben Emmy und Ann stehen.

»Kannst ruhig schon fahren«, sagt Ann mit unschuldigem Augenaufschlag.

Emmy spürt, wie sie schon wieder kurz davor steht, einen völlig unangebrachten Lachanfall zu bekommen. Das alles hier übersteigt langsam echt ihr Fassungsvermögen.

»Netter Versuch«, sagt Rod und setzt sein charmantestes Lächeln auf. Das Lächeln, das er immer aufsetzt, wenn er jemandem in Wahrheit signalisieren will: Arschloch.

Und dann bekommen auch Emmy und Ann ihre Roller und sie können starten.

Anders als sonst macht Rod dieses Mal keinen Wettbewerb aus dem Fahren, sondern bleibt immer schön hinter Emmy und Ann, auch wenn er dafür beständig bremsen muss.

Emmy ist gereizt. Sie würde die Talfahrt so gerne genießen. Ohne Rod. Nur mit Ann. An dem einen oder anderen Aussichtspunkt halten und ... Die Straße wird mit einem Mal so steil, dass Emmy abrupt bremst.

»Scheiße, Emmy!«, brüllt Rod, der ihr nur mit Mühe ausweichen kann und Schwierigkeiten hat, seinen Roller wieder unter Kontrolle zu bringen.

»Dann hau halt ab«, schreit Emmy. Rod muss doch sehen, wie sie mit dem Scheißteil kämpft!

Und dann zieht Rod tatsächlich an ihnen vorbei und Emmy meint zu hören, wie er im Vorbeifahren noch ruft: »Ach, leckt mich doch beide!«

Sie ist darüber so verärgert, dass sie gleich wieder viel zu fest auf die Bremse tritt, sodass nun Ann auf sie drauf fährt und beide auf die Straße stürzen.

»So ein Mist«, ruft Ann und Emmy, der nichts passiert ist, eilt zu ihr. Doch statt sich um Anns aufgeschlagenes Knie und den zerschrammten Ellenbogen zu kümmern, küsst sie Ann auf den Mund, saugt sich regelrecht an Anns Lippen fest und drückt ihr dann auch noch die Zunge in den Mund. Sie muss komplett den Verstand verloren haben! Jetzt ist es amtlich: Emmy hat nicht mehr alle Tassen im Schrank.

Oder doch? Fühlt sich so das wahre Leben an? Die Liebe?

Falls Emmy tatsächlich verrückt geworden ist, ist es Ann auch. Leidenschaftlich erwidert sie Emmys Kuss und beißt ihr in die Lippe. Und die beiden lassen erst voneinander ab, als ein paar Roller um die Kurve geschossen kommen und fast in sie hineingefahren wären. Die Fahrer meckern jedoch nicht, sondern rufen: »Wow! Das muss Liebe sein.«

Dennoch platzt Emmys rosarote Luftblase in diesem Moment mit einem lauten Knall. Verdammt, was macht sie hier?

»Lass uns die Roller von der Straße schieben«, sagt Ann pragmatisch wie immer, hebt ihren Roller auf und schiebt ihn humpelnd an den Straßenrand.

Kaum dass Emmy ihren Roller abgelegt hat, zieht Ann sie ins Gebüsch und küsst sie erneut.

In der Tiefe rauscht der Wasserfall und Emmy denkt: zum Sterben schön.

#23 JAN

Als Jan im Pensionszimmer ist, schaltet er den Computer ein und klickt sich durch die Zimmer. Irgendetwas muss auf dem Ausflug passiert sein, Ann ist jetzt ebenfalls verletzt. Sie liegt im Wohnzimmer auf dem Sofa und besprüht ihr Knie mit Desinfektionsmittel. Emmy tritt ein und stellt eine Tasse Tee auf den Couchtisch.

Es ist einfach zu ärgerlich, dass Jan keine Möglichkeit hat, die Clique während ihrer Tagestouren zu überwachen. So fehlen ihm am Abend immer entscheidende Details. Obwohl er an diesem Tag ohnehin keine Zeit gehabt hätte, die fünf zu beobachten, selbst wenn ihm Drohnen zur Verfügung stünden. Aber der Nachmittag mit Maira und ihrem Bruder war es definitiv wert, die Clique mal kurz aus den Augen zu lassen.

Mit einem Mal kommt Flo ins Wohnzimmer geschossen. »Wir haben Ratten in der Hütte!« Ihre Stimme überschlägt sich. »Sind in der Speisekammer.«

Sieh mal einer an. Die coole Flo. Nur weil sie glaubt, eine Ratte gesehen zu haben, tut sie, als stünde die Hütte in Flammen.

»Soso, 'ne Ratte?«, sagt Rod, der mit dem Schaukelstuhl immer wieder ins Bild schaukelt.

»Hallo! Könnt ihr eure Ärsche vielleicht mal bewegen und mir helfen?« Flo rauscht aus dem Zimmer, ohne eine Antwort abzuwarten. Jan hört sie nach Jens rufen. Kurz überlegt er, in die Küche zu schalten. Aber sollte dort tatsächlich eine Ratte gewesen sein, hat sich die bei Flos Geschrei ohnehin längst verzogen. Also beobachtet Jan lieber weiter, was im Wohnzimmer passiert.

»Eine Ratte, echt?«, fragt Ann.

»An wen erinnert mich das nur?«, fragt Rod.

Aber Ann ist erneut damit beschäftigt, ihren Ellenbogen zu begutachten, während Emmy ein überdimensionales Pflaster auf Anns Knie klebt.

»Na, unser Hüttenwirt hat doch eine Ratte«, sagt Rod. »Oder habt ihr das etwa vergessen?«

»Jan?«, rufen Emmy und Ann gleichzeitig.

Unfassbar! Jan stellt ihnen die Hütte seines Onkels zwei Wochen kostenfrei zur Verfügung und Rod, das Arschloch, hat nichts Besseres zu tun, als ihn abfällig als *Hüttenwirt* zu bezeichnen.

»Jetzt weiß ich auch, woran mich der Teppich am ersten Tag erinnert hat«, sagt Emmy. »Ihr wisst schon, der Gestank nach toter Ratte.«

»Genau genommen hat Jan ja allerdings eine Maus und keine Ratte, fällt mir ein«, sagt Rod. »Die hat er doch mal in Bio mitgebracht.«

»Voll eklig, 'ne Ratte.« Ann verzieht angewidert das Gesicht.

»Maus«, korrigiert Rod.

Aber Ann setzt noch einen obendrauf: »Mit 'ner Ratte kuscheln. Was für ein Widerling!«

In diesem Augenblick weiß Jan, welche Szene er als Erstes online stellen wird: Ann auf dem Bett mit der Rasierklinge in der Hand. Von wegen Opfer!

#24 EMMY

Sie sitzen vor der Hütte. Das blaue Plastikwindrad, das Rod im Keller gefunden hat, als sie Jagd auf die Ratte gemacht haben, gibt bei jeder Umdrehung ein flappendes Geräusch von sich. »Morgen kaufen wir zwei Fallen«, sagt Flo, die sich sicher ist, eine Ratte gesehen zu haben, auch wenn sie in der ganzen Hütte keine gefunden haben. Emmy fragt sich, wie eine Ratte Flo so aus der Fassung bringen kann. Immerhin hat sie Emmy schon des Öfteren vor fetten Spinnen gerettet, die eindeutig ekliger sind als Ratten.

Als der Wind auffrischt, quietscht das Plastikrad.

»Noch jemand ein Radler?«, fragt Jens.

Doch als er aufstehen will, hält Rod ihn zurück. »Ich bin dran. Wer mag was?«

Ann hebt sofort die Hand. »Ich nehm ein Radler.«

Emmy glaubt es nicht. Seit sie hier sind, bekriegen Ann und Rod sich wie zwei Kampfhähne und jetzt lässt Ann sich von Rod ein Radler servieren? Emmy blickt zu Jens, der schon wieder einen Joint in der Hand hält. Kaum dass sie am Nachmittag zurück in der Hütte waren, hatte er schon das erste Bier in der Hand. Und wer weiß, was er an diesem Tag in seiner Thermoskanne hatte. Rumgehen lassen hat er sie jedenfalls nicht wieder.

Jens, der bemerkt, dass Emmy ihn beobachtet, macht das Victoryzeichen. Emmy lächelt, auch wenn ihr nicht danach zumute ist. Flo sollte Jens unbedingt sagen, dass sie in die USA geht. Das hätte sie längst tun sollen.

»Alles okay?«, fragt Jens.

Emmy wird bewusst, dass sie Jens noch immer anstarrt. Sie hat ihn stets darum beneidet, dass er schon in so vielen Städten gelebt hat: Rom, Madrid, Paris und New York wenn sie sich richtig erinnert.

»Erde an Emmy.« Jens winkt ihr übertrieben gestikulierend zu, wobei er mit dem Liegestuhl, den sie bei der Suche nach der Ratte ebenfalls im Keller gefunden haben, fast umkippt. Was ihn allerdings nicht daran hindert, schnell noch einen Schluck aus der Flasche zu nehmen.

»Alles okay«, sagt Emmy und fragt sich, ab wann man wohl als Alkoholiker gilt.

»Ist megageil hier, oder?« Jens zieht an seinem Joint und rekelt sich im Liegestuhl.

»Schade, dass wir hier draußen keine ordentlichen Boxen haben«, sagt er, ohne der wackeligen Konstruktion, auf der er liegt und die gefährlich schwankt, Beachtung zu schenken. Er tippt auf seinem iPhone herum und kurz darauf ertönt *Die Like a Rich Boy*.

Rod kommt mit den Flaschen zurück. Während er Jens' Radler zum Liegestuhl bringt, stellt er das andere auf den Tisch, sodass Ann aufstehen muss, um es sich zu holen.

»Und du magst nichts?« Rod streicht Emmy eine Haarsträhne aus dem Gesicht. Emmy schüttelt den Kopf. Ohne sagen zu können, warum, hat sie mit einem Mal ein ganz mieses Gefühl. Kostenfrei zu wohnen, ist eine Sache, unmittelbar in eine Katastrophe zu schlittern, eine andere. Wenn der Urlaub und diese Hütte sie am Ende mal nicht deutlich mehr kosten, als einer von ihnen je ahnen konnte ...

#25 JAN

Geschafft. Das erste Video seines neuen YouTube-Kanals *The truth behind* ist online. Und es war viel einfacher, als Jan gedacht hat. Upload drücken, die Szene mit Tags und Keywords wie Ritzen, Selbstverletzung und *back to nature* versehen und schon kann das Video gefunden und angesehen werden.

Da Jan nicht in der WhatsApp-Gruppe seiner ehemaligen Klasse ist, weiß er nicht, ob Jasmin den Link dort schon geteilt hat. Aber das wird sie. Da ist Jan sich ganz sicher. So wie sie damit geprahlt hat, alle auch nach dem Abi informiert zu halten, muss sie darauf reagieren.

Er checkt Jasmins Instagram-Account. Bisher kein Posting. Allerdings hat er die Mail an sie auch erst vor einer Stunde rausgeschickt. Anonym natürlich.

Aber er wird wohl noch ein wenig Geduld haben müssen. Auch wenn er jetzt, da die Bombe endlich gezündet ist, wissen will, ob sie explodiert.

Die fünf haben es verdient. Dafür, dass sie über Isang gelästert haben, und für das, was sie Jan über die letzten Jahre hinweg angetan haben. Und für alle Halbwahrheiten und Hochglanzlügen auf dem *back to nature*-Blog, die all die, die vermeintlich nicht so perfekt sind wie die ach so coole Clique, in mittelschwere Depressionen gestürzt haben dürften.

Um nicht die ganze Zeit auf Jasmins Instagram-Account zu starren oder auf Kommentare auf seinem neuen YouTube-Kanal zu warten, klickt Jan zur Kamera in der Küche.

Die fünf sitzen um den Küchentisch und spielen Monopoly. Sie müssen das Spiel bei ihrer Jagd auf die Ratte im Keller gefunden haben. Jan kann sich noch gut erinnern, wie er es mit seinem Vater und seinem Onkel gespielt hat. Damals war er sechs. Er weiß noch ganz genau, dass Schlossallee und Parkstraße die beiden begehrtesten Straßen sind, weil sie die höchsten Mieten bringen. Voll das Kapitalistenspiel.

Nervös rutscht er auf seinem Stuhl hin und her. Dabei fällt sein Blick immer wieder auf Isangs Käfig. Was soll er jetzt damit anfangen?

Jan steht auf. Er streicht über die Gitterstäbe, an der Isang so oft Männchen gemacht hat, und richtet die Flasche so aus, dass man als Maus auch ordentlich daraus trinken kann. Dann setzt er sich wieder an den Computer.

»Theaterstraße. Kauf ich.« Rod blättert die Scheine so großkotzig auf den Tisch, als handele es sich um echtes Geld.

Jan wird nur die brisantesten Szenen schneiden und online stellen. Er will die Zuschauer schließlich nicht langweilen.

Zuschauer hört sich gut an. Für den Kanal *The truth behind* will er möglichst viele ehrliche Zuschauer, die ehrliche Inhalte zu schätzen wissen und bald zu Abonnenten werden, zu *seinen* Abonnenten.

Sein Blick wandert wieder zu der Szene in der Küche. Jens hat die Bank übernommen. Klar, wer sonst. Allerdings scheint er schon so viel getrunken und gekifft zu haben, dass seine Sprache bereits leicht verwaschen und sein Blick glasig ist.

Ann spielt zwar mit, hat bisher aber nur das Wasserwerk gekauft und sich ansonsten reichlich gleichgültig verhalten. Als wäre es ihr völlig egal, ob sie ins Gefängnis wandert oder über Los geht und vierhundert Euro kassiert. Jan kommt es so vor, als weiche Ann Emmys Blicken konsequent aus. Aber da kann er sich auch täuschen, die anderen beachtet Ann schließlich ebenfalls nicht.

In der Schule stand Ann oft im Mittelpunkt. Seit sie in der Hütte sind, scheint sie eher an den Rand gerutscht zu sein. Jan hat noch nicht verstanden, warum, aber er hat ganz sicher kein Mitleid mit ihr. Ann hat ihm das Leben zur Hölle gemacht. Wenn er nur daran denkt, wie sie im Unterricht immer höhnisch gelacht oder fiese Kommentare gemacht hat, sobald er sich gemeldet und etwas gesagt hat. Manche Lehrer haben sie zwar gebremst, aber längst nicht alle, sodass Jan sich bald nicht einmal mehr getraut hat, am Unterricht teilzunehmen.

»Vierhundert.« Rod hat seine Spielfigur über Los gezogen und streckt Jens fordernd seine Hand entgegen.

Jens schüttelt den Kopf. »Ab ins Gefängnisch.« Er legt seine Hand auf die Geldscheine, als fürchte er, Rod könne sich einfach so an der Bank bedienen.

»Spinnst du? Ich bin gerade über Los.« Rod tippt so fest aufs Spielbrett, dass die Figuren verrutschen. »Das mit dem Gefängnis war letzte Runde.«

»Der ist besoffen«, sagt Flo mit einem Seitenblick auf Jens.

Emmy öffnet den Mund. Vielleicht um Jens in Schutz zu nehmen, aber da springt Flo schon auf: »Ich hab die Schnauze voll. Aber so was von!« Sie stürmt aus der Küche und knallt die Tür hinter sich ins Schloss.

Während Emmy betroffen und verwirrt in die Runde blickt, scheint Ann das Schauspiel zu genießen. Zumindest liegt ein Lächeln auf ihren Lippen, während Jens aussieht, als würde er gleich in Tränen ausbrechen.

»Mach dir nichts draus, Bro«, sagt Rod, obwohl er Jens gerade selbst noch angegriffen hat. Er klopft ihm auf die Schulter. »Die beruhigt sich auch wieder.«

Jens stützt sich auf den Tisch und stemmt sich mühsam in die Höhe. »Isch glaub, isch geh mal besser …« Er wedelt in der Luft herum. »… hinterher.« Er torkelt zur Tür, wobei er mit der Schulter gegen den Rahmen knallt. »Auaaa!« Er schlägt gegen den Türrahmen. »Hau ab«, sagt er und schafft es beim zweiten Anlauf, durch die Tür zu kommen.

»Vielleicht sollte ich hinterhergehen?«, sagt Rod.

Emmy zuckt mit den Schultern.

»Nicht unser Problem«, sagt Ann.

»Aber besser wärs«, sagt Rod und geht.

Gerade als Jan überlegt, ob er zur Kamera vor der Hütte wechseln soll, beugt Ann sich zu Emmy und küsst sie auf den Mund.

Nachdem Emmy zunächst genauso überrascht wirkt wie Jan, erwidert sie den Kuss leidenschaftlich, wobei sie ihre Hände um Anns Hinterkopf legt, als wolle sie sicherstellen, dass Ann nicht plötzlich einen Rückzieher macht.

Jans Herz rast und seine Handflächen sind feucht. Nicht dass er noch nie zuvor jemand hätte knutschen sehen, aber Ann und Emmy? Weiß Rod davon?

Der Kuss scheint gar kein Ende zu nehmen. Dabei kann Rod jeden Augenblick zurückkommen.

Jan hört Emmy etwas nuscheln und sieht, wie sie sich von Anns Lippen löst, deren Gesicht auf Abstand schiebt und sagt: »Wir müssen reden.«

Ann nickt. »Das müssen wir.« Zum ersten Mal, seit Jan sie kennt, sieht er ein echtes Lächeln auf ihren Lippen. »Das müssen wir«, wiederholt Ann und presst ihre Lippen erneut auf Emmys, als es an Jans Zimmertür klopft.

#26 EMMY

Emmy fährt sich über den Mund, auch wenn es gar nichts wegzuwischen gibt, da Ann keinen Lippenstift benutzt. Aber irgendwie hat sie das Gefühl, dass die anderen ihr ansehen, was gerade passiert ist. Vor allem Rod, der sie misstrauisch beäugt. Um sich seinem Blick zu entziehen, steht Emmy auf und füllt den Wasserkocher, auch wenn ihr jetzt nicht nach einer Tasse Tee zumute ist.

Ob Ann etwas anzumerken ist? Emmy wagt es nicht, sich umzudrehen. Aber das intensive Prickeln, das sie verspürt hat, als ihre Zungen sich umkreist haben, kann Ann unmöglich kaltgelassen haben. Das muss man ihr doch ansehen.

»Emmy?«, erklingt Rods Stimme in ihrem Rücken.

»Ja«, sagt sie, während sie Teebeutel aus einem Schrank holt und es in ihren Ohren hämmert: *Betrug, Betrug, Betrug.* Am liebsten würde sie sich die Ohren zuhalten, auch wenn sie weiß, dass der innere Moralapostel selbst dann noch zu hören wäre.

»Emmy?« Rods Stimme klingt ärgerlich bis bedrohlich.

Emmy schaudert es. Er weiß Bescheid! Er hat sie und Ann knutschen sehen. Ihre Hände zittern so, dass sie Mühe hat, die Tasse, die sie gerade aus dem Schrank geholt hat, nicht fallen zu lassen.

»Emmy?« Warum macht Rod das? Warum quält er sie so? Warum kann er nicht einfach sagen, was er zu sagen hat, und dann den Mund halten?

»Emmy?« Aber, halt. Das ist ja gar nicht Rods Stimme, sondern Flos. Wie konnte Emmy die beiden nur verwechseln? Sie ist echt durch den Wind.

»Emmy?«, fragt Flo nochmals. »Machst du mir bitte auch einen Tee?«

Emmy ist so erleichtert, dass sie beinahe laut gelacht hätte. »Minze?«, fragt sie und schafft es endlich, sich umzudrehen.

Flos Augen sind gerötet. Wortlos versucht sie, Emmy etwas mitzuteilen.

Zunächst ist Emmy viel zu aufgewühlt, um es zu verstehen. Doch dann erkennt sie das Wort, das Flo mehrfach tonlos mit dem Mund formt: »USA.«

#27 JAN

Als Jan die Zimmertür öffnet, steht Maira vor ihm. Obwohl sie nur zaghaft lächelt, sind da wieder diese Grübchen. So wie neulich beim Fußballspielen mit ihrem Bruder. Als Maira Jan um den Hals gefallen ist und ihn geküsst hat. Ein Mal, nachdem er ein Tor geschossen hat, und ein zweites Mal am Ende des Nachmittags.

»Ich hoffe, ich störe net?«, fragt sie und einen Moment lang weiß Jan nicht, was er sagen soll. Schließlich kann er schlecht sagen, dass sie tatsächlich stört, weil er gerade dabei ist, eine Gruppe von ehemaligen Mitschülern, die er seit Tagen überwacht, bloßzustellen.

»Ich kann auch später wiederkomme«, sagt Maira.

»Nein, nein. Komm nur rein.« Jan zieht sie etwas zu heftig ins Zimmer, als wolle er sein Zögern wiedergutmachen.

Als Maira im Zimmer ist, fällt Jan auf, dass auf dem Computer noch immer die Bilder aus der Hütte zu sehen sind. Er versucht, sich zwischen Maira und den Bildschirm zu schieben. Da er sich allerdings nicht sicher ist, ob das ausreicht, und ihm nichts Besseres einfällt, zieht er Maira kurzerhand an sich und küsst sie. Ihre Lippen sind weich und warm und schmecken nach Aprikose. Als ginge der Duft, den Jan von Anfang an wahrgenommen hat, von ihren Lippen aus. Ganz zart tippt ihre Zungenspitze an Jans Lippen, die sich wie von selbst öffnen. Ihre Zunge bewegt sich wie eine Frage in Jans Mund, dessen Zunge sofort eine Antwort weiß, ohne dass Jan erst lange darüber nachdenken muss.

Obwohl Mairas Körper schlank und drahtig ist und Jan ihn sich deswegen eher hart und kantig vorgestellt hat, fühlt Maira sich weich und biegsam an.

Jan hat keine Ahnung, wie lange sie im Zimmer stehen und sich küssen, bis ihm bewusst wird, dass der Bildschirm noch immer zu sehen ist. Nur gut, dass er zumindest den Ton leise gestellt hat, sodass er nur im Hintergrund zu hören ist. Wie ein Film auf Netflix. Was Jan auch gleich als Ausrede benutzt. »Ich mache den Film mal aus«, sagt er, hastet zum Computer und schließt das Überwachungsprogramm.

Maira hat sich inzwischen auf die Bettkante gesetzt. Jan ist sich nicht sicher, ob sie nicht vielleicht doch etwas gesehen hat. Aber selbst wenn. Wie soll sie ahnen, was das für Bilder sind? Vermutlich traut sie Jan so etwas gar nicht zu. Dem braven Cellisten, der um seine tote Maus trauert.

Doch als wolle Maira ihm das Gegenteil beweisen, fragt sie genau in diesem Moment mit Blick auf den Computer: »Was machst du eigentlich wirklich hier?«

Sie hat doch etwas gesehen und reimt sich den Rest jetzt zusammen. Jan wird ganz schwindelig. Andererseits ist er ja im Recht!

Aber da winkt Maira schon ab. »Geht mich ja nüt an.«

»Ist völlig uninteressant«, bekräftigt Jan, auch wenn er selbst merkt, wie unlogisch das klingt. Wäre das, was er hier macht, uninteressant, wäre er dafür nicht extra in die Schweiz gekommen. Außerdem würde er dann nicht die meiste Zeit vor dem Computer verbringen, sondern wie alle anderen Gäste wandern.

»Ich hab dich mit mine Frage net wölle bedränge«, sagt Maira und Jan setzt sich zu ihr auf die Bettkante. Er spürt die Wärme ihres Körpers. Oder besser gesagt Hitze. Denn auch wenn sie sich nur an den Oberschenkeln und Schultern berühren, hat Jan das Gefühl, einen Fieberschub zu erleiden. Einen guten allerdings, wenn es so etwas überhaupt gibt.

Er blickt Maira in die hellgrünen Augen, deren Iris von einem dunkelgrünen Rand umgeben ist. Er hat noch nie solche Augen gesehen.

Maira hält seinem Blick stand, zwinkert nicht mal. Was sie wohl sieht? Einen blassen Typ, der gerade einmal sein Abi hat, während sie bereits studiert und mehr oder weniger die Pension ihrer Eltern leitet? Was will sie von ihm? Warum sollte sie ausgerechnet mit ihm zusammen sein wollen? In der Schule hat sich nie ein Mädchen für ihn interessiert. Klar, so wie die Clique ihn hingestellt hat, haben ihn alle für einen bescheuerten Außenseiter gehalten, der über die eigenen Füße stolpert und stinkenden Käse im Rucksack transportiert.

Maira tippt ihm gegen die Stirn. »Net so viel denke.« Sie streicht ihm über die Schläfen und die Augen, sodass Jan sie schließen muss. Was gut ist. Wenn er es schafft, sich einzig auf Mairas Berührung zu konzentrieren, kann er seine Gedanken zumindest so weit in Schach halten, dass sie ihn nicht lähmen.

»Danke, dass du zu meinem Brueder mitkomme bischt«, sagt sie und küsst Jan, bevor er sagen kann, dass er ihr dafür dankbar ist.

Und dann ist Mairas Hand auch schon unter Jans Shirt und legt eine Feuerspur auf seiner Haut. Oh Mann. Was soll er tun? Was macht man in einer solchen Situation? Was erwartet Maira von ihm? Dass auch er seine Hand unter ihr Shirt schiebt? Oder steht ihm das nicht zu? Wäre das zu schnell? Oder sonst wie unpassend?

Mairas Hand streichelt seine Brust. Und weil er nicht wie ein Anfänger dastehen will, nimmt er all seinen Mut zusammen und schiebt seine Hand unter Mairas Shirt, woraufhin sie die Luft anhält. Als Jan schon glaubt, es vermasselt zu haben, seufzt sie glücklich und Jan ist so erleichtert, dass er seine Hand gleich auch noch unter ihren BH schiebt und ihre kleinen Brüste streichelt, die so exakt in seine Hände passen, als wären sie dafür gemacht.

Jan hält Mairas Brüste umfasst und spürt, wie ihre Brustwarzen hart werden und sich aufrichten. Dann muss er sich schon wieder auf seinen Mund konzentrieren. Zart ziehen Mairas Lippen an seinen und das ist ein so ungewohntes Gefühl, dass Jan fast lachen muss. Doch stattdessen zupft auch er an Mairas Lippen und gleitet mit seinen Händen von ihren Brüsten zu ihrer Taille.

Maira kichert und haucht in seinen Mund hinein was von »kitzlig«, woraufhin sie beide innehalten und sich ansehen.

Jan glaubt, auch in Mairas Blick so etwas wie Erstaunen zu erkennen, dass sie sich in dieser Situation befinden. Doch dann lächelt sie ihr Grübchenlächeln und sagt: »Davon hab i träumt, seit du die *Suite No. 6* für mich g'spielt hast.«

Jan spürt, wie er strahlt, grinst oder wie immer man das nennen mag. Er war noch nie so glücklich.

»Spielsch du mir no öppis vor?« Maira zeigt auf das Cello.

Jan nickt. Solange er Cello spielt, muss er weder denken noch lügen.

»Bach?« Maira blickt ihn erwartungsvoll an.

»Ich hab da noch was Besseres«, sagt er, nimmt das Cello, setzt den Bogen an und spielt *Eleanor Rigby*.

#28 EMMY

In der Nacht schleicht Emmy aus dem Schlafzimmer die Treppe nach unten. Obwohl sie sich dafür schämt, kann sie es nicht lassen, das Ohr an Anns Tür zu legen.

Bestimmt eine Minute lang steht sie im Flur und lauscht. Unter der Haustür strömt kalte Luft herein. Emmy stellt einen Fuß auf den anderen, auch wenn das wenig hilft.

Ob sie klopfen soll? Die Tür öffnen und einen Blick ins Zimmer werfen?

Und dann? Ann beim Schlafen zusehen? Sie wecken? Mit ihr reden? Sie küssen? Sich zu ihr legen?

Beim letzten Gedanken pocht Emmys Herz wieder wie wild. Aber es ist natürlich undenkbar, sich zu Ann ins Bett zu legen, während Rod eine Etage über ihnen schläft. Abgesehen davon, dass Ann das vielleicht gar nicht will.

Also zurück zu Rod?

Vor die Hütte?

Schließlich löst Emmy die Füße von dem kalten Boden und geht ins Wohnzimmer. Sie setzt sich in den Schaukelstuhl und schaukelt vor und zurück. Vor und zurück. Bis sie etwas ruhiger wird.

Nachdem sich ihre Augen an die Dunkelheit gewöhnt haben, betrachtet sie den Marder auf seinem Podest, der auf seltsame Weise ebenso schön wie hässlich ist. Wie der Hirschkopf in ihrem Schlafzimmer. Beide haben zugleich etwas Grausames und Faszinierendes. Ob Jans Onkel die Tiere selbst ausgestopft hat?

Emmy betrachtet den Marder genauer. Was ist das da auf dem Sockel? Da blinkt doch was? Oder bildet sie sich das ein?

Als sie gerade aufstehen will, um nachzusehen, hört sie Anns Stimme: »Was machst du hier allein im Dunkeln?«

Sofort pocht Emmys Herz noch wilder und ihr ganzer Körper fängt an zu prickeln, als bereite er sich darauf vor, Ann zu umarmen und zu küssen.

Dabei müssen sie doch reden.

Ann kommt zum Schaukelstuhl und setzt sich rittlings auf Emmys Schoß.

Kurz bevor ihre Lippen Emmys berühren, sagt Ann neckend: »Was tun wir hier nur?«

Frustriert lässt Emmy den Kopf gegen die Lehne des Schaukelstuhls fallen, woraufhin dieser sich in Bewegung setzt. Vor und zurück. Vor und zurück.

»Was?« Anns Lippen sind so nah, dass Emmy spürt, wie sie beim Sprechen flattern.

Da sie den Kopf nicht noch weiter zurücknehmen kann, wendet sie ihn zur Seite. »Hör auf, mit mir zu spielen«, keucht sie. Es kostet sie ihre ganze Kraft, diese Worte auszusprechen, während ihr Körper einzig danach lechzt, Ann zu küssen, sie zu berühren, sie …

»Ich spiele mit dir?« Mit der Spitze ihres Zeigefingers fährt Ann über Emmys Lippen. »Echt?«

Emmy hält Anns Hand fest. »Du weißt, was ich für dich empfinde und dass ich es probieren will.«

»Probieren?« Ann schnaubt. »Hört sich an, als wolltest du ein Paar deiner gesponserten Schuhe ausprobieren.«

Emmy fuchtelt so empört mit den Armen, dass der Stuhl heftig zu schaukeln beginnt.

»Scheiße. Hör auf.« Ann krallt sich an Emmy fest, um nicht runterzufallen.

»War doch keine Absicht!«, sagt Emmy.

Ann drückt ihr die Hand auf den Mund. »Willst du das ganze Haus wecken?«

»Zu spät«, ertönt eine Stimme von der Tür, die Emmy nur allzu vertraut ist.

#29 JAN

Jans Blase drückt. Er muss ganz unbedingt auf die Toilette. Aber er kann sich nicht bewegen. Immer wieder versucht er, sich aufzurichten oder die Beine aus dem Bett zu schwingen. Vergeblich. Seine rechte Hand fühlt sich warm und feucht an. Doch er kann nicht mal den Kopf heben, um nachzusehen, was los ist. Und als er mit der linken nach der rechten Hand tasten will, gelingt ihm auch das nicht. Verzweifelt bemüht er sich, die Beine zusammenzupressen, um zu verhindern, dass er ins Bett macht. Doch schon im nächsten Augenblick spürt er, wie die warme Flüssigkeit sich zwischen seinen Beinen und unter seinem Hintern ausbreitet. Frustriert stöhnt er auf und erwacht.

Mist! Die anderen werden ihn auslachen, ihn verhöhnen, sie werden … Da erst registriert er, dass er nicht auf Klassenfahrt ist und nicht im Etagenbett der Jugendherberge liegt, sondern im Pensionszimmer auf der Schattenhalb. Seine Matratze ist trocken wie sein Schlafanzug auch. Natürlich hat er nicht ins Bett gepinkelt. Selbst als Kind hat er nie ins Bett gemacht. Und auf der Klassenfahrt ist es auch nur passiert, weil Rod, Jens und ein paar andere Jans Hand in lauwarmes Wasser gesteckt hatten. Mitten in der Nacht. Und als Jan hochgeschreckt war, nachdem er ins Bett gepinkelt hatte, hatte er direkt in ihre feixenden Gesichter gesehen. Sie hatten um sein Etagenbett gestanden und nur darauf gewartet, dass der Trick funktionieren würde.

Jans Wangen sind feucht. Er muss im Schlaf geweint haben. Unmittelbar nach der Klassenfahrt hatte er diesen Traum jede Nacht und es hatte eine ganze Zeit gedauert, bis er seltener wurde und Jan nicht mehr verheult und verschwitzt aufgewacht war.

Er richtet sich auf und geht in das kleine Badezimmer, froh, dass er ein eigenes hat und nicht nur eins auf dem Flur. Er lässt kaltes Wasser über seine Handgelenke laufen, formt die Hände zur Schale, taucht das Gesicht hinein und stellt sich vor, dass das Wasser direkt aus dem Gebirge kommt. Dann geht er zurück ins Zimmer und setzt sich aufs Bett. Obwohl das Zimmer klein und sparsam eingerichtet ist, hat er sich hier von Anfang an wohlgefühlt. Vielleicht wegen Maira. Ob sie das Zimmer selbst eingerichtet und das Bett ausgesucht hat? Die Matratze mit der richtigen Härte? Die Bettwäsche mit den Blümchen, die so klein sind, dass man sie für Punkte halten kann? Maira, die ihn so vertrauensvoll in ihr Leben gelassen und ihn sogar mit ihrem Bruder bekannt gemacht hat. Maira, die ihn mag. Die ihn geküsst hat und sich von ihm hat küssen lassen. Die ihn nicht für seltsam hält. Die so ganz anders ist als Emmy.

Aber Moment. Was denkt er da? Er wird doch nicht in Maira verliebt sein? Sein Herz pocht zwar, wenn er daran denkt, wie sie sich geküsst und berührt haben. Aber ist er deswegen gleich in sie verliebt? Oder ist er einfach dankbar, dass sie ihn mag und nicht für einen Sonderling hält?

Sein Blick fällt auf den leeren Käfig. Sofort bildet sich ein dicker Kloß in seinem Hals. Während die Clique ihn wegen seiner Liebe zu Isang gehänselt hat, war Maira mit ihm beim Tierarzt und hat Isang mit ihm begraben.

Er setzt sich an den Computer und klickt sich durch die Zimmer.

Jens und Flo schlafen.

Das Hirschzimmer ist leer.

Anns Zimmer ebenfalls.

Die Kamera auf dem Podest des Marders zeigt … Ann, die rittlings auf Emmys Schoß sitzt und sie küsst, bis Emmy den Kopf abwendet und sagt: »Hör auf, mit mir zu spielen.«

»Ich spiele mit dir?«, fragt Ann und fährt mit dem Finger über Emmys Lippen. Dann schiebt sie hinterher: »Echt?«

Doch plötzlich fuchtelt Emmy so heftig mit den Armen, dass der Stuhl wie wild schaukelt und Ann sich an Emmy festkrallen muss, um nicht runterzufallen.

Noch bevor Jan sich einen Reim darauf machen kann, steht Rod in der Tür und für einen Augenblick wirkt es, als habe jemand die Freeze-Taste gedrückt.

Ann bewegt sich als Erste. Sie klettert von Emmys Schoß, als hätten sie nur irgendeine neue Yogastellung ausprobiert. »Keine Sorge«, sagt sie zu Rod. »Ich habe dir kein Stück deiner heiligen Emmy geklaut.«

Kurz herrscht Stille. Dann springt Emmy auf und ruft: »Hast du 'nen Knall? Ich gehöre niemandem!«

Danach stürmt sie aus dem Zimmer.

#30 EMMY

Im Flur steigt Emmy wieder in die viel zu großen grünen Gummistiefel, die sich fast schon wie ihre anfühlen. Sie öffnet die Tür und schlüpft in die Nacht.

Auf der Bank, den Rücken an die warme Holzwand gelehnt, muss sie an ihren Vater denken. Wie er ihr erklärt hat, dass die Geräusche in ihrem Haus vom Holz kämen. Davon, dass es atme. Am Tag heize es sich auf und in der Nacht kühle es ab und dann knacke es eben, hatte er gesagt und Emmy hatte sich vorgestellt, wie das Holz durch seine Astlöcher weiteratmet, obwohl man es bereits getötet hat. So wie abgeschnittene Tulpen in der Vase weiterwachsen.

Ein kleines bisschen fühlt Emmy sich wie dieses Holz und die Tulpen. Sie atmet zwar, aber innerlich ist sie irgendwie tot und leer. Alles ist so verwirrend. Ob Ann und Rod sich im Wohnzimmer wohl gerade die Köpfe einschlagen?

Etwas flattert knapp und irre schnell an Emmy vorbei. Eine Fledermaus? Emmy hat noch nie eine gesehen. In der Stadt gibt es keine, nicht in ihrem Viertel. Glaubt sie jedenfalls.

Wie hat alles in so kurzer Zeit nur so schrecklich aus dem Ruder laufen können? Sie verschränkt die Arme auf dem Tisch, legt den Kopf darauf und befiehlt sich, ruhig zu atmen. Nur zu atmen, sonst nichts. Zu sein wie das Holz und die Tulpen. Dabei kann sie allerdings nicht verhindern, dass ihr die Tränen in die Augen schießen und die Ärmel ihres Shirts langsam durchnässen.

Unmöglich in ein paar Stunden mit Rod und Ann zum Kleinen Wellhorn zu wandern. Das hält Emmy nicht aus. Sie wird in der

Hütte bleiben. Sollen die anderen ruhig wandern gehen. Vielleicht entspannt sich die Situation bis zum nächsten Abend auf wundersame Weise. Sonst muss Emmy ernsthaft darüber nachdenken abzureisen. Schließlich soll das hier eine Belohnung und keine Strafe sein.

Sie richtet sich wieder auf und blickt auf den vom Mond beschienenen Tschingel. Da wollen sie morgen hin. Ach nein! Sie weiß doch, dass sie zum Wellhorn wollen. Daran hat sie doch eben noch gedacht. Das Ganze bringt sie echt komplett durcheinander. Am nächsten Tag steht das Wellhorn auf dem Plan und der Tschingel übermorgen. Sofern sie dann noch da sind.

Was hat Ann mit »heiliger Emmy« gemeint? Entspricht das dem Bild, das sie von ihr hat? Das einer Heiligen? Benimmt Emmy sich so? Wie kann Ann in der einen Minute mit ihr knutschen und sie in der nächsten so runtermachen? Ob Emmy noch mal ins Wohnzimmer gehen soll? Schließlich müssen sie die Sache irgendwann klären. Warum nicht gleich? Warum nicht alle drei zusammen? Es muss doch eine Lösung geben. Sie haben ihr Abi. Sie sind erwachsen.

Der Schrei einer Eule reißt Emmy aus ihren Gedanken. Oder war das ein Uhu? Wo ist der Unterschied? Verdammt, was weiß sie überhaupt? Sie betreibt einen Blog, der sich *back to nature* nennt, und kennt nicht mal den Unterschied zwischen einer Eule und einem Uhu. Sie ist seit zwei Jahren mit einem Jungen zusammen und hatte nicht die leiseste Ahnung, dass sie sich auch für Mädchen interessiert.

Emmy legt den Kopf wieder auf ihre verschränkten Arme. Ann? Rod? Blog? Studium? Journalistin? Autorin? Deutschland?

Ausland? Bleiben? Abreisen? Uhu? Eule? Ann Rod Studium Blog Deutschland Ausland Reisen Bleiben Ann Rod Ann Rod Ann Ann Ann Ann …

#31 JAN

Jan schaltet zur Kamera vor der Hütte. Scheiß auf Ann und Rod. Er muss wissen, was mit Emmy ist.

Zuerst sitzt sie einfach nur da, den Rücken an die Wand gelehnt, und starrt auf die Berge. Dann verschränkt sie die Arme auf dem Tisch und bettet ihren Kopf darauf. Kurz darauf bebt ihr Rücken, als würde sie weinen. Wie gerne wäre Jan jetzt bei ihr. Er würde ihr über den Rücken streichen und … Halt. Will er das überhaupt noch? In den letzten drei Jahren hat er sich nichts sehnlicher gewünscht, als mit Emmy zusammen zu sein. Dazuzugehören. Zu denen, die eine Beziehung haben, weil sie beliebt sind. Die Freunde haben, weil sie eine Beziehung haben, die beweist, dass sie beliebt sind. Er wollte einfach nur dazugehören. So cool sein wie die Clique. Und Emmy wäre seine Eintrittskarte gewesen. Mehr als das. Die Clique galt immer als absolut cool. Wie die sich auf dem *back to nature*-Blog inszeniert haben. All die Gruppenfotos. Allein schon das mit der menschlichen Pyramide in Rom. Das war echt etwas Besonderes. Auch wenn das Bild wahrscheinlich so gestellt war wie die Fotos der Clique von der Klassenfahrt. Das immerhin kann Jan einschätzen. Da war er dabei. Da waren die Fotos eindeutig spektakulärer als die Realität. Rod und Jens, die mit den Armen eine Brücke übers Feuer schlugen, auf der Emmy, Flo und Ann balanciert sind. Da war Matze noch mit von der Partie. Der hat die Mädchen hochgehoben. Geächzt haben sie allerdings alle und Jens hat immer wieder gerufen: »Macht schon! Mir sterben gleich die Arme ab.« Obwohl mindestens die Hälfte der Klasse an dem Abend dabei war und wusste, wie die Fotos entstanden sind, haben sie sie später auf dem Blog geliked, Kommentare geschrieben wie: *Großartig! Wow! Voll die starken Männer.*

In diesem Moment richtet Emmy sich auf. Ist ihr Gesicht wirklich so hübsch? Jan ist sich nicht mehr sicher. Nicht einmal Grübchen hat sie. Und sie lacht auch nicht so viel wie Maira. Und nicht so echt. Eher immer verhalten, als würde sie sich selbst bremsen. Warum ist ihm das nicht schon früher aufgefallen? Er betrachtet Emmy noch einmal genau. Ihr Gesicht ist symmetrisch. Sie hat eine gerade Nase, die von der Größe her perfekt zum Rest des Gesichts passt. Ihre Brauen sind zart und schön geschwungen und ihre Augen sind … in diesem Moment vor allem verheult. Aber Jan weiß natürlich, dass Emmy grüne Augen hat. Wie Maira. Nur ohne diesen schönen dunklen Rand um die Iris. Und Maira ist ehrlich, freundlich und aufrichtig. Alles Dinge, die man von Emmy nicht gerade behaupten kann. Als sie zum Beispiel auf der Abifeier am Rand des Schulhofs zusammengebrochen ist und sich die Seele aus dem Leib gekotzt hat, ist Jan zu ihr gegangen, hat sie gestützt und ihr die Haare aus dem Gesicht gehalten. Und Emmy hat es zugelassen. Bis sie gemerkt hat, wer ihr da hilft.

Jetzt richtet sie sich auf, strafft die Schultern und geht zurück in die Hütte. Jan klickt zur Kamera im Wohnzimmer, das jetzt allerdings leer ist. Zunächst ärgert er sich, den Streit zwischen Rod und Ann verpasst zu haben, doch dann erinnert er sich, dass er sich das Video ja jederzeit ansehen kann. Jetzt will er allerdings erst einmal schauen was sich auf seinem YouTube-Kanal getan hat.

Unter dem ersten Video steht ein erster Kommentar: *Wer bist du? Warum stellst du das online? Wer will zusehen, wie jemand sich verletzt? Sich am Elend anderer aufzugeilen, ist absolut pervers!*

Der Kommentar ist anonym. Da Jasmin den Link zu *The truth behind* noch immer nicht auf ihrem Instagram-Account geteilt hat, kann der Kommentar auch von jemandem sein, der zufällig auf dem Kanal vorbeigesurft ist. Jemand, der den Titel der Seite gut fand oder nach entsprechenden Tags und Keywords gesucht hat. Ist Jan wirklich pervers, nur weil er das online stellt? Oder muss man mit solchen Kommentaren einfach rechnen, wenn man sich ins Netz begibt? Und überhaupt! Wie pervers ist es bitte, was jeden Tag auf der Welt in den Klassenzimmern, auf den Schulhöfen und den Heimwegen passiert? Da erpressen Schüler von ihren Mitschülern Geld, werfen deren Schulsachen in den Dreck, klauen während des Sportunterrichts Klamotten oder pinkeln in deren Schuhe. Und das immer wieder. Tag für Tag. Mobbing ist nicht *die* eine Tat, sondern es sind die vielen kleinen Dinge, die andauernd passieren. Immer wieder! Tag für Tag eben. Vielleicht sollte Jan genau *das* unter den Kommentar schreiben. Und gleich noch ein paar Beispiele nennen, auch wenn die im Netz eigentlich ganz leicht zu finden sind, wenn man sich nur einmal die Mühe macht, sich für die Opfer zu interessieren. Jan wirft sich aufs Bett. Obwohl Maira die Nacht gar nicht bei ihm verbracht, sondern nur auf der Kante gesessen hat, riecht das Bett nach ihr. Sogar das Kissen, auf dem ihr Kopf nicht gelegen hat, riecht nach Aprikose. Jan drückt die Nase fest in den Bezug und atmet tief ein.

#32 EMMY

Flo und Jens sitzen am Tisch, als Emmy am Morgen die Küche betritt. Doch anders als an den Tagen zuvor, haben sie den Tisch nicht für alle gedeckt. Flo hält sich an einer Tasse Kaffee fest und Jens isst seine letzten Kägis, wobei er die Papierchen in winzige Streifen zerreißt.

Einen kurzen Augenblick ist Emmy versucht, sich einfach einen Kaffee zu nehmen und damit auf die Bank vor der Hütte zu setzen. Aber noch sind sie eine Gruppe. Freunde. Und Flo scheint es wirklich schlecht zu gehen. Sie hat dunkle Ringe unter den Augen und riecht leicht säuerlich, als hätte sie die ganze Nacht gefressen und gekotzt. Emmy fühlt sich wie eine miserable Freundin. Sie geht zu Flo und legt ihr die Hand auf die Schulter. »Alles okay?«, fragt sie und ärgert sich sofort, weil sie dieselbe Floskel verwendet wie sonst Flo.

Die nickt allerdings nur und zeigt auf die Thermoskanne. »Müsste noch etwas Kaffee drin sein.«

Jens nimmt keinerlei Notiz von Emmy, sondern zerreißt nur weiter seine Papierchen, als arbeite er an einem wichtigen Kunstwerk.

»Ich glaub, ich kann heut' nicht mit zum Wellhorn«, sagt Emmy, auch wenn sie sich dadurch noch mieser fühlt, weil sie Flos Pläne torpediert, statt ihr zu helfen. Aber wie soll sie Flo helfen, wenn sie es nicht mal schafft, sich selbst zu helfen?

Flo reagiert gar nicht auf Emmys Absage und Emmy schenkt sich eine Tasse aus der Thermoskanne ein und setzt sich an den Tisch.

Der Kaffee schmeckt bitter und kaum dass Emmy den ersten Schluck runtergewürgt hat, nuschelt Jens: »Ich geh auch nicht mit.«

Emmy blickt besorgt zu Flo, die sicher total enttäuscht ist, wenn jetzt einer nach dem anderen abspringt, nachdem sie alles so akribisch geplant hat.

Aber Flo reagiert auch auf Jens' Absage nicht und Emmy ist versucht, noch einmal zu fragen, ob wirklich alles in Ordnung ist. Doch in diesem Augenblick kommt Ann in die Küche und lässt den Blick über den Tisch schweifen. »Okaaay«, sagt sie, auch wenn es sich anhört wie: *Kann mir bitte mal einer sagen, was los ist?* Dann geht sie zur Speisekammer und nimmt Brot heraus. Aus dem Kühlschrank holt sie Käse, Butter, Marmelade und Honig und knallt alles wie ein Statement auf den Tisch.

Emmy hat keine Ahnung, was Ann damit zum Ausdruck bringen will, aber jedenfalls sind jetzt alle wach.

Jens nimmt sein iPhone und tippt ein wenig lustlos darauf herum. Einen Moment später erklingt *Play God*. So laut, dass es Anns Geschirrklappern übertönt. Obwohl Emmy den Song mag, ist er ihr an diesem Morgen zu aggressiv, vor allem wenn sie an das Video denkt, in dem Kinder mit Waffen herumfuchteln.

Emmy überlegt gerade, Jens zu bitten, den Song auszuschalten, als Rod in die Küche kommt.

»Ich komm heut' nicht mit«, sagt er und lässt sich auf einen der Herzstühle fallen.

Auch wenn Emmy weiß, wie egoistisch das ist, kann sie nichts anderes denken als: Scheiße! Dann sind heute alle in der Hütte.

»Heute findet sowieso keine Wanderung statt«, sagt Flo fast ein wenig gelangweilt.

»Aha!« Ann knallt die Milchtüte dermaßen heftig auf den Tisch, dass die Milch über den Käse spritzt und Emmy sich fragt, warum um alles in der Welt Ann so wütend ist.

Flo greift nach Jens' iPhone und beendet den Song, spielt stattdessen *Dirty Paws*.

Jens wirft ihr einen feindseligen Blick zu.

»Könnt ihr euch jetzt alle mal wieder einkriegen?«, fragt Ann. »Wir sind hier schließlich nicht im Kindergarten.«

Emmy findet Anns Kommentar völlig unangemessen. Es darf doch wohl noch jeder selbst entscheiden, ob er wandern will oder nicht. Und welchen Song er oder sie hören will.

Doch Ann schnappt sich lediglich eine Holunderbrause aus der Speisekammer und verlässt die Küche.

Jens holt ein Bier aus dem Kühlschrank.

»Für mich auch eins, Bro«, sagt Rod und streckt die Hand aus, wobei er Emmy triumphierend ansieht, als wolle er sagen: Das hast du jetzt davon.

Und Emmy denkt: Nur gut, dass uns niemand sieht.

#33 JAN

Jan will gerade checken, was die Clique so macht, als es an seiner Tür klopft. Das kann nur Maira sein.

Puh, das schafft er jetzt gerade nicht. Er weiß ja selbst nicht genau …

Es klopft ein weiteres Mal.

Jan bleibt ganz ruhig sitzen. Wenn Maira nichts hört, wird sie denken, dass er schon unterwegs ist. Er darf sich nur nicht bewegen und ... Atmen sollte er allerdings schon, da ihm bereits ein wenig schwindelig wird.

Er weiß, dass er sich ihr gegenüber unfair verhält, aber das alles wächst ihm gerade über den Kopf und ... Atmen. Er muss atmen.

Ob Maira wohl schon wieder gegangen ist? Oder steht sie auf der anderen Seite der Tür und hält ebenfalls die Luft an?

Nein, so ist sie nicht.

Er aber schon?

Er hört, wie Mairas Schritte sich entfernen. Sicher muss sie zurück zum Frühstücksbuffet. Vielleicht hat sie Jan auch lediglich ein Tablett mit Kaffee und Croissants vor die Tür gestellt? Aber er will es nicht riskieren nachzusehen. Am besten, er verlässt so schnell wie möglich die Pension. Er sollte sich jetzt ausschließlich auf die Aufgabe konzentrieren. Er darf den Plan auf keinen Fall aus den Augen verlieren. Weder für Maira noch für sonst jemanden.

Hektisch zieht er ein Hemd aus dem Schrank, streift es über und schlüpft in seine Cargohosen. Handy, Autoschlüssel, Geld. Das wars.

Aber vielleicht sollte er lieber nicht die Treppe nehmen. Der untere Absatz liegt direkt neben dem Frühstücksraum. Er geht ans Fenster und blickt nach unten. Sein Zimmer liegt zum Parkplatz hin, der Abstand zum Boden beträgt etwa zweieinhalb Meter. Das müsste gehen.

Aber, halt! Sein Blick fällt auf den Bildschirm. Bevor er aufbricht, muss er noch checken, was die fünf vorhaben. Am Vortag hieß es zwar, dass sie zum Kleinen Wellhorn wollen, aber man weiß ja nie.

Er setzt sich an den Computer und klickt zur Kamera in der Küche, wo die Clique um den Tisch herumsitzt, als es erneut an seiner Tür klopft.

Verdammt. Noch einmal Maira? Sieht ihr gar nicht ähnlich, so zu drängeln.

Egal. Er muss jetzt zur Hütte und checken, ob mit den Kameras alles in Ordnung ist.

Auf Zehenspitzen schleicht er zum Fenster und öffnet es so leise wie möglich. Er klettert aufs Sims, stößt sich ab und springt.

Das Gras ist weich, die Landung in Ordnung. Jan blickt nach oben, als könne Maira am Fenster stehen, was Unsinn ist, da sie ohne seine Erlaubnis niemals sein Zimmer betreten würde. Das Einzige, was ein bisschen doof ist: Das Fenster wird nun bis zu seiner Rückkehr offen stehen.

Jan eilt zum Wagen, klettert hinein, startet und verlässt den Parkplatz, ohne sich ein einziges Mal umzudrehen.

Nachdem er in einer Bäckerei ein Croissant und einen Kaffee gekauft hat, macht er sich in dem Toyota, der durch das Fahren im Wald bereits ein paar erklärungsbedürftige Kratzer hat, auf den Weg zur Hütte. Er beißt ins Croissant. Nicht schlimm, dass er nicht mehr checken konnte, was die fünf heute machen. Schließlich haben sie sich bisher immer an ihre Pläne gehalten. Er trinkt einen Schluck Kaffee und beißt noch einmal ins Croissant. Er wird an der Schranke parken und den Rest des Weges laufen. Nur zur Sicherheit.

Ein letzter Schluck Kaffee und ein letzter Biss in das Croissant, dann hat Jan den Wagen geparkt und die ersten Schritte auf der Schotterstraße zur Hütte zurückgelegt. Die Luft ist angenehm frisch und obwohl Jan bisher die meiste Zeit im Zimmer verbracht hat, fühlt er sich schon ein bisschen mehr wie der Outdoortyp, von dem Maira gesprochen hat. Und weil ihn das freut, kickt er ein paar Steinchen zur Seite. Wenn das hier zu Ende ist, kann er ja noch ein paar Tage dranhängen oder wiederkommen.

Plötzlich hört er vor sich Schritte auf dem Weg. Mist! Nehmen die fünf etwa diesen Weg zum Wellhorn?

Er verharrt und lauscht.

Nein. Hört sich nicht nach einer Gruppe an. Eher nach einem einzelnen Wanderer.

Dennoch springt Jan hinter einen Baum. Nicht unbedingt das beste Versteck, aber das erste, das ihm auf die Schnelle zur Verfügung steht.

Er späht hinter dem Baumstamm hervor.

Emmys gelbe Schuhe leuchten schon von Weitem. Sie scheint allein zu sein. Wo sind die anderen? Jan verflucht sich, die Kameras ausgerechnet an diesem Morgen nicht geprüft zu haben.

Er hält die Luft an, als Emmy kaum einen Meter entfernt an ihm vorbeigeht. Obwohl er sie nach wie vor hübsch findet, muss er zugeben, dass sie an diesem Morgen einfach scheiße aussieht. Ihre Locken hängen schlaff herunter, ihr Gang hat etwas Schleppendes, und statt die Natur zu genießen, blickt sie zu Boden. In der Nacht wird doch hoffentlich nichts Schlimmes passiert sein?

Die Sache mit Maira lenkt Jan eindeutig zu sehr ab. Er ist nachlässig geworden. Geradezu leichtsinnig.

Emmy passiert ihn, ohne ihn zu entdecken.

Bloß weg!

Kurz nachdem Jan bereits in die entgegengesetzte Richtung losgelaufen ist, hält er allerdings inne. Was, wenn es Emmy richtig dreckig geht und sie Hilfe braucht? Klar hat er null Verantwortung, aber … was macht sie hier überhaupt so allein?

Die Neugier lässt Jan schließlich wieder umdrehen. Er folgt Emmy wie ein Jäger auf der Pirsch. Allzeit bereit, sich seitlich ins Gebüsch zu schlagen.

Allerdings zeigt sich schnell, dass Jan als Jäger nicht besonders geeignet ist. Denn schon nach zwei Biegungen hat er seine Beute verloren.

Er hastet zur nächsten Kurve, aber Emmy ist nirgends zu sehen. Sie muss den Weg verlassen haben, auch wenn Jan nicht klar ist, wo.

Leicht panisch läuft er den Weg zurück, wobei er einen Pfad entdeckt, der ihm nicht aufgefallen ist, da er von herabhängenden Zweigen verdeckt ist. Weil das aber die einzige Möglichkeit ist, an der Emmy abgebogen sein kann, zwängt Jan sich durch die schmale Öffnung und folgt dem Pfad. Die Ohren gespitzt, als könne ihm sein absolutes Gehör im Wald ebenso nutzen wie beim Cellospielen.

Der Weg endet so abrupt, dass Jan fast auf die Lichtung gestolpert wäre. Rasch scannt er die Wiese, die die Größe eines Fußballfeldes hat. Gerade in dem Moment, in dem er Emmy am Rande der Lichtung entdeckt, ertönt ein Schuss und Emmy wirft sich auf den Boden.

Scheiße! So eine Scheiße! Panisch sieht Jan sich um. Wer hat da geschossen?

Sein Blick rast zurück zu Emmy. Lebt sie? Ist sie verletzt? Was soll er jetzt tun? Sein Herz rast wie wahnsinnig und er zittert am ganzen Körper. Heilige Scheiße! Jemand hat auf Emmy geschossen. Er muss zu ihr.

Doch gerade als er seine Deckung aufgeben will, richtet Emmy sich auf. Aus der Entfernung kann Jan zwar nicht sehen, ob sie verletzt ist, aber sie sitzt aufrecht und dreht und wendet den Kopf, als versuche sie zu begreifen, was passiert ist. Sie bewegt Hände und Arme, danach Füße und Beine. Alles scheint in Ordnung und Jan sieht auch nirgends Blut. Das ist gut. Emmy blickt über die Lichtung und einen Augenblick lang fürchtet Jan, dass sie ihn entdeckt hat. Aber dann steht sie zögerlich auf.

#34 EMMY

Emmy und Ann sitzen auf der letzten Bank des Busses. Seit sie in Meiringen losgefahren sind, weint Emmy. »Ich dachte echt, dass Rod auf mich geschossen hat.« Sie zittert am ganzen Leib, auch wenn der Vorfall schon ein paar Stunden zurückliegt und nicht wirklich gefährlich war, da sie den Jäger mit dem Gewehr auf dem Rückweg schließlich selbst gesehen hat.

»Ach, Süße.« Ann legt einen Arm um Emmys Schultern und zieht sie an sich.

»Ich habe nur gedacht ... weil Rod so verdammt wütend ist«, sagt Emmy.

»Wütend schon, aber ...« Ann wirft die Hände in die Luft. »Er hat ja nicht mal ein Gewehr.«

»Du weißt ja nicht, wie er sein kann ...« Emmy bricht ab. Natürlich weiß Ann das nicht, schließlich hat Emmy ihr nie etwas davon erzählt.

»Warum bist du eigentlich immer noch mit ihm zusammen?«, fragt Ann.

Emmy hat keine Antwort. Bis vor ein paar Wochen wusste sie ja nicht einmal, dass sie nicht nur auf Jungs steht und ... Der Bus holpert über eine Bodenschwelle und Emmy fällt gegen Ann. Alles könnte so schön sein. Die Reise, die Hütte, die Wanderungen, die Fahrt mit Ann. Die letzte gemeinsame Zeit, bevor sich die Clique in alle Winde zerstreut, Flo nach Amerika geht, Rod wahrscheinlich nach Süddeutschland, Jens irgendwohin, wo ein Diplomatensohn gebraucht wird, und Ann ...

»Die Straßen sind hier so was von sauber«, sagt Ann und für einen Augenblick ist Emmy zu verdutzt, um etwas zu sagen. Das ist wieder einer von Anns krassen Hirn-Flickflacks.

Emmy folgt Anns Blick zu einer riesigen Kehrmaschine, deren Bürsten über eine bereits zugegebenermaßen saubere Straße wischen.

Emmy muss lachen. »Deine Gedankensprünge sind so was von komisch.«

»Ja, so was von«, echot Ann lächelnd und fügt dann ernst hinzu: »Und du bist die Einzige, die sie nachvollziehen kann.« Sie küsst Emmy auf die Wange. »Und deswegen vermisse ich dich schon jetzt.«

Die Worte dringen nur langsam in Emmys Gehirn. Als sie deren Bedeutung schließlich erfasst, dreht sie sich so abrupt zu Ann, dass ihre Köpfe beinahe aneinanderknallen.

»Wieso vermissen?«, fragt sie und kann eine gewisse Schärfe in ihrer Stimme nicht verhindern.

Aber Ann winkt nur lässig ab und blickt dann demonstrativ aus dem Fenster, wo der Brienzer See gerade in Sicht kommt.

Emmy ist versucht, Anns Gesicht in die Hände zu nehmen und sie zu zwingen, ihr in die Augen zu sehen. Stattdessen sagt sie so ruhig wie möglich: »Ich dachte, du weißt noch nicht, was du nach dem Abi machst?«

Ann nickt. »Stimmt.«

»Aber du vermisst mich jetzt schon?«

»Ach, Süße«, sagt Ann und es klingt, als erkläre sie einem Kleinkind das Offensichtliche, und das zum tausendsten Mal. »Ist doch klar, dass wir nach dem Abi alle woandershin gehen. Auseinander halt. Flo in die USA …«

»Woher weißt du das?«, fragt Emmy, auch wenn die viel drängendere Frage lautet, wohin Ann geht und warum sie Emmy bisher nichts davon erzählt hat.

Ann lacht, aber es klingt kein bisschen heiter. »Denkst du, du bist die Einzige, der sich die Leute anvertrauen? Der Nabel der Welt? Der Nabel unserer Clique?«

Die Sätze brennen wie Ohrfeigen auf Emmys Wange, auf der kurz zuvor noch Anns Kuss gelandet ist.

»Jedenfalls war ich immer ehrlich zu dir«, bringt Emmy schließlich mühsam hervor.

»Ach, ja?« Ann zieht die Augenbrauen hoch.

Emmy will gerade etwas sagen, als ihr bewusst wird, dass sie an der Endstation sind. Alle anderen Fahrgäste haben den Bus schon verlassen. Der Fahrer fordert sie über Lautsprecher auf, ebenfalls auszusteigen. Ann springt auf und aus dem Bus.

#35 JAN

Jan steht auf der Wiese hinter der Pension und blickt zu seinem Zimmerfenster. Unmöglich, da wieder hochzukommen. Er bräuchte eine Leiter, eine Kiste oder etwas Ähnliches. Doch hinter ihm liegen nur die Wiese und der Wald. Halbherzig reckt er einen Arm in die Höhe. Seine Fingerspitzen berühren gerade einmal das Sims. Keine Chance. Er wird den Eingang nehmen müssen und hoffen, dass Maira ihn nicht entdeckt. Nach der Sache auf der Lichtung muss er erst einmal an den Computer und checken, ob Emmy gut zur Hütte zurückgekommen ist und wo die anderen sind. Außerdem will er sich die neuen Kommentare ansehen und das nächste Video hochladen.

Er drückt sich an der Hauswand entlang und späht wie ein Dieb um die Ecke. Er weiß, dass das lächerlich ist. Aber was soll er tun?

Die Luft ist jedenfalls rein. Also läuft Jan zügig, aber wiederum nicht so schnell, dass es auffällig wäre, auf den Eingang zu. Nur schade, dass die Tür aus Holz und nicht aus Glas ist. Er drückt sie auf und wäre beinahe in ein Pärchen gestolpert, das ihm den Rücken zugewandt vor der Rezeption wartet. Und hinter der Rezeption steht ... niemand.

Glück gehabt. Auf Jans Stirn haben sich Schweißperlen gebildet. Ob die beiden die Tischglocke gedrückt haben? Ob Jan es noch vorbeischafft, bevor Maira kommt?

Er schiebt sich an dem Paar vorbei. Als die Frau sich zu ihm umdreht und ihn auf Englisch fragt, ob er wisse, wo der *host* sei, bedeutet Jan ihr, dass er kein Englisch versteht, und stürmt die

Treppe nach oben. Dass ihn das Paar sicher für verrückt hält, ist ihm in diesem Moment völlig egal.

Im Zimmer angekommen, drückt er die Tür hinter sich ins Schloss und lehnt sich schwer atmend von innen dagegen. Um so ein richtiger Outdoortyp zu werden, muss er wohl noch ein bisschen trainieren. Er lässt den Blick durchs Zimmer schweifen. Es sieht aus wie am Morgen. Jedenfalls soweit er das überblicken kann. Maira scheint sich also tatsächlich an Jans Bitte zu halten, das Zimmer nicht putzen zu lassen. Natürlich hat sie einen Schlüssel und es ist nicht völlig ausgeschlossen, dass sie …

Nein. Nicht Maira.

Jan setzt sich an den Computer.

Um 8:43 Uhr hat Jasmin den Link auf Instagram geteilt.

Um 8:46 Uhr taucht er auf einem anderen Account auf.

8:53 Uhr: *Wer steckt hinter dem Kanal?*

9:20 Uhr: *Wann gibts mehr?*

Einmal wird sogar ein Name genannt: *Verdammt! Das ist doch Ann, oder?* Jan hat sich immer gefragt, was es braucht, um ein Video viral gehen zu lassen. Natürlich ist sein Video weit davon entfernt, aber er steht ja auch erst am Anfang. Insgesamt wurde das Video immerhin hundertelfmal geklickt und neunzigmal abgespielt. Gut. Sehr gut.

Dann das nächste Video: *Wahrheit oder Pflicht, Teil I.* Jan hat den Abend so geschnitten, dass der erste Teil des Videos mit Emmys Schrei endet. Die Auflösung soll dann am nächsten Tag im zweiten Teil folgen. Schließlich hat Jan auch ein wenig hoffen und bangen müssen. Zudem kann es nicht schaden, dass Ganze ein wenig krimilike aufzuziehen. Dafür, dass Ann auch im zweiten Video schlecht wegkommt, kann Jan nichts. *Mit 'ner*

Ratte kuscheln. Was für ein Widerling, hat sie gesagt. Da ist es doch nur fair, dass er sich rächt.

Als er sich die Sequenz noch einmal ansieht und Emmys Schrei hört, muss er wieder an die Episode auf der Lichtung denken. Wie zart und zerbrechlich Emmy aussah, nachdem ihr die Beine weggesackt waren und sie so dalag. Das Haar von der Sonne angestrahlt, dazu die blasse Haut mit den vielen süßen Sommersprossen, die Jan schon in der neunten Klasse aufgefallen sind. Aber ist das wirklich alles? Was sonst hat ihm an Emmy gefallen? Hat sie auf der Lichtung nicht ein wenig überreagiert? Klar war Jan zunächst auch erschrocken, aber doch nur, weil Emmy nach dem Schuss zusammengebrochen ist. Er versucht, sich zu erinnern, ob Emmy in der Schule auch so ängstlich war. Vorsichtig vielleicht, aber … Doch, ja. Als sie einmal überraschend einen Physiktest geschrieben haben, wäre Emmy fast in Ohnmacht gefallen. Ganz panisch ist sie geworden. Obwohl sie eine gute Schülerin war.

Jan blickt aus dem Fenster. Eine Katze sitzt geduckt im Gras und lauert auf etwas, das er nicht sehen kann. Sie hat ein schwarzes Fell und verharrt gespannt und ruhig zugleich. Mit einer endlosen Geduld, wie es scheint. Was hat Jan noch vergessen, nicht wahrgenommen oder falsch interpretiert? In seinem eigenen Tunnel gefangen, den Blick einzig auf seine Angelegenheiten gerichtet, wie die Katze auf der Wiese.

Jan wartet, bis die Katze zum Sprung ansetzt, dann drückt er *Upload. Wahrheit oder Pflicht, Teil I* ist online.

#36 EMMY

Sie sind bis in die Mitte des Brienzer Sees gerudert. Die erste Strecke hat Emmy zurückgelegt, danach hat Ann die Ruder übernommen. Die Sonne glitzert auf dem Wasser, das Boot schaukelt sanft auf den Wellen. Emmy ist froh, dass sie auf Anns Vorschlag, den Tag mit ihr allein zu verbringen, eingegangen ist. Der See ist voller Ruderboote, Kanus und Kajaks. Dazwischen dümpeln ein paar wie aufs Wasser getupfte Segelboote. Ann hat die Hände auf die Bank gestützt, den Oberkörper zurückgelehnt und das Gesicht der Sonne entgegengestreckt. Mit dem roten Tuch, das ihre schwarzen Haare zurückhält, und der überdimensionalen Sonnenbrille mit den rosa Gläsern sieht sie aus wie eine Filmdiva aus den 50er-Jahren.

»Was ist das mit uns? Wir hatten doch so eine gute Zeit. Zumindest in den letzten paar Wochen vor der Reise … Oder war das für dich nur ein Ausrutscher?«, traut Emmy sich schließlich zu fragen. Sie ist so aufgeregt, dass ihre Handflächen ganz feucht werden, weswegen sie die Ruder lieber in die seitlichen Halterungen klickt, bevor sie ihr am Ende noch entgleiten.

Ann blickt zum Himmel. Weil ihre Brillengläser so schön hell sind, sieht Emmy, dass ihre Augen geöffnet sind. Aber sie reagiert nicht. Okay. Emmy muss ihr Zeit geben. Wenn Ann gedrängt wird, macht sie komplett dicht.

Emmy zählt bis sechzig.

Und noch einmal bis vierzig.

Dann streicht sie Ann über den Oberschenkel, wie um sie an die eben gestellte Frage zu erinnern.

»Was?«, fragt Ann mit schlaftrunkener Stimme, als habe Emmy sie geweckt.

Ist Ann wirklich so cool oder tut sie nur mal wieder so? Emmy hat den frischen Schnitt auf ihrem Arm gesehen. Immer verhalten sich alle so, als trage Ann halt nun mal gerne langärmelige Shirts. Selbst in der größten Hitze. Rutscht dann doch mal einer ihrer Ärmel nach oben und wird das Narbengewirr sichtbar, benehmen sich wiederum alle so, als hätten sie nichts gesehen.

»Ich kann verstehen, wenn du das mit uns nicht willst.« Emmy hat größte Mühe, die Worte an dem Kloß in ihrem Hals vorbeizuwürgen. »Aber dann sag es mir halt.« Sie hasst sich für den leicht unterwürfigen Ton in ihrer Stimme. Gerade so, als bettele sie darum, dass Ann sagt, dass es nicht so ist und sie im Gegenteil gerne mit Emmy zusammen sein will.

Aber Ann sagt gar nichts, sondern lehnt sich nur leicht nach vorne und nimmt die Brille ab, sodass Emmy sehen kann, dass ihre Augen feucht glänzen. Die Brillengläser sind scheinbar doch nicht so durchsichtig, wie Emmy gedacht hat.

Mit dem Zeigefinger fährt Ann über Emmys Nasenrücken und lächelt. »Ich liebe deine Sommersprossen.« Sie lacht, als handele es sich um eine unsinnige Liebe oder ein unsinniges Geständnis. »Um die habe ich dich schon seit der ersten Klasse beneidet.« Ann nickt und fügt hinzu: »Doch, doch«, ganz so, als habe Emmy ihr widersprochen.

»Wie ich dich auch immer um deine Familie beneidet habe«, sagt Ann. »Deine entspannten Eltern und deinen witzigen Bruder.«

Emmy hat das Gefühl, dass etwas gerade ganz fürchterlich schiefläuft. »Mike hat dich doch immer genervt«, sagt sie. »Und meine Eltern fandest du doch eher … spießig. Wenn ich mich recht erinnere?«

Ann streicht eine Strähne, die sich aus dem Tuch gelöst hat, zurück. »Deine Eltern habe ich immer geliebt. Das weißt du doch.« Es klingt fast ein wenig vorwurfsvoll. Emmy möchte am liebsten fragen: *Und was ist mit mir? Findest du mich auch cool und witzig und hast mich schon immer geliebt?* Doch da küsst Ann sie bereits. Ist das die Antwort?

Dieses *Hin und Her,* dieses *komm her, geh weg* ist so was von ermüdend und führt nirgendshin. Emmy seufzt. Und was bitte soll die Anspielung auf ihre Familie?

Ann löst die Lippen von Emmys und sieht ihr in die Augen. »Wir küssen uns und du seufzt?«

»Nie gibst du mir eine richtige Antwort. Ich will einfach nur wissen …«

Ann macht eine Geste, die den See umfasst, die Sonne, die Berge und die Boote. »Lass uns doch einfach den Augenblick genießen. Luft holen.« Sie blickt Emmy flehentlich an. Also nickt Emmy und schon liegen ihrer beider Lippen erneut aufeinander. Die Sonne wärmt Emmys Hinterkopf, das Boot schaukelt leicht auf dem Wasser und die Wellen plätschern sanft an die Bordwand. So hat Emmy sich ihren Urlaub vorgestellt. Ihretwegen dürfte das Leben ruhig ein wenig romantischer sein. Sie streicht Ann über den Rücken. Es fühlt sich gut an. Vertraut. Besonders gut fühlt es sich an, dass Ann sich regelrecht in ihre Umarmung fallen lässt und einmal sogar lustvoll stöhnt.

Als Emmy gerade vorschlagen will, ans Ufer zu rudern und sich ein ruhiges Plätzchen zu suchen, wird ihr Ruderboot von der Bugwelle eines Speedboots erfasst. Sie geraten so heftig ins Schaukeln, dass Emmy und Ann sich an der Bordwand festhalten müssen, um nicht ins Wasser zu fallen. Was Ann allerdings nicht davon abhält, dem Boot die Faust hinterherzustrecken und »Arschlöcher!« zu rufen.

#37 JAN

Nachdem Jan den ersten Teil des Videos *Wahrheit oder Pflicht* auf YouTube hochgeladen hat, klickt er zur Kamera vor der Hütte: niemand.

Auch in den Schlafzimmern und im Wohnzimmer ist niemand. Vielleicht ist die Clique doch noch zu einer Wanderung aufgebrochen?

Halt. Was ist mit der Küche? Die hätte Jan beinahe vergessen.

Oh Mann! Das darf ja wohl nicht wahr sein.

Jan kriecht beinahe in den Bildschirm, was nichts an dem ändert, was er sieht: Jens, der ein weißes Pulver von einem kleinen Spiegel durch ein Röhrchen in die Nase zieht. Jan muss sich täuschen. Was auch immer das ist. Es kann unmöglich ... Aber so konzentriert er auch auf den Bildschirm starrt, das Ergebnis bleibt das gleiche. Jan kennt das nur aus Filmen. Das kann er unmöglich online stellen. Nicht, wie Jens sich Koks durch die Nase zieht. Oder doch?

Jetzt tropft aus Jens' Nase auch noch Blut, das sich mit dem verbliebenen weißen Pulver zu einem rosa Brei vermischt. Achtlos wischt Jens mit dem Ärmel seines weißen Hemdes das Blut von seiner Oberlippe. Warum um Himmels willen trägt er zum

Koksen ein Hemd, das andere in die Oper anziehen würden? Und wo ist der Rest der Clique? Machen die eine Wanderung, während Jens sich in der Hütte zu Tode kokst?

Jan klickt noch einmal durch alle Zimmer.

Hoppla! Das Badezimmer im Obergeschoss hat er beim ersten Durchgang ebenfalls vergessen. Die Kamera erfasst einen Hinterkopf mit Pixie-Haarschnitt. Flo hängt über der Kloschüssel und würgt. Immer wieder richtet sie sich auf, steckt den Finger bis zum Anschlag in den Hals, beugt sich über die Schüssel und kotzt sich die Seele aus dem Leib. Zwischendurch schüttet sie eine braune Flüssigkeit in sich hinein. Wahrscheinlich Cola. Jan hat keine Ahnung, wie man sich am besten zum Kotzen bringt und ob Kohlensäure dabei hilft. Er weiß nur, dass eine Flötistin, mit der er jetzt eigentlich in Ungarn sein sollte, an Bulimie leidet. Ohne dass Jan es hätte hören wollen, hat sie ihm erzählt, dass sie immer bis zum Abwinken gefressen und sich dann den Finger in den Hals gesteckt hat. Leider sei es so, dass die Magensäure die Speiseröhre verätze und ihr früher oder später die Zähne ausfallen würden, wenn sie damit weitermachen würde. Der gesamte Elektrolythaushalt gerate durcheinander, und wenn das Kalium entgleise, könne man sogar an einem Herzstillstand sterben. Jan war geschockt gewesen.

Aber warum Flo? Die coole Flo, die Parcours macht. Die in der Schule immer ganz klar Stellung bezogen und einmal sogar für ihn Partei ergriffen hat. Als Rod Jans Rucksack aus dem Fenster im zweiten Stock geworfen und »Bye, bye« gerufen hat. Da hat Flo Rod einen Vogel gezeigt und ihn »Penner« genannt.

Okay. Ganz ruhig. Das hier ist echt scheiße! Voll die krasse Nummer. Jens und Flo richten sich in der Hütte zugrunde, während … Wo verdammt noch mal sind Emmy, Ann und Rod? Nach dem, was in der letzten Nacht passiert ist, werden sie wohl kaum eine gemeinsame Nummer auf dem Berg schieben. Und was ist mit Emmy, nach dem, was auf der Lichtung passiert ist?

Jan blickt auf den Monitor. Flo spült sich gerade den Mund mit Leitungswasser aus. Dann schnappt sie sich die leere Colaflasche, verlässt das Badezimmer und wirft die Tür hinter sich ins Schloss. Jan klickt zur Kamera in der Küche. Flo muss die Treppen förmlich heruntergeflogen sein, so schnell, wie sie in der Küche auftaucht. Allerdings nur am äußersten Bildrand, da sie in der Tür stehen geblieben ist. Jens sieht nicht einmal auf, sondern starrt mit glasigem Blick auf den Tisch. Unter einem seiner Nasenlöcher hat sich eine Kruste gebildet, aus dem anderen rinnt noch ein dünner Faden Blut. So wie er aussieht, hat er nicht nur gekokst, sondern gleich noch ein paar Tabletten eingeworfen.

»Ich kann und will das nicht mehr«, sagt Flo in dem Ton, mit dem sie in der Schule immer mit den Lehrern diskutiert hat. Total überzeugend, aber zugleich kalt und emotionslos.

»Wegen des Slips?«, nuschelt Jens und für einen Moment scheint Flo genauso irritiert wie Jan. Doch dann erinnert Jan sich an den verkohlten Fetzen, den er am ersten Morgen aus dem Lagerfeuer geangelt hat. Den halb verbrannten, roten Stringtanga, von dem er nicht wusste, ob er Emmy, Ann oder Flo gehört. Jetzt weiß er es. Und auch Flo scheint sich zu erinnern. »Ich hab keinen Bock mehr auf das Theater«, sagt sie. »Und die Pornounterwäsche zieh ich nicht mehr an.«

Jens nickt und nickt. Schließlich sagt er: »Nur gut, dass du dich ohnehin bald nach Amerika absetzt.« Dann lässt er den Kopf mit voller Wucht auf den Tisch knallen.

#38 EMMY

Als Emmy und Ann am Abend in die Hütte kommen, wirkt alles wie ausgestorben. Auf dem Küchentisch stehen Teller mit Resten von Spaghetti bolognese und ziemlich viele leere Bierflaschen.

»Wo sind die?«, fragt Emmy.

Ann zuckt mit den Schultern. »Zumindest hätten sie ihre Sauerei wegmachen können.«

Emmy zählt zehn leere Flaschen. Flo hasst Bier. Demnach müssen Rod und Jens die getrunken haben. Oder Jens allein.

»Ich geh in mein Zimmer«, sagt Ann.

Doch gerade als sie sich zu Emmy beugen will, um sie zum Abschied zu küssen, kommt Flo in die Küche geschlurft. In einem schlabbrigen Shirt mit einem großen silbernen Stern auf der Brust. Die Haare stehen ab wie Igelstacheln und von ihr geht wieder dieser leicht säuerliche Geruch aus.

»Wo wart ihr?«, fragt sie mit schleppender Stimme, als habe sie gerade geschlafen oder doch etwas getrunken, wenn auch nicht unbedingt Bier.

»Am See«, sagt Emmy, deren Besorgnis von Minute zu Minute wächst.

»Stimmt«, sagt Flo, als erinnere sie sich, was nicht sein kann, da Ann und Emmy ihr nicht erzählt haben, dass sie an den Brienzer See fahren.

Flo setzt sich an den Tisch und schiebt die Teller mit den Essensresten in die Mitte. Dann stützt sie die Ellenbogen auf den Tisch und den Kopf in die Hände. »Wars schön?«, fragt sie, wobei sie nur schwer zu verstehen ist.

Emmy durchzuckt ein schlechtes Gewissen. Ist Flo sauer, weil sie schon am See waren, obwohl der erst nächste Woche auf dem Programm steht? »Der See ist auf jeden Fall einen zweiten Besuch wert«, sagt sie schnell. »Der ist total schön und man kann Boote mieten und …«

»Man sollte die Ruder nicht verlieren.« Ann zwinkert Emmy zu.

Obwohl Emmy sich darüber freut, hat sie Sorge, Anns gute Laune und die Vertrautheit zwischen ihnen könnte Flo noch weiter runterziehen. »Hör zu«, sagt Emmy. »Es tut uns leid. Wir wollten ganz sicher nicht deine Pläne …«

»Ist nicht wegen euch.« Flo winkt ab. Dann endlich hebt sie den Kopf. Ihre Augen sind rot und geschwollen. So hat Emmy sie noch nie gesehen. Klar, nach der einen oder anderen Feier hatte Flo am nächsten Morgen schon mal gerötete Augen und sah blass oder verkatert aus. Aber das hier ist eine völlig andere Nummer. Etwas stimmt hier ganz und gar nicht.

Plötzlich bekommt Emmy es mit der Angst zu tun. Was, wenn hier so langsam alles außer Kontrolle gerät? Und zwar richtig!

Als Emmy sich neben Flo setzen will, bemerkt sie Rod, der wohl schon eine Weile in der Tür gestanden haben muss, denn er wiederholt Flos Worte: »Ist nicht wegen euch.« Er grinst und zeigt auf die Teller und Flaschen. »Ist wegen uns.« Er grunzt. »Weil wir solche Schweine sind.«

Da Emmy Rod noch nie grunzen gehört hat, fragt sie sich, ob er betrunken ist oder mit Jens gekifft hat. Er sieht fast so angeschlagen und verlottert aus wie Flo. Er trägt ein blaues Shirt mit Löchern unter den Achseln, das Emmy noch nie gesehen hat. Und wer nimmt schon ein löchriges Shirt mit in den Urlaub?

»Ich war allein wandern«, sagt Rod so stolz, als wolle er dafür gelobt werden. »Auf unserem Hausberg.« Er dreht sich im Kreis, als versuche er, sich zu orientieren. Schließlich zuckt er mit den Schultern und zeigt einfach in irgendeine Richtung. »Auf dem Tschingel halt. Ihr wisst schon.«

Als niemand etwas sagt, zuckt Rod noch einmal mit den Schultern, geht zum Tisch und stapelt die dreckigen Teller mit einer solchen Wucht aufeinander, dass Emmy fürchtet, sie könnten jeden Augenblick zerspringen.

»Wo ist Jens?«, fragt Ann, die bisher unbeteiligt in der Ecke gestanden hat.

»Oh, oh«, sagt Rod.

Flo lässt den Kopf in den Nacken fallen. Es sieht aus, als sei er nur noch lose mit dem Hals verbunden. Sie starrt zur Decke und stößt kleine Seufzer aus.

In diesem Augenblick kommt Jens in die Küche, wie ein Schauspieler, der nur auf sein Stichwort gewartet hat.

Ann zieht scharf die Luft ein und platzt dann heraus: »Wie siehst du denn aus?« Dabei liegt fast so etwas wie Bewunderung in ihrer Stimme.

Auf Jens Stirn klafft ein bestimmt fünf Zentimeter langer gezackter Riss. Das Blut, das ihm aus der Wunde über das Gesicht gelaufen sein muss, ist getrocknet. Jens hat es anscheinend nicht für nötig gehalten, es abzuwaschen. Um die Wunde herum hat sich ein Bluterguss gebildet. Er sieht aus wie das Opfer eines Verkehrsunfalls oder ein Boxer, der nicht weiß, wann es Zeit zum Aufgeben ist.

»Habt ihr euch geprügelt?«, fragt Emmy, wobei sie es vermeidet, Rod anzusehen.

Doch der hebt sofort die Hände und fragt beleidigt: »Für wen hältst du mich?«

Emmy zieht die Augenbrauen hoch. Bevor sie jedoch etwas erwidern kann, sagt Flo ungerührt: »Jens ist mit dem Kopf auf den Tisch geknallt.«

Jens, der sich gerade neben Flo auf einen Stuhl niederlassen wollte, überlegt es sich anders und setzt sich so weit wie möglich von ihr entfernt hin. »Alles gut, Leute«, sagt er. »Nur 'ne Schramme.«

»Das muss versorgt werden«, sagt Ann. »Gibt sonst 'ne hässliche Narbe.«

»Hab ihm gleich gesagt, dass man da was machen muss.« Rod schlägt Jens auf die Schulter. »Hab ich doch, Bro, oder?« Er blickt in die Runde, als erwarte er Applaus.

Als niemand etwas sagt, schüttelt er bedauernd den Kopf. »Er wollte zu keinem Arzt. Wollte er nicht.«

»Dann hol ich wohl mal ein paar Klammerpflaster«, sagt Ann.

#39 JAN

Nachdem Jan den ganzen Nachmittag am Computer gesessen hat, ist er froh, am Abend mit Maira noch einmal über die Wiesen zu laufen und den unbedarft zwitschernden Vögeln zuzuhören. Er hat das Gefühl, sich bei Maira entschuldigen zu müssen, auch wenn sie gar nicht weiß, dass er sich am Morgen aus der Pension geschlichen hat. Er greift nach ihrer Hand. Doch alles, was er hervorbringt, ist: »Du bist echt nett.« Und schon diese vier Worte haben ihn seinen ganzen Mut gekostet, obwohl sie natürlich keine Entschuldigung sind und ihm im nächsten Augenblick auch schon ein wenig albern vorkommen.

Aber Maira scheint die Worte kein bisschen albern zu finden. Ihre Augen leuchten und auf ihren Wangen erscheinen wieder diese wunderbaren Grübchen. Sie drückt Jan einen Kuss auf die Wange. »Ich weiß e besondere Stelle«, flüstert sie, auch wenn weit und breit niemand ist, der sie hören könnte, und der Bach, an dem sie entlanglaufen, ihre Worte ohnehin verschluckt.

Doch Jan hat gar keine Zeit, darüber nachzudenken, warum um alles in der Welt Maira flüstert, denn da zieht sie ihn schon auf eine Bank, die von rot blühenden Zweigen überwuchert wird, sodass man wie in einer Laube sitzt.

»Was für ein Tag«, sagt sie. »Einen Teil der Gäschte mag i wirklich net.« Es klingt fast so, als müsse man ausnahmslos alle Gäste mögen. Dabei hat Jan bereits ein paar wirklich unverschämte Typen erlebt, bei denen er ganz sicher nicht ruhig und freundlich geblieben wäre. Er ist echt froh, Cellist zu sein. Da hat man einen Graben zwischen sich und dem Publikum und kann nach der Vorstellung in der Garderobe verschwinden.

Dass er Maira gesagt hat, wie nett er sie findet, war wahrscheinlich das Mutigste, das er jemals getan hat. Aber mit Maira kommt ihm alles irgendwie leichter vor.

»Wenn mini Familie net wäre, würde i net in dere Pension schaffen.« Maira lehnt ihren Kopf an Jans Schulter, als suche sie Halt bei ihm. Ausgerechnet.

Nach gerade einmal einer halben Minute seufzt sie jedoch und richtet sich schon wieder auf. »Du willst sicher öppis mit Musik machen?«

Obwohl Jan es schade findet, dass Maira sich nur so kurz an ihn gelehnt hat, ist er froh, auf diese Frage hin einen Teil von sich preisgeben zu können, der keine Lüge ist. »Ich will Komposition studieren. An der Hochschule für Musik und darstellende Kunst. Meine Bewerbung ist fast fertig. Mir fehlt nur noch eine Komposition. Und vorspielen muss ich natürlich auch noch.« Er hat so schnell geredet, dass er ganz außer Atem ist. Normalerweise erzählt er nicht so viel von sich. Nach dem Motto: Wer nichts über sich verrät, kann auch nicht verletzt werden. Doch jetzt ist es einfach so aus ihm herausgesprudelt. Unsicher blickt er zu Maira.

»Die nähme dich bestimmt«, sagt sie im Brustton der Überzeugung. »Und wenn net, kommst nach Züri.«

Jan wird ganz warm ums Herz. Zugleich ist er verwirrt. Wie meint Maira das? Sind sie jetzt ein Paar? Will Maira, dass sie ein Paar sind? Sollte er ihr da nicht wenigstens ansatzweise sagen, was er hier macht? Er rückt ein Stück von ihr ab, schafft es nicht, ihr in die Augen zu blicken. Er räuspert sich. Wie und womit anfangen? Aus den Augenwinkeln sieht er, wie Maira ihn mustert.

»Ich habe dir doch von dem *back to nature*-Blog erzählt«, sagt er schließlich. Wenn er nicht ganz schnell weiterredet, verlässt ihn der Mut. »Also, der Blog ... Da gibt es diese beiden Mädchen, die ...« Er holt tief Luft. »Also, die kenn ich ... diese Mädchen.«

»Nei, jetzt. Echt?« Maira strahlt über das ganze Gesicht inklusive Grübchen. »Das isch ja voll super. Woher kennst du die? Wie sind die so?«

Jan sackt in sich zusammen. So ein Mist. Aber Maira, die sonst so feinfühlig ist, scheint nicht zu bemerken, dass seine Stimmung gerade ziemlich tief in den Keller gerutscht ist. Munter redet sie weiter: »Die sei wirklich toll. Du weischt ja, dass mini deutsche Freundin dene folge tuet und …«

Jan hört gar nicht mehr richtig zu und es dauert eine ganze Weile, bis er den Mut findet zu sagen: »Ich war mit denen in einer Klasse und die sind nicht ganz so toll, wie du denkst.«

Nachdem er das gesagt hat, fängt es passenderweise an zu regnen, obwohl kurz zuvor noch gar nichts darauf hingedeutet hat. Maira packt seine Hand, zieht ihn von der Bank und hinter sich her. Der Regen prasselt nur so auf sie ein und Jan ist froh, als Maira ihn in eine Höhle zieht, in der es trocken und warm ist. Der Raum ist zwei mal zwei Meter groß und so hoch, dass man bequem stehen kann. Der Boden sieht aus, als habe ihn gerade jemand gefegt. In einer Ecke stehen zwei umgedrehte Weinkisten, auf denen rote Kissen liegen. Davor ein Baumstumpf. Darauf eine mit Wachs festgetropfte Kerze und eine Schachtel Streichhölzer.

Aus einer von einem Felsvorsprung halb verdeckten Kiste holt Maira zwei Decken. Eine gibt sie Jan. Die andere schlingt sie um ihren eigenen Körper. Doch bevor sie das tut, sieht Jan durch ihr nasses Shirt noch ihre kleinen aufrechten Brüste, was ihm sofort die Hitze ins Gesicht treibt.

Obwohl Maira in dem Dämmerlicht wahrscheinlich gar nicht sehen kann, dass Jan rot geworden ist, bemüht er sich, sie abzulenken. »Ist das deine Höhle?«, fragt er hastig. »Und hast du alle diese Sachen hierhergebracht?«

Maira nickt und greift nach den Streichhölzern. *Wahrheit oder Pflicht* schießt es Jan durch den Kopf und er ist froh, dass Maira die Kerze dann lediglich anzündet.

Danach geht sie noch einmal zur Kiste und zaubert einen Prosecco sowie zwei Sektgläser hervor. »Net ganz kalt«, sagt sie. »Aber es sollte langen.«

Ungläubig schüttelt Jan den Kopf. Hat Maira das alles geplant und den Sekt seinetwegen hergebracht? Aber nein. Sie hat weder vom Gewitter wissen können noch, dass Jan sie am Abend zu einem Spaziergang abholen würde.

»Mini klini Zuflucht«, sagt Maira, während sie den Sekt einschenkt.

Sie reicht Jan ein Glas und sagt feierlich: »Außer dir weiß niemand von der Höhli.«

Jans Kehle wird ganz eng. Jetzt lädt Maira ihn schon zum zweiten Mal in ihr Leben ein und teilt ihre Geheimnisse mit ihm, während er …

»Du wirkst so ernst«, sagt sie. »Es geht mich zwar nüt an, aber wenn ich dir irgendwie kann helfe?«

Jan hat Mühe zu schlucken. Was soll er ihr sagen? Dass er immer zu einer bestimmten Clique gehören wollte und sich wie Mangelware gefühlt hat, weil sie ihn ausgeschlossen hat?

Maira drückt seine Hand. »Ich weiß auch so Bescheid.«

Jan wird kotzübel. »Wie? Ich meine, was …«

»Doch«, sagt Maira. »Aber man kanns hinter sich lasse.«

»Du weißt …« Obwohl Jan weiß, dass er im Recht ist, ist er nicht sicher, ob Maira das auch so sehen wird. Außerdem ist es vielleicht noch zu früh, um mit ihr darüber zu reden. Immerhin kennen sie sich noch nicht besonders lange. Woher weiß sie überhaupt etwas? War sie doch in seinem Zimmer? An seinem Computer? Obwohl er ausdrücklich gesagt hat, dass er keinen Zimmerservice will?

»Ich weiß natürlich net, was du erlebt hast«, sagt sie. »Aber ich weiß, wie's ist, ausgegrenzt zu werden.«

Weiß sie jetzt etwas oder nicht? Von was redet sie da?

»Bei mir ist es das Gleiche gewesen«, sagt sie.

Jan blickt sie verwirrt an. Es geht also gar nicht um ihn, sondern um Maira?

»Es geht um die Meitschi von dem Blog, gell?«, fragt sie.

Also war sie doch an seinem Computer! Jan verschlägt es die Sprache. Er muss raus. Keine Sekunde länger kann er …

»Tut mir leid, wenn ich öppis gesagt habe, dass …«, beginnt Maira.

Doch da ist Jan schon aufgesprungen und hinaus in den Regen gerannt.

#40 EMMY

Rod liegt hinter Emmy, den einen Arm auf ihrer Hüfte, den anderen unter ihrem Kopf. Eines seiner Beine hat er so um ihre geschlungen, als wolle er sich auf immer und ewig mit ihr verflechten. »Ich mache mir ernsthaft Sorgen um Jens und Flo«, sagt er, aber Emmy ist sich sicher, dass er eigentlich sagen will, dass er sich um sie Sorgen macht, um Rod und Emmy.

Doch auch Emmy macht sich lieber Sorgen um Jens und Flo als um ihre eigene Beziehung, zumal sie keine Idee hat, wo sie mit dem Lösen des Knotens anfangen soll. Also fragt sie: »Wusstest du, dass Jens so viel trinkt und kifft?«

Rod nickt, das kann Emmy spüren, auch wenn er hinter ihr liegt.

»Warum hast du mir nie etwas davon gesagt?«, fragt sie, auch wenn die Frage einigermaßen sinnlos ist. Was hätte das geändert? Hätten sie die Reise dann nicht gemacht? Oder Jens nicht mitgenommen?

»Jens hat Angst, Flo zu verlieren«, sagt Rod und wieder hat Emmy das Gefühl, dass er in Wahrheit von seiner Angst spricht, sie zu verlieren.

Dennoch spielt Emmy zum Schein weiter mit und bleibt bei Flo und Jens. »Flo geht halt in die USA, um ihren Traum zu leben«, sagt sie. »Das ist doch mehr als okay.«

Eine Zeit lang sagt Rod nichts und Emmy spürt seinen stoßweisen Atem in ihrem Nacken. Schließlich flüstert er: »Das findest du okay?«

Emmy will gerade ansetzen zu sagen, dass es völlig in Ordnung ist, wenn jemand seine Träume lebt. Sie ist kurz davor, ein flammendes Plädoyer für Flo und damit in gewisser Weise auch für sich selbst zu halten, als Rod hinzufügt: »Dass Flo es Jens so lange verschwiegen hat, meine ich. Dass sie ein Geheimnis daraus gemacht hat. Das findest du okay?«

Emmy bleibt ihre glühende Rede im Hals stecken. Geht es in Wahrheit darum, dass Emmy ein Geheimnis aus Ann gemacht hat? Wäre Rod etwa damit einverstanden gewesen, wenn Emmy und Ann offen miteinander geknutscht hätten? Wenn Emmy gesagt hätte: »Du, Rod, ich glaube, ich habe mich zur Abwechslung mal in eine Frau verliebt. Ach ja, du kennst sie übrigens. Es ist Ann.« Oh, ja. Das hätte bestimmt ganz prima funktioniert.

Mit einem Mal fühlt sich Rods Arm auf ihrer Hüfte so schwer an, dass Emmy glaubt, es nicht länger ertragen zu können.

»Ehrlich zu sein, ist doch wohl das Mindeste«, sagt Rod.

Sein Bein fühlt sich wie eine Fessel um Emmys Beine an. Sie will nur noch weg. Raus aus der Umarmung, dem Zimmer, der Beziehung.

Doch statt sich mit einem Schlag zu befreien und damit einen Eklat auszulösen, windet sie sich ganz vorsichtig und langsam aus Rods Armen und sagt leise: »Ich glaube, ich brauche etwas frische Luft.«

Sie geht zum Fenster und öffnet es, saugt die frische Nachtluft in die Lungen. Sie weiß, dass sie mal wieder viel zu schnell atmet. Aber es ist, als müsse sie die Luft durch einen sehr dünnen Strohhalm ziehen.

»Was hast du?«, fragt Rod.

Am Rand ihres Blickfeldes nimmt Emmy wahr, wie Rod sich aufrichtet, und hat das Gefühl, dass seine Blicke sich wie Messerspitzen in ihren Rücken bohren, auch wenn das Unsinn ist. Sie weiß, dass Rod es nur gut meint. Dennoch will sie nicht, dass er jetzt, in diesem Augenblick, zu ihr kommt. Sie womöglich umarmt. Das erträgt sie nicht. Nicht jetzt.

»Alles … okay«, sagt sie, wobei eine kleine Pause zwischen den beiden Worten entsteht. Eine Pause, die Rod hört. Weswegen er nun gerade aufsteht und zu ihr kommt.

Nein. Bitte nicht!

Emmy weiß, dass sie überreagiert und sich beruhigen muss. Aber etwas in ihr wehrt sich dagegen, von Rod berührt zu werden. Sie kann es sich selbst nicht erklären. In jedem Fall muss sie langsamer atmen. Wenn sie in dem Tempo weiteratmet, muss Rod ihr am Ende noch eine Tüte über den Kopf stülpen, damit sie nicht hyperventiliert und ohnmächtig wird. Ihre Sicht beginnt bereits leicht zu verschwimmen. Und dann ist Rod auch schon bei ihr und nimmt sie in die Arme und … Gerade als Emmy das Gefühl hat, seine Nähe keine Sekunde länger ertragen zu können, ertönt ein Schrei aus Flos und Jens' Zimmer.

Schlagartig lässt Rod sie los und sie stürmen gemeinsam nach nebenan, wo Flo neben dem Bett kniet und schreit: »Er ist tot!« Sie fuchtelt in der Luft herum und schreit immer wieder: »Tot! Jens ist tot.«

Tatsächlich liegt Jens völlig reglos auf dem Rücken. Aus seiner Nase läuft Blut übers Kinn und aufs Kopfkissen.

Während Emmy wie gelähmt in der Tür steht, stürzt Rod bereits zum Bett und rüttelt Jens an der Schulter. »Scheiße, Bro. Was soll das?!« Er verpasst Jens zwei Ohrfeigen. »Wach auf, Mann!«

Flos Worte gehen in ein helles Kreischen über und Emmy ist noch immer nicht in der Lage, sich zu bewegen.

Rod hebt Jens' Körper an und schüttelt ihn wie eine Puppe.

In diesem Moment wird Emmy von Ann zur Seite geschoben, die mit zwei Schritten bei Flo ist, sie an der Schulter fasst und beruhigend auf sie einredet: »Alles wird gut. Das wird schon wieder. Jens ist nicht tot. Na komm schon.« Sie hilft Flo aufzustehen, fegt mit einer Hand einen Stuhl frei und drückt Flo sanft darauf. Überraschend liebevoll streicht sie ihr über den Kopf. »Das wird schon wieder«, sagt sie und ihre Stimme geht in einen leisen Singsang über. »Alles wird gut. Du wirst sehen. Das wird schon wieder.«

Ganz langsam beruhigt Flo sich und einen kurzen Moment ist es absolut still im Zimmer.

Dann geht alles sehr schnell. Ann löst sich von Flo und drängt Rod ebenso zur Seite wie kurz zuvor Emmy. Sie kneift Jens mehrfach in die Brust und zwirbelt seine Haut so, als drehe sie an einem Knopf.

Während Emmy sich noch fragt, was zum Teufel das soll, öffnet Jens die Augen, atmet keuchend ein und kotzt aufs Bett.

»Geht doch«, stellt Ann zufrieden fest, kratzt dabei aber so heftig über die Narben auf ihrem Arm, dass Emmy klar ist, dass ihre Coolness nur gespielt ist.

Flo sitzt mit glasigem Blick auf ihrem Stuhl und starrt Jens an, der schon wieder ganz lebendig wirkt.

»Bah, ist das eklig«, sagt er und rückt von dem blutigen und vollgekotzten Kissen ab, als sei jemand anderes dafür verantwortlich. Er versucht, das Blut im Gesicht mit dem Ärmel wegzuwischen, wobei er es so sehr verschmiert, dass er aussieht wie ein schlecht geschminkter Vampir an Halloween.

Rod setzt sich neben ihn aufs Bett. »Mensch, Bro. Musst du uns so einen Schreck einjagen?« Emmy könnte schwören, dass Rods Stimme zittert. Und seine Hand ebenfalls, als er Jens damit über die blutverschmierte Wange streicht.

Immer wieder schüttelt Rod fassungslos den Kopf, bis Flo plötzlich aufspringt, sich wie eine Furie auf Jens stürzt und mit den Fäusten gegen seine Brust trommelt. »Idiot! Gottverdammter Idiot!« Sie schluchzt. »Ich dachte, du wärst tot. Tot! Verstehst du?«

Und weil sie nicht mehr aufhört, auf Jens einzuschlagen, greift Rod nach ihren Handgelenken und hält sie fest. »Alles gut«, sagt er. »Jetzt beruhigen wir uns mal wieder.«

Flos Widerstand erlahmt und ihr Schluchzen geht in einen Schluckauf über. Rod bringt sie zurück zum Stuhl und drückt sie auf die Sitzfläche.

»Sollen wir nicht lieber in die Klinik?«, fragt Emmy. »Oder einen Arzt rufen?«

»Wieso?«, fragt Ann. Sie zeigt auf Jens. »Lebt doch.«

Emmy will sie schon anschreien, ob sie noch alle Tassen im Schrank hat, als Ann hinzufügt: »Vertrau mir. In der Klinik habe ich das mehr als einmal erlebt.«

#41 JAN

Jan hat eine beschissene Nacht hinter sich. Er ist so ein Idiot. Wie konnte er nur so kopflos reagieren? Maira kann gar nicht an seinem Computer gewesen sein. Das Ding war aus und sie kennt sein Passwort nicht. Er muss zu ihr und sich entschuldigen! Aber vorher will er noch schnell die Lage in der Hütte checken. Er fährt den Computer hoch und … Flimmern und Rauschen.

Hat die Clique etwa die Kameras entdeckt und zertrümmert? Hat das Internet eine Störung? Gibt es einen Stromausfall?

Jan muss zur Hütte. Er blickt auf die Uhr: gerade einmal sechs Uhr morgens. Und weil er um diese Uhrzeit weder zur Hütte noch sich bei Maira entschuldigen kann, geht er auf seinen Kanal *The truth behind*.

Das zweite Video hat noch mehr Aufrufe bekommen als das erste. Die Kommentare reichen von *Geile Scheiße* über *Ist das gestellt?* bis hin zu *Weiter so, mehr davon!*.

Alle Kommentare sind anonym beziehungsweise mit *Alias*. Ein mit *MIKRO* unterschriebener Kommentar lautet: *Was ist mit meiner Schwester? Du krankes Schwein! Ich finde dich und dann Gnade dir ...*

Kurz stockt Jan der Atem, bis ihm einfällt, dass niemand wissen kann, wer hinter dem Kanal steckt. Ob das Pseudonym *MIKRO* wohl Emmys Bruder ist? Verdammt, wie hieß der gleich noch? Der ging doch auf dieselbe Schule, zwei Klassen unter ihnen, oder? Aber hieß der nicht Michael oder Markus?

Ah! Jetzt weiß Jan es wieder. Mike! Emmy hat ein paarmal von ihm erzählt und dass er in so einer Teenieband Gitarre spielt und wohl auch mal den einen oder anderen Gig hatte. Er versucht, vor seinem inneren Auge ein Bild von Mike heraufzubeschwören. Aber alles, was er sieht, ist eine männliche Version von Emmy: rothaarig und mit unzähligen Sommersprossen. Was hat Emmy sonst noch von ihrem Bruder erzählt? Ob der Jan gefährlich werden kann? Selbst wenn für ihn keine Gefahr besteht, enttarnt zu werden, kann es sein, dass Mike versucht, Emmy zu warnen. Die fünf haben zwar behauptet, zwei Wochen offline zu sein, aber wer weiß, ob sie sich daran halten. Auf ihrem Blog haben sie schließlich oft genug gelogen. Und wer weiß, vielleicht macht Mike sich solche Sorgen um Emmy, dass er sich auf den Weg in die Schweiz begibt.

Das muss Jan unbedingt verhindern. Am besten, indem er den zweiten Teil von *Wahrheit oder Pflicht* hochlädt. Damit Mike sieht, dass es Emmy gut geht.

Und weil er das Video bereits geschnitten hat, kostet es ihn nur einen einzigen Klick und *Wahrheit oder Pflicht, Teil II* ist online.

Auf dem Weg ins Badezimmer fällt sein Blick wieder auf den leeren Käfig. Isang fehlt ihm so sehr. Das Rattern des Laufrads am Morgen, die Unterhaltungen, das Reinigen des Käfigs, das Füttern. Ihre ganzen Rituale.

Obwohl klar ist, dass der Schrank viel zu schmal ist, versucht Jan, den Käfig hineinzuquetschen, um ihn endlich nicht mehr sehen zu müssen und weil er keine Idee hat, wohin sonst damit. Wegwerfen kommt nicht infrage. Verschenken auch nicht. Er kennt hier ohnehin niemanden, der einen Mäusekäfig braucht.

Er könnte ihn in den Wagen stellen, dann müsste er ihn wenigstens nicht jeden Morgen beim Aufwachen und jeden Abend beim Einschlafen sehen. Oder er bittet Maira, ihn bis zu seiner Abreise im Keller zu verwahren. Aber dafür müsste er sich erst einmal bei ihr entschuldigen.

Schließlich stellt er den Käfig wieder an seinen alten Platz, wirft eine Decke darüber und geht ins Bad.

Er sieht aus wie immer. Seine Haare sind verstrubbelt, die Augen nach wie vor braun und das Gesicht noch immer so schmal wie der Rest des Körpers. Auch seine Muskeln haben in den letzten Tagen bedauerlicherweise nicht an Masse zugenommen. Obwohl. Er spannt die Oberschenkel an. Da könnte sich durch das Laufen doch etwas getan haben. Er wendet sich wieder seinem Gesicht zu, bemüht, sich so neutral wie möglich zu betrachten. Seine Nase ist gerade und normal groß. Die Nasenspitze zeigt zwar ein klein wenig nach oben, aber sie als Himmelfahrtsnase zu bezeichnen, wie Rod das getan hat, ist mehr als übertrieben. Jans Wangenknochen sind wohl das, was man als ausgeprägt beschreiben würde. Jedenfalls behaupten das die Freundinnen seiner Mutter immer. Aber das einzig wirklich Auffällige an seinem Gesicht sind die dicken dichten Augenbrauen, die so schwarz sind wie seine Haare und ebenso wie diese dazu neigen, in alle Richtungen zu stehen. Sein Vater hatte die gleichen. Jan besitzt zwar nur wenige

Fotos von ihm, aber diese Brauen sind unverkennbar. Sie schreien geradezu: Vater und Sohn. Abgesehen von den Augenbrauen ist er jedoch das Ebenbild seiner Mutter. Die Lippen weich und voll, sodass sie immer aussehen, als habe er darauf herumgebissen. Die Augen stets lebhaft und neugierig. Ob es das ist, was Maira an ihm gefällt?

Jan seufzt und verlässt das Badezimmer. Er zieht sich ein frisches Hemd an und wirft noch einen letzten Blick auf den Computer.

Oha! Was ist das? Obwohl das Video gerade erst online gegangen ist, hat es bereits megaviele Kommentare erhalten.

Der erste ist von MIKRO: *Gott sei Dank! Da hast du noch mal Glück gehabt. Aber hör sofort auf damit. Was du tust, ist strafbar! Das weißt du hoffentlich!*

SCHWARZEKATZE18: *Strafbar hin oder her. Spannend ist es allemal. Hör nicht auf! @MIKRO: Sieh dir doch mal an, was sonst so im Netz kursiert. Auf welchem Planeten lebst du?*

MIKRO: *Genau wegen Perversen wie dir funktioniert dieses System. Würde niemand die Videos anklicken, würde sie auch niemand online stellen.*

SCHWARZEKATZE18: *Du hast es doch selbst angeklickt.*

MIKRO: *Weil es um meine SCHWESTER geht. Du Vollpfosten!*

SCHWARZEKATZE18: *Und das ist jetzt politisch korrekt?*

SASA: *Ihr seid beide Vollpfosten! Aber @MIKRO hat recht! Hier werden Mitschüler von uns bloßgestellt. Das ist strafbar und wenn der Typ oder die Typin nicht damit aufhört, mache ich mich mit MIKRO höchstpersönlich auf die Suche nach ihm oder ihr ... wer auch immer MIKRO ist.*

MIKRO: *Emmys Bruder.*

SASA: Oh, hallo, Mike. Hätte ich auch selbst draufkommen können. Lass uns zu WhatsApp wechseln.

MAYFLOWER: Bin nur zufällig auf dem Kanal. Fand den Titel The truth behind *spannend. Enthüllungsstorys sehen aber ehrlich gesagt anders aus. Ich abonnier den Kanal trotzdem mal. Enttäusch mich nicht!*

Jan weiß nicht, wer *MAYFLOWER* oder *SCHWARZEKATZE18* sind. Bei *SASA* könnte es sich um Sara handeln. Die war ganz gut mit Emmy befreundet und könnte Mike kennen. Würde zu ihr passen, sich gleich mit ihm zu verbünden. Am meisten beschäftigt Jan jedoch der Kommentar von *MAYFLOWER*. Er hat sich nämlich selbst schon gefragt, ob das, was er bisher hochgeladen hat, reicht, um die fünf bloßzustellen und seine Zuschauer auf Dauer zu fesseln. Vielleicht sollte er lieber gleich was nachlegen? Das Video, auf dem Jens kokst und Flo kotzt. Ob das *MAYFLOWER* zufriedenstellen würde?

Einen Versuch ist es jedenfalls wert. Er muss ohnehin die Frequenz erhöhen für den Fall, dass Mike oder Sara oder wer auch immer sich tatsächlich auf den Weg in die Schweiz begeben sollten.

Aber jetzt braucht er erst einmal einen Kaffee und etwas zu essen. Und dann muss er zur Hütte, um zu sehen, was mit den Kameras ist. Sonst ist sein Projekt ohnehin ganz schnell gestorben.

#42 EMMY

Als die Sonne um sechs aufgeht, taucht sie den Tschingel in ein nahezu überirdisches Licht. Wäre Emmy nicht so müde und würde sich ihr Körper nicht so schwer anfühlen, würde sie aus dem Bett springen und wie am ersten Tag ins taufeuchte Gras rennen.

So aber begnügt sie sich damit, das Schauspiel vom Bett aus zu beobachten. Was für ein Abend gestern. Emmy kann zwar verstehen, dass Flo nach Jens' Zusammenbruch außer sich war, aber …

»Bist du wach?« Rod tastet nach Emmy, seine Hand landet auf ihrem Bauch. Kurz ist Emmy versucht, sich schlafend zu stellen. Doch das würde ihr nur einen kurzen Aufschub verschaffen. Besser, sich den Dingen gleich zu stellen.

»Was gibt es da zu seufzen?«, fragt Rod.

Emmy, die sich gar nicht bewusst war, geseufzt zu haben, seufzt gleich noch mal.

»Okay, das war echt heftig«, sagt Rod. »Aber hey, wir kriegen das schon wieder hin.«

Emmy fragt sich, was Rod meint. Den Abend? Den Urlaub? Ihre Beziehung? Und weil sie über nichts davon reden will, nicht um die Uhrzeit und nicht im Bett, fragt sie: »Meinst du wir schaffen es heute zum Wellhorn?«

Lachend prustet Rod ihr in den Nacken. Seine Lippen vibrieren auf ihrer Haut. Wie Emmy das früher geliebt hat.

»Wellhorn also«, sagt Rod und schon liegen seine Lippen wieder auf ihrer Haut.

Doch bevor er ihr ein weiteres Mal in den Nacken prusten kann, rollt Emmy sich zur Seite, bemüht, es möglichst spielerisch wirken zu lassen.

»In der Hütte schlagen wir uns doch nur die Köpfe ein«, sagt sie und robbt so weit wie möglich an die Bettkante. Doch Rod packt sie an den Hüften und zieht sie zu sich.

Während Emmy überlegt, wie sie sich ihm entwinden kann, ohne dass es zum Streit kommt, klopft es an der Tür. Rod hält den Atem an und auch Emmy zögert einen Moment, bevor sie »Ja« ruft.

Die Tür wird zaghaft geöffnet. Im Türspalt erscheint Flos übernächtigtes Gesicht. Sofort ist Emmy hellwach. »Mit Jens alles okay?«

Flo nickt. »Ich wollte nur ... Ich meine, ich würde gerne ...« Sie blickt entschuldigend zu Rod. Dann wieder zu Emmy. »Ob du wohl für einen Moment ...«

Mit einem Satz ist Emmy aus dem Bett. Sie streift sich einen Hoodie über und muss sich zusammenreißen, nicht Hals über Kopf aus dem Zimmer zu stürzen.

»Genau im richtigen Augenblick«, flüstert sie, kaum dass sie das Zimmer verlassen haben. Sie zieht Flo am Arm hinter sich her, bis sie auf der Bank vor der Hütte sitzen, wo sie simultan einen Seufzer ausstoßen und sich mit den Rücken gegen die Wand fallen lassen.

Eine ganze Zeit sitzen sie einfach nur so da und betrachten die Berge und Emmy genießt Flos vertraute Nähe.

»Schön hier«, sagt Flo irgendwann so wehmütig, als sei alles schon vorbei.

»Sehr schön«, echot Emmy und fragt sich, ob vielleicht wirklich schon alles vorbei ist.

»Ich bin es leid«, sagt Flo übergangslos. »So leid.«

Emmy hat ihre Freundin noch nie so erschöpft erlebt. Sie legt einen Arm um Flos Schulter. »Ich hatte ja keine Ahnung. Warum hast du denn nie was gesagt?« Neben der Sorge um Flo spürt sie die Enttäuschung, dass die Freundin sich ihr nicht anvertraut hat. Sie weiß, dass das jetzt keine Rolle spielen sollte, aber sie sind doch beste Freundinnen. Oder?

»Zu Hause ist Jens nicht so«, sagt Flo und Emmy fragt sich, ob das wirklich stimmt oder Flo ihn nur in Schutz nehmen will. Oder sich schämt. Für ihn. Und dafür, dass sie da mitmacht.

Tränen rinnen über Flos Wangen. Emmy fühlt sich hilflos. »Sollen wir den Urlaub abbrechen?«, fragt sie.

So lange, wie Flo schweigt, ist Emmy sich nicht sicher, ob sie sie überhaupt gehört hat. Doch mit einem Mal richtet Flo sich auf und sagt mit fester Stimme: »Wir lassen uns doch unseren letzten gemeinsamen Urlaub nicht versauen.« Sie zieht Emmy an sich und umarmt sie. »Du wirst mir fehlen«, sagt sie, wobei sie sich fest an Emmy klammert, der erst in diesem Augenblick richtig klar wird, dass Flo bald in Amerika sein wird. Sie haben zwar darüber gesprochen, wie es sein wird, dass sie über Facetime, Skype und sonst wie in Verbindung bleiben und sich gegenseitig besuchen. Aber das ist etwas ganz anderes, als auf einer Bank nebeneinanderzusitzen und sich in die Arme zu nehmen.

»Ach, Süße«, sagt Emmy. »Du wirst mir auch fehlen. Ganz schrecklich sogar.«

Flo laufen schon wieder die Tränen über die Wangen und Emmy muss sich beherrschen, nicht ebenfalls zu heulen.

»Ich bin mir nicht mal sicher, ob es das Richtige ist«, sagt Flo. »Ich wollte einfach nur weg. Du weißt ja, wie es bei mir zu Hause ist. Aber je näher das Ganze rückt ...«

Emmy drückt Flo fest an sich. Sie versteht nur zu gut, dass sie wegwill. Allein schon, um nicht länger Ersatzmutter für ihre Geschwister zu spielen. Aber muss es denn gleich Amerika sein?

»Komm mit«, sagt Flo. »Bitte. Der Studiengang Creative Writing ist wie für dich gemacht.«

Emmy seufzt. Als sie sich das Studienprogramm zusammen angesehen haben, kam ihr das tatsächlich wie eine Option vor. Aber sie kann nicht im Ausland studieren. Dazu hat sie viel zu viel Angst. Selbst mit Flo an ihrer Seite. Außerdem ist ihr Englisch zu schlecht, um Storys auf Englisch zu schreiben. Klar kann man das lernen, aber da ist auch noch ihre Familie und dann ist da Ann … die mit einem Mal in der Tür steht, als hätte Emmy sie kraft ihrer Gedanken herbeigezaubert. Wie gewöhnlich trägt sie eines ihrer langärmeligen Shirts. Der Aufdruck ist allerdings alles andere als gewöhnlich: *Love, Peace and Happiness.* Wo zum Teufel hat Ann dieses Shirt her? Sie hasst Sprüche. Und Shirts mit Sprüchen noch viel mehr.

»Hallo, ihr zwei«, sagt Ann seltsam schüchtern und Emmys Herz macht einen Sprung. Diese zarte Seite zeigt Ann sonst niemandem.

Ann deutet auf den Platz neben Emmy. »Darf ich?«

Emmy spürt, wie sie ganz zittrig wird, und ärgert sich darüber. Verdammt. Ann ist ihre Freundin. Sie will sich neben sie auf die Bank setzen. Das ist alles. Deswegen muss man ganz sicher nicht zittern. Aber Emmys Herz und ihre Hände machen, was sie wollen. Das Herz rast und die Hände zittern. So einfach ist das. Sie muss sich zwingen, langsam zu atmen. Dann werden sich ihr Herz und ihre Hände schon wieder beruhigen.

Doch als Ann neben ihr sitzt und ihre Oberschenkel sich berühren, pocht Emmys Herz nur noch wilder.

»Was für eine Nacht«, sagt Ann. Aber Flo scheint keine Lust zu haben, über die Nacht und damit auch über Jens' Alkohol- und Drogenprobleme zu reden. »Wir haben gerade über unsere Zukunft gesprochen«, sagt sie. »Über Amerika und dass Emmy …«

»Du gehst nach Amerika?« Anns Stimme ist schrill.

Bevor Emmy das Missverständnis aufklären kann, sagt Flo: »Das Schreibprogramm meiner Uni wäre perfekt für Emmy. Aber sie will nicht.«

Ann wippt hektisch mit dem Fuß auf und ab. Auf und ab. Am liebsten würde Emmy ihr die Hand auf den Oberschenkel legen. Doch in diesem Augenblick platzt es aus Ann heraus: »Schade. Sonst wären wir zu dritt jenseits des großen Teichs.«

Wie bitte? Ann geht nach Amerika? Emmy wird schwindelig. Sie nimmt gerade noch wahr, wie sie in Zeitlupe von der Bank rutscht. Dann wird alles schwarz.

#43 JAN

Die Aufmerksamkeit, die sein YouTube-Kanal schon jetzt erfährt, euphorisiert Jan so sehr, dass er die Strecke bis zur Schranke in Rekordzeit zurücklegt. Gut gelaunt läuft er den Weg zur Hütte hinauf und hat Glück. Die Clique ist ausgeflogen. Wahrscheinlich holen sie die Wanderung vom Vortag nach und befinden sich auf dem Weg zum Kleinen Wellhorn.

Auf dem Tisch in der Küche liegt eine durchgebrannte Sicherung. Es dauert einen Augenblick, bis Jan das klobige Keramikteil überhaupt als solche erkennt. Zu Hause in ihrer Wohnung gibt es nur Kippschalter.

Er hat keine Ahnung, wo sich der Sicherungskasten in der Hütte befindet und ob der Onkel neue Sicherungen auf Vorrat hat. Die Clique allerdings muss welche gefunden haben, denn als Jan den Schalter drückt, geht das Licht an.

Er klettert auf einen Stuhl und begutachtet die Kamera, die sich beim Stromausfall anscheinend einfach ausgeschaltet hat. Bestimmt irgend so ein Sicherheitsding. Jan meint sich zu erinnern, darüber sogar etwas in der Bedienungsanleitung gelesen zu haben.

Die Kamera funktioniert nach dem Einschalten jedenfalls wieder einwandfrei. Eine Zeit lang fummelt Jan noch daran herum, in der Hoffnung, vielleicht doch irgendeinen internen Speicher zu finden, um wenigstens die ein oder andere Sequenz der letzten Nacht zu retten. Aber vergeblich. Also klickt er die Kamera wieder an den Magnethalter, den er in der Lampe versteckt hat, und überprüft, dass sie optimal ausgerichtet ist.

Danach reaktiviert er die Kamera in Anns Zimmer und die Kameras im Wohnzimmer. In beiden Räumen fällt ihm nichts Besonderes auf. Vielleicht haben die fünf in der Nacht einfach nur geschlafen und Jan hat nichts verpasst.

Auf dem Weg in den ersten Stock steigt ihm allerdings ein seltsamer Geruch in die Nase. Es dauert einen Augenblick, bis er ihn zuordnen kann. Es riecht metallisch. Nach Blut. Jedenfalls behaupten das die Kommissare in den Krimis immer. Jan ist das bisher noch nicht aufgefallen. Aber vielleicht riechen auch nur große Mengen Blut metallisch. Was bedeuten würde, dass es sich hier um eine große Menge Blut handelt!

Die letzten Stufen muss Jan sich regelrecht am Geländer nach oben ziehen, um nicht schlappzumachen. Für seinen Kanal wäre das natürlich super, aber …

Immerhin kommt der Geruch aus dem kleinen Schlafzimmer, was heißt, dass es wahrscheinlich eher Jens und Flo als Emmy erwischt hat.

Zaghaft stößt Jan die Tür auf, wobei er sich in sicherer Entfernung hält, als könne jederzeit ein Axtmörder aus dem Zimmer stürmen.

Aber das Zimmer ist leer und Blut ist nicht zu sehen, nur ein dunkler Fleck am Kopfende der Matratze. Aber das könnte ebenso gut Schokolade, Kaffee oder Wein sein. Jan beugt sich darüber. Der Fleck riecht nach gar nichts. Aber etwas ist passiert. Die Bettwäsche wurde abgezogen und die nackten Füllungen liegen am Fußende des Bettes. Im ganzen Zimmer fliegen Klamotten herum, ein Stuhl wurde offensichtlich freigeräumt. Sonst fällt Jan nichts Außergewöhnliches auf. Da er aber nun schon mal hier ist, kann er auch gleich nach dem Koks suchen. Irgendwo muss Jens das schließlich aufbewahren. Natürlich wird er es nicht einfach so im Zimmer herumliegen lassen, aber … Jan durchwühlt die Kommode, die Nachttischschubladen, den Bauernschrank und zu guter Letzt die zwei großen Rucksäcke. Nirgends ein verdächtiges weißes Pulver. Auch kein gelbes oder grünes. Einfach gar kein Pulver.

Ob Jens sich das ganze Zeug schon durch die Nase gezogen hat?

Aber nein. Jan schlägt sich gegen die Stirn. Dass er nicht gleich darauf gekommen ist. Er sucht am falschen Ort.

Er geht ins Badezimmer. Fünf Kulturbeutel, zwei hängend, drei auf der Ablage. Die von Rod und Jens erkennt Jan am Rasierwasser. Flos, Emmys und Anns an den Tampons und … In einer ist ein Pillendöschen. *Tavor: Bei Angststörungen und Panikattacken* steht auf dem Etikett. Wessen Kulturbeutel ist das?

Jan legt die Dose zurück und geht ins Erdgeschoss. Und von dort durch die Küche in den hinteren Teil der Hütte, wo sich in einer kleinen Kammer eine Waschmaschine befindet.

Schon beim ersten Blick in den Raum wird seine Brust eng und er hat Mühe zu atmen. Jetzt könnte er auch eine von diesen Tavoc brauchen oder wie immer die heißen. Die Wäsche sieht aus, als habe jemand eine Schlachtbank damit abgewischt. Jans Magen krampft sich zusammen und er ist kurz davor, das Croissant vom Morgen wieder von sich zu geben.

Rod hat Emmy den Schürhaken übergezogen, weil sie in der Nacht mit Ann …

Aber nein! Unsinn. Die Bettwäsche stammt aus Flos und Jens' Zimmer.

Flo hat Jens die Kehle durchgeschnitten, weil sie das mit dem Koks und dem Alkohol …

Moment. Halt. Jan muss aufhören, einen solchen Unsinn zu denken. Wahrscheinlicher ist doch, dass Jens Nasenbluten hatte.

Jan lässt den Türrahmen los, an dem er sich festgehalten hat, und geht zur Waschmaschine. Er zieht an einem Zipfel der Bettwäsche. Das meiste Blut befindet sich auf einem der zwei Kopfkissen, was zu Jans letzter Theorie mit dem Nasenbluten passt.

Mit einem Mal steigt eine fürchterliche Wut in ihm auf. Was sind das nur für Schweine? Warum haben die die Wäsche nicht in die Maschine gesteckt? Das ist Blut. Das geht doch nie wieder raus. Und wer bekommt den Ärger?

Dann schlägt seine Wut ganz plötzlich in Albernheit um, weil er für einen kurzen Moment tatsächlich überlegt hat, die Wäsche einzuweichen. Super! Auf seinem Grabstein wird bestimmt mal stehen: *Gewissenhaft bis ins Grab*. Dabei würde er sich wünschen, dass dort steht: *Hat wild und gefährlich gelebt*.

Oh Mann. Er ist wirklich total übermüdet. Reif fürs Bett. Vielleicht sollte er zurückfahren und sich hinlegen.

Doch in diesem Augenblick hört er ein Geräusch.

Sind das Schritte?

Das Trippeln einer Ratte?

Die Ratte, die Flo gesehen hat?

»Hallo?«, ruft eine männliche Stimme aus der Küche.

Jan bleibt fast das Herz stehen.

»Jemand zu Hause?«

Definitiv niemand von der Clique. Die würden kaum fragen, ob jemand zu Hause ist.

Einbrecher würden ebenfalls nicht rufen.

Aber wer dann?

#44 EMMY

Die Tour zum Kleinen Wellhorn ist bisher die anstrengendste. Vielleicht aber auch nur, weil alle ziemlich fertig sind und sich bemühen, Streit zu vermeiden. Von außen könnte man sie durchaus für eine fröhliche Wandergruppe halten. Oder auch nicht. Denn dafür sieht Jens zu ramponiert aus. Das Horn auf seiner Stirn ist pflaumengroß, die Klammerpflaster wirken, als hätte eine in Ausbildung befindliche Visagistin sie ihm für einen Ganovenfilm aufgeklebt. Oder für einen schlechten Wildweststreifen. Aber dafür, dass er bis vor ein paar Stunden noch wie tot auf dem Bett lag, schlägt er sich ganz gut. Das muss Emmy anerkennen. Seit einer Stunde laufen Jens und Rod schnellen Schrittes an der Spitze der kleinen Gruppe und drehen sich an jeder Abzweigung brav um, um sich bei Flo höflich nach dem Weg zu erkundigen. Nur gut, dass Rod am Morgen nicht mitbekommen hat, dass Emmy ohnmächtig von der Bank gerutscht ist, sonst würde er wieder genauso um sie herumglucken wie nach dem Sturz an der Abbruchkante. Emmy reicht es schon, dass Flo ihr dauernd besorgte Blicke zuwirft. Während Ann nur Scherze darüber macht, ob Emmy sicher sei, nicht schwanger zu sein. Haha.

Um den fragilen Waffenstillstand nicht zu gefährden, hat Emmy bisher nicht gesagt, wie beschissen sie es findet, dass Ann zum Studieren nach Amerika geht und ihr nichts davon erzählt hat.

Doch irgendwann kann Emmy sich einfach nicht mehr beherrschen. »Psychologie also?«

»Traust du mir das etwa nicht zu?«, fragt Ann und das wars dann wohl mit dem Waffenstillstand.

»Wann hast du es mir denn sagen wollen?«, fragt Emmy, auch wenn sie zugeben muss, dass ihre vorherige Frage etwas schnippisch klang. Aber verdammt. Sie hat doch wohl alles Recht der Welt, schnippisch zu sein. Eine ihrer besten Freundinnen, mit der sie in letzter Zeit mehr als nur eine Freundschaft verbunden hat, mit der sie geknutscht hat und …

»Gar nicht«, sagt Ann.

Emmy ist so verblüfft, dass sie stehen bleibt.

»Hallo.« Ann wedelt mit der Hand vor Emmys Gesicht herum. »Das war ein Scherz.«

»Ein Scherz?« Emmy schnaubt. »Haha. So? Hast du dir das so vorgestellt? Und du lachst mit?« Auffordernd hebt sie die Hände. »Nur los. Wegen mir musst du dich nicht beherrschen.«

Flo kommt und bleibt überrascht neben ihnen stehen.

»Darfst gerne mitlachen«, sagt Emmy.

»Komm schon«, sagt Ann. »War wirklich nicht so gemeint.« Versöhnlich streckt sie die Hände nach Emmy aus, aber die schlägt sie weg.

»Hey, ihr zwei«, sagt Flo und will sich gerade zwischen sie schieben, als Rod sich zu ihnen umdreht, den Finger auf die Lippen legt und ihnen bedeutet, stehen zu bleiben. Etwa zweihundert Meter vor ihnen verharrt eine Mischung aus Bisamratte und Marder auf dem Weg.

»Ein Murmeltier«, flüstert Jens andächtig.

Emmy fragt sich, woher er das wissen will. Er hat zwar schon an vielen Orten der Welt gelebt, aber noch nie in den Bergen, soweit sie weiß.

»Doch, ehrlich«, sagt Jens. Es klingt, als wolle er sagen: Zumindest in diesem Punkt könnt ihr mir vertrauen.

»Hat wahrscheinlich Tollwut«, sagt Rod. »Würde sonst doch wegrennen.«

»Können Murmeltiere überhaupt Tollwut bekommen?«, fragt Flo.

Warum sich nur alle mit einem Mal so unglaublich für das Tier interessieren? Aber auch Emmy muss zugeben, dass es ungewöhnlich ist, dass das Tier so gar keine Angst zeigt, sondern sie neugierig aus seinen kleinen haselnussbraunen Augen ansieht.

Jens streckt die Hand aus und reibt seine Fingerspitzen aneinander, als habe er etwas zu fressen in der Hand, während Flo versucht, ihn am Hemd zurückzuziehen. »Heute bitte keine Katastrophen. Keine Murmeltierbisse, Tollwut oder Sonstiges.«

Als Jens die Fingerspitzen aneinandergerieben hat, hat Emmy sich erinnert. Jan hat seine Maus tatsächlich mal in Bio mitgebracht und exakt diese Handbewegung gemacht. Und während sie sich noch fragt, wie sie das vergessen konnte, zumal es echt verrückt war und sie sich über Jan ziemlich lustig gemacht haben, klatscht Ann in die Hände und ruft: »Buh!«, woraufhin das Tier im nächsten Gebüsch verschwindet.

»Scheiße, Ann!«, blafft Jens. »Was soll das?«

»Das Ding hat Tollwut!« Ann geht zu Jens und klopft ihm kumpelhaft auf die Schulter. »Du solltest deine Schutzengel nicht leichtfertig verbrauchen.« Sie geht an ihm vorbei, ohne ihn noch eines Blickes zu würdigen.

»Na prima«, sagt Rod. »Das habt ihr zwei ja echt gut hingekriegt.«

»Wir zwei?«, fragt Jens empört.

Flo fragt übertrieben fröhlich: »Jemand einen Müsliriegel?«

Jens und Rod sehen sie irritiert an und schütteln dann die Köpfe. Emmy rennt Ann hinterher. Das ist wirklich das Allerletzte! Alle reißen sich zusammen, nur Ann denkt mal wieder, dass sie machen kann, was sie will und … Emmy stolpert über eine Wurzel. Sofort ist Rod neben ihr, ohne dass sie sagen könnte, wie er das so schnell geschafft hat. Er legt den Arm um ihre Taille, wobei er so fest zupackt, dass Emmy beinahe aufschreit.

Als er sie auch dann nicht loslässt, als sie weitergehen will, verspürt sie eine leichte Panik. Sie versucht, sich seinem Griff zu entwinden, aber Rods Finger bohren sich nur noch tiefer in ihr Fleisch.

»Lass los!« Emmy versucht, Rods Hände von ihrer Taille zu schälen. »Du tust mir weh!«

»Denkst du, ich bin blöd«, zischt er ihr ins Ohr.

Emmy ist fassungslos. Was meint er?

Als sie zu ihm aufblickt, lächelt er harmlos. Und als sie schon befürchtet, jetzt komplett durchzudrehen, sieht sie, dass Rod das Lächeln nur für Flo angeknipst hat, die sie eingeholt hat.

»Tolle Wanderung«, sagt er allen Ernstes zu Flo und lässt Emmy los, als wäre nichts gewesen.

Dann rennt er hinter Jens her, der sich mittlerweile an ihnen vorbeigeschoben hat. »Warte, Bro«, ruft er, wobei der Rucksack auf seinem Rücken auf und ab hüpft und klappert, als sei das hier alles ein einziger Spaß.

Flo scheint von dem Ganzen nichts mitbekommen zu haben. »Komm, lass uns weitergehen.« Freundschaftlich knufft sie Emmy in die Seite und die läuft ganz automatisch los, wie ein Pferd, dem man die Ferse in die Flanken drückt.

Während Emmy noch überlegt, wie sie Flo sagen soll, was gerade passiert ist, fragt Flo: »Wusstest du das mit Ann?«

Emmy ist so in ihrem Film, dass sie einen Moment braucht, um zu kapieren, dass es um Anns USA-Pläne geht.

»Wusstest *du* denn von Anns Vorhaben?«, fragt sie und spürt, wie sich ihr Misstrauen auf Flo auszuweiten droht. Wenn sie nicht aufpasst, wird sie wirklich noch paranoid.

»Mir hat Ann nur gesagt, dass sie Psychologie studieren will. Das mit den USA ist mir neu.« Flo schüttelt den Kopf. »Verrückt, oder?«

Bevor Emmy etwas darauf antworten kann, ruft Flo entgeistert: »Das glaub ich jetzt nicht!« Sie stürmt den Berg hinauf, bis sie Rod und Jens eingeholt hat, und schlägt Jens grob den Flachmann aus der Hand.

»Hey«, schreit Jens. »Das ist Wasser!«

Aber da hat Flo sich auch schon umgedreht und rennt den Weg, den sie gerade mühsam nach oben gelaufen sind, wieder nach unten.

#45 JAN

Als Jan in die Küche kommt, stehen dort ein unbekannter Mann um die vierzig und … Ben, Mairas Bruder.

Einen Augenblick lang starren sie sich verblüfft an, dann stürzt Ben auf Jan zu, umklammert ihn wie schon bei ihrer ersten Begegnung und ruft: »Jan, Jan!«

Der Mann, wahrscheinlich Bens Betreuer, blickt irritiert zwischen ihnen hin und her. Dann wendet er sich an Ben. »Wer ist das?« Er zeigt auf Jan.

Doch Ben ist so aufgeregt, dass er nicht zu verstehen ist, weswegen Jan schließlich sagt: »Ich bin ein Freund von Bens Schwester.«

»Na so ein Zufall.« Der Betreuer verzieht spöttisch die Mundwinkel, als wisse er nicht genau, ob er verarscht wird, und wenn ja, von wem.

Schließlich reicht er Jan die Hand und stellt sich als Remo vor. Er zeigt zur Tür. »Da draußen sind noch mehr von den Jungs. Wir machen gerade einen Ausflug und einer ist umgeknickt. Hättest du wohl ein Coolpack? Nicht dass das wirklich nötig wäre, aber die Jungs fühlen sich manchmal besser, wenn ...«

»Cola!«, ruft Ben und stürzt zum Kühlschrank.

Während Jan sich noch fragt, ob es wirklich Zufall ist, dass die Gruppe an der Hütte vorbeigekommen ist, knallt Ben die Kühlschranktür schon wieder zu und schnieft: »Keine Cola.«

Drei Jungen im Alter zwischen sechzehn und achtzehn drängen in die Küche. Remo schlägt die Hände über dem Kopf zusammen. »Hatten wir nicht abgemacht, dass ihr draußen wartet?«

Die Jungen beachten ihn gar nicht, sondern blicken sich neugierig in der Küche um und mustern Jan. Einer setzt sich an den Tisch, der zweite schiebt einen Stuhl durch den Raum, der dritte geht zur Speisekammer.

»Und du machst hier mit deinen Eltern Urlaub?«, fragt Remo, als er sieht, dass es keinen Sinn hat, die Jungen stoppen zu wollen.

Jans Hände werden eiskalt. In dem Chaos hat er die Clique für einen Moment tatsächlich vergessen. Er muss Remo und die Jungen so schnell wie möglich loswerden. »Wer von euch ist denn verletzt?«, fragt er und öffnet den Kühlschrank.

Sofort fängt der Junge, der bis eben noch den Stuhl durch den Raum geschoben hat, an zu jammern und streckt Jan seinen Fuß wie einen verletzten Flügel entgegen.

»Warte, Mario.« Remo setzt den Jungen auf einen Stuhl.

Der Junge, der sich in die Speisekammer verdrückt hatte, taucht freudestrahlend mit einer Tüte Chips und zwei Tüten Gummibärchen wieder auf. »Mmmmh, lecker!« Er fährt sich mit der Hand über den Bauch.

»Leg die Sachen bitte zurück, Paul«, sagt Remo, aber Paul blickt den Betreuer so erschrocken an, als habe der von ihm gefordert, sich vom Hochhaus zu stürzen. Entsetzt schüttelt er den Kopf und versteckt die Tüten mit einer ungelenken Bewegung hinter seinem Rücken.

Unterdessen holt Jan eine Packung Tiefkühlerbsen aus dem Gefrierfach. »Geht das?«

Remo nickt. »Super! Die wickeln wir in ein Handtuch.«

Plötzlich sind Schritte im Flur zu hören und ein paar Schläge lang setzt Jans Herz wirklich und wahrhaftig aus. Die Kälte, die er bisher nur in den Händen gespürt hat, strömt durch seinen ganzen Körper.

»Komm rein, Fabio«, sagt Remo jedoch nur und ein kleiner Junge, deutlich jünger als die anderen, kommt in die Küche.

Jan wird schwindelig vor Erleichterung. Er wickelt die Erbsen in ein Geschirrtuch und gibt sie Remo.

»Ich will was trinken«, sagt einer der Jungen.

Ein anderer starrt die Deckenlampe an und sagt: »Da ist ein Auge.«

Zur Abwechslung wird Jan jetzt heiß. »Ihr könnt das alles mitnehmen.« Er macht eine Geste, die sowohl die Chips und Gummibärchen umfasst wie die Tiefkühlerbsen.

Die Jungen jubeln.

»Bist du sicher?« Remo hebt fragend die Augenbrauen.

»Ich muss los«, sagt Jan. »Meine Mutter … Also, sie wartet. In Meiringen. Wir sind … verabredet. Genau.«

Remo klatscht in die Hände. »Jungs, ihr habts gehört. Aufbruch.«

Der eine Junge starrt noch immer die Deckenlampe an und wiederholt: »Da ist ein Auge.«

Jan räuspert sich. Mist! Was soll er jetzt tun?

Doch da klatscht Remo ein weiteres Mal in die Hände und scheucht die Jungen aus der Hütte.

Im Flur zieht sich eine Spur von Chipskrümeln hinter den Jungen her, als hätten sie in der Hütte ein Theaterstück frei nach dem Märchen *Hänsel und Gretel* von den Gebrüdern Grimm aufgeführt.

Aber immerhin haben die Jungen die Hütte verlassen und befinden sich bereits auf dem Weg ins Tal, auch wenn Ben sich dann noch einmal umdreht, zurückgerannt kommt und Jan umarmt. »Danke, danke, danke!«, sagt er und stürmt hinter den anderen her, wobei er einem der Jungen eine Tüte aus der Hand reißt, um sie lachend über seinem Kopf zu schwenken. Dabei fällt die Hälfte der Gummibärchen auf den Boden. Wie Minileichen liegen sie auf dem Weg.

#46 EMMY

Nachdem Flo sich umgedreht hat und losgerannt ist, stehen die anderen einen Augenblick wie schockgefroren auf dem Weg.

Jens löst sich als Erster aus der Starre und rennt hinter Flo her. »Warte«, ruft er. »Es war eine dumme Idee, Wasser in die Flasche zu füllen. Saudumm, das gebe ich zu.«

Er strauchelt, fängt sich mit rudernden Armen und ruft: »Es tut mir leid!«

»Wie kann man nur so blöd sein?«, murmelt Rod. »Ich hab mir zwar nichts dabei gedacht, als er das Ding aus dem Rucksack geholt hat, aber klar.«

»Genau! Wie blöd kann man sein«, sagt Ann. »Brechen wir die Tour jetzt ab, oder was?«

»Na, du bist ja mal wieder voll solidarisch, oder was?«, sagt Rod.

»Hört auf!« Emmy fasst sich an die Schläfen. Der Druck in ihrem Kopf ist höllisch. Bemüht ruhig fügt sie hinzu: »Das bringt doch nichts.«

Während Ann sich mit vor der Brust verschränkten Armen auf einen Baumstamm setzt, legt Rod besitzergreifend einen Arm um Emmys Schultern. Der Druck in ihrem Kopf nimmt zu. Als wäre der in eine Schraubzwinge geklemmt.

Genau in diesem Augenblick beginnt es zu tröpfeln. Da der Himmel bis eben noch absolut blau war, blicken Emmy, Rod und Ann gleichermaßen erstaunt nach oben. Exakt über ihnen hängt eine einzelne dunkle Wolke. Rod lässt Emmy los und kramt in seinem Rucksack. Emmy lässt sich seufzend neben Ann auf den

Baumstamm fallen. Dass ausgerechnet sie übrig geblieben sind, ist schon seltsam. Vielleicht ein Wink des Schicksals, auch wenn Emmy nicht genau weiß, was der Wink zu bedeuten hat und wie sie ihn nutzen soll. Zumal es nicht danach aussieht, als ob Ann oder Rod ihr irgendwie helfen würden.

Nachdem Rod seine Regenjacke angezogen hat, die bei den paar Tropfen völlig übertrieben ist, baut er sich vor ihnen auf. »Okay«, sagt er. »Triff eine Entscheidung.« Da sein Blick zwischen Emmy und Ann hin und her fliegt, ist Emmy sich nicht mal sicher, mit wem er redet und ob er die Wanderung oder ihre Beziehung meint. Sein aggressiver Ton und das provokante Auftreten sind hingegen eindeutig. Und einfach nur daneben. Emmy muss wieder an den Schuss auf der Lichtung denken und wie sie für einen Moment gedacht hat, Rod hätte auf sie geschossen. Sofort beschleunigt sich ihre Atmung. Ihre Hand fährt zum Rucksack. Vergeblich. Nach dem Vorfall auf der Lichtung hat sie ihren Tavor-Vorrat nicht wieder aufgefüllt. Sofort bekommt sie noch schlechter Luft und spürt bereits das vertraute Kribbeln der aufsteigenden Panik in ihren Fingerspitzen.

»Los, sag schon!«, fordert Rod und dieses Mal ist klar, dass er Emmy meint.

Sieht er denn nicht, was mit ihr los ist? Und merkt Ann nichts? Die sitzt doch direkt neben ihr. Die muss doch etwas spüren.

Mit einem Mal fühlt Emmy sich absolut kläglich. Einsam und verraten. Sie muss weg! Weg von diesen beiden Menschen, von denen sie dachte, dass sie ihr, neben ihrer Familie, am meisten bedeuten. Dabei merken die zwei nicht einmal, wie beschissen es ihr gerade geht. Weil sie ausschließlich mit sich selbst beschäftigt sind!

Von wegen Emmy nutze die Ohnmachten, um sich aus schweren Situationen und der damit einhergehenden Verantwortung zu stehlen! Sie wird ihrem Therapeuten beweisen, wie falsch er liegt. Allen wird sie das beweisen. Sie braucht weder die Ohnmachten noch die Pillen!

Emmy steht auf. Da Rod allerdings keinen Zentimeter zurückweicht, stehen sie jetzt so nah voreinander, dass sich ihre Nasenspitzen fast berühren, was Emmy schmerzlich an ihr Ritual erinnert.

»Lass dich nicht einschüchtern!« Ann greift nach Emmys Hand.

»Halt dich da raus!«, sagt Rod. Spucketröpfchen sprühen in Emmys Gesicht. Atmen! Sie muss atmen. Weder zu schnell noch zu langsam. Einfach ganz normal atmen. Das ist jetzt das Wichtigste.

Und das mit dem Atmen gelingt Emmy eigentlich auch ganz gut, bis Rod sie an den Schultern packt. Sofort wird Emmys Atmung wieder schnell und flach.

Doch da springt Ann auf und verpasst Rod eine schallende Ohrfeige. Der ist dermaßen überrascht, dass er sich wie in Zeitlupe an die Wange fasst. Als brauche die Botschaft, dass Ann ihn geschlagen hat, eine Weile, um in seinem Gehirn anzukommen. Dann presst er die Lippen aufeinander und zieht die Augenbrauen in die Höhe. Emmy weiß, wie viel Kraft es ihn kostet, nicht zurückzuschlagen.

»Ihr habt einander echt verdient«, quetscht er zwischen den geschlossenen Lippen hervor. Dann dreht er sich um und geht.

Als er um die Kurve und damit außer Sicht ist, atmen Emmy und Ann auf.

»Versprich mir, dass du Schluss machst«, sagt Ann. »Egal, was aus uns wird.« Sie lässt sich wieder auf den Baumstamm fallen, zieht Emmy neben sich.

»Was soll aus uns schon werden«, sagt Emmy. »Du gehst nach Amerika und ich …« Sie wagt es nicht, Ann anzusehen.

Eine ganze Zeit lang passiert nichts. Dann spürt Emmy, wie sich Anns Schultern heben und senken, bis ihr ganzer Körper bebt. Ann, die Rod gerade geohrfeigt hat, heult. Emmy dreht sich zu ihr und umarmt sie.

»Ist doch wegen uns«, schluchzt Ann.

»Was ist wegen uns?« Emmy streichelt Ann über den Rücken.

»Na …« Schluchzen. »Amerika.« Schluchzen. »Ich will da doch nur hin, weil ich dachte, du und Rod …« Schluchzen. »Dass ihr … Und du und ich deswegen nie …« Schluchzen. »Und überhaupt.« Geschluchztes Lachen.

Emmy streicht Ann die vom Regen feuchten Haare aus der Stirn und küsst sie auf die Augenlider. Erst aufs linke, dann aufs rechte. Die Haut ist ganz weich und zart und Anns Augenlider flattern wie kleine Schmetterlingsflügel. Und mit einem Mal ist Emmy sich ganz sicher.

#47 JAN

Puh! Gerade noch mal gut gegangen. Jan hätte nie gedacht, dass das Leben eines Spions oder Detektivs, oder wie man das auch nennen mag, so anstrengend sein könnte. Langsam wandert er noch einmal durch alle Zimmer, um sicherzugehen, dass er nichts vergessen hat und alle Kameras wieder ordentlich funktionieren. Er inspiziert die Wäschekammer, die Küche, das Wohnzimmer und Anns Zimmer. Dann geht er in den ersten Stock.

Im Hirschzimmer liegt ein Handy auf dem Tisch, das Jan vorhin übersehen haben muss. Emmys Handy. Ganz kurz zögert er, es anzufassen, wegen Fingerabdrücken und so. Aber dann muss er über sich selbst lachen. Als würde irgendjemand das Haus forensisch untersuchen. Außerdem sind seine Fingerabdrücke ohnehin schon überall.

Er schaltet das Handy ein. Als ein Code verlangt wird, tippt er ohne große Hoffnung Emmys Geburtstag ein. Sofort erscheinen die Icons von Instagram, WhatsApp, Mail, Signal, Messenger und TikTok. Jan hat immer gedacht, dass er der Einzige ist, der seinen Geburtstag als Code verwendet. Aber entweder hat Emmy ein ebenso schlechtes Zahlengedächtnis wie er oder sie ist in dieser Hinsicht einfach etwas leichtsinnig, auch wenn Jan sich das nur schwer vorstellen kann.

Er scrollt durch Emmys Anrufliste. Zehn Anrufe von Mike, seit Jan das erste Video hochgeladen hat. Glücklicherweise scheint Emmy sich an ihr *digital detox* zu halten, auch wenn Jan sich fragt, wozu das Telefon dann auf dem Tisch liegt. Vielleicht um Fotos für den Blog zu machen, die Emmy nach ihrem Urlaub posten will?

Er setzt sich aufs Bett. Sein Finger schwebt über dem WhatsApp-Icon. Aber wenn er jetzt die Nachrichten abruft, weiß Emmy, dass jemand an ihrem Handy war.

Egal. Sie wird wahrscheinlich denken, dass Rod sie wegen ihrer Affäre mit Ann ausspioniert. Also drückt Jan auf das Icon. Die letzte Nachricht ist von 7:35 Uhr: *Scheiße, Emmy, ich muss mit dir reden. Geh endlich an das verdammte Handy!*

Die erste Nachricht von vor zwei Tagen lautet: *What the fuck? Da treibt jemand ein ganz übles Spiel mit euch. Geht sofort auf YouTube:* The truth behind.

Die nächste Nachricht hat Emmys Bruder am folgenden Tag um 16:56 Uhr geschickt: *Habt ihr den Kanal gesehen?*

Am selben Abend um 21:03 Uhr die nächste Nachricht: *Melde dich!*

Um 2:07 Uhr eine weitere Nachricht: *Wenn ich nichts von dir höre, komme ich. Und dann nicht wegen Jan!*

Nicht wegen ihm? Was soll das heißen? Was hat er mit Mike zu tun? Er kennt Emmys Bruder ja nicht einmal. Oder doch? Jedenfalls muss er umgehend so viel brisantes Material wie möglich hochladen. Bevor jemand ihn stoppen kann.

Ob er Mike von Emmys Handy aus schreiben soll? Dass sich die Clique den Kanal angesehen und den Schuldigen gefunden hat? Dass es keine weiteren Videos geben wird?

Das würde Mike zumindest für ein oder zwei Tage ruhigstellen.

Aber was, wenn die beiden so vertraut sind, dass Mike sofort merkt, dass die Nachricht nicht von Emmy ist?

Besser Jan löscht die Nachrichten. Denn obwohl Emmy das natürlich auch sehen wird, sollte sie an ihr Handy gehen, weiß sie dann noch lange nicht, um was es in den Nachrichten ging. Was Jan wiederum Zeit verschaffen würde.

Er scrollt in der Timeline zurück. In den letzten fünf Tagen sind so gut wie keine Nachrichten eingegangen. Emmy scheint alle über ihre digitale Auszeit informiert zu haben. Selbst Jasmin hat sich nicht gemeldet. Auch wenn es Jan ein wenig wundert, dass sich die Klatschbase der Schule in so einem Fall an irgendein *digital detox* hält. Es sei denn, sie will sich an Emmy rächen, auf die sie schon immer ein wenig neidisch war, wenn Jan das richtig interpretiert hat.

Ein Foto im Gruppenchat der Clique lässt seinen Atem stocken. Jan wirft das Handy aufs Bett, als habe er sich verbrannt, und springt auf.

Er tigert im Zimmer auf und ab. Auf und ab. Das darf doch nicht wahr sein!

Nachdem Jan lange auf und ab gelaufen ist, tritt er ans Fenster, starrt auf den Tschingel, atmet ein und aus. Der Berg ist schon so lange da, unbeeindruckt von irgendwelchen Fotos, Chats und sonstigen Spinnereien. Sogar unbeeindruckt davon, dass Leute auf ihm herumtrampeln.

Jan strafft die Schultern. Was der Berg kann, kann er schon lange. Er atmet ein letztes Mal besonders tief ein, geht zum Bett und nimmt das Handy in die Hand.

Obwohl er es dem Berg gleichtun will, treibt ihm das Foto die Tränen in die Augen. Er, wie er ganz allein auf einer Mauer am Rande des Schulhofs sitzt, in der einen Hand ein Buch, in der anderen ein Brot. Seine Haare wie immer total verstrubbelt. Sein Gesicht wirkt allerdings so blass und ungesund, wie er es im Spiegel noch nie gesehen hat. Ob jemand einen Filter darüber gelegt hat? Das Foto an sich ist gar nicht so schlimm, Jan ist ja nicht nackt oder so. Aber dass die überhaupt Fotos von ihm in ihrem Chat posten, raubt ihm den Atem. Dass die ihn heimlich fotografieren und sich über ihn lustig machen. Plus die Tatsache, dass er auf dem Bild so traurig und verloren aussieht. Und ein bisschen wie ... ein *Freak*.

Jan holt noch einmal tief Luft und sieht sich dann den kompletten Chat an.

Jens: So sieht er aus, unser Gönner.

Rod: Kaum zu glauben, was?

Flo: Seid ihr sicher, dass er uns die Hütte einfach so zur Verfügung stellt?

Emmy: Warum tut er das?

Flo: Weil er schon immer dazugehören wollte.

Rod: Weil er ein Freak ist.

Jens: Weil er dämlich ist. 😀

Rod: 😉 *.*

Jan zieht scharf die Luft ein. Erneut läuft er im Zimmer auf und ab, sammelt Mut, um den Rest des Chats zu lesen. Er fährt sich aufgebracht durch die Haare und liest weiter.

Rod: Kann uns doch egal sein.

Jens: Wie krank muss man sein, Leuten, die einen nicht mögen, eine Hütte zu finanzieren?

Rod: Sind doch Hütte und Geld vom Onkel.

Flo: Ach, hört schon auf. Für uns ist das schließlich echt super.

Emmy: Seh ich auch so.

Rod: Und das hat keinen Haken?

Ann: Alles hat einen Haken.

Rod: So wie bei dir und Matze?

An dieser Stelle bricht der Chat abrupt ab. Die nächste Nachricht folgt erst zwei Tage später und ist zu einem ganz anderen Thema. Als habe Rod mit der Anspielung auf Anns Ex, der zur Abifeier mal eben eine Medizinstudentin angeschleppt und abgeknutscht hat, eine unsichtbare Grenze überschritten.

Jan setzt sich wieder aufs Bett. Er fühlt sich, als habe ihm jemand in den Bauch geboxt. *Bumm! Bumm!* Volle Lotte in den Magen. Gleich noch einmal: *Bumm!*

Er hat keine Ahnung, wie lange er zusammengekrümmt auf dem Bett gesessen hat, doch irgendwann schafft er es, wieder aufzustehen. Er legt das Handy so auf den Tisch, wie er es vorgefunden hat. Okay. Jedenfalls ist jetzt klar, welches Video als Nächstes online geht. Das, auf dem Jens die Line zieht. Von wegen, *weil er dämlich ist.*

#48 EMMY

Emmy und Ann fahren auseinander, als sie Schritte im Wald hören, auch wenn Emmy sich fragt, warum Ann so schreckhaft ist und ob ihre eigene Schreckhaftigkeit wohl nachlassen wird, wenn sie erst mit Rod geredet hat.

»Ist doch egal, was irgendwelche Leute von uns denken«, sagt Ann und küsst Emmy demonstrativ auf den Mund.

»Hm«, murmelt Emmy, ohne ihre Lippen von Anns zu lösen. Denn auch wenn der Kuss etwas zu heftig ist, möchte Emmy keine Sekunde verpassen, in der ihr Mund auf Anns liegt.

»In New York interessiert das ohnehin niemand«, nuschelt Ann und leckt Emmy neckisch über die Lippen.

»New York?« Jetzt nimmt Emmy ihre Lippen doch von Anns und lehnt sich so weit zurück, dass sie in Anns Augen sehen kann.

»Du kommst natürlich mit«, sagt Ann und lacht dieses sorglose helle Lachen, das Emmy so sehr liebt und so lange nicht mehr erlebt hat. Ein Lachen, das sie an die Zeit erinnert, bevor alles zu einem einzigen Chaos wurde.

Die Schritte, die sie zuvor gehört haben, sind wieder verklungen. Weit und breit niemand zu sehen. War sicher nur ein Wanderer, der an einer der Weggabelungen abgebogen ist.

»New York also«, sagt Emmy. »Und ich komme einfach mit?« Ihr Tonfall ist so frotzelnd, dass sie selbst ein wenig überrascht ist. In ihr prickelt es wie nach ihrem ersten Glas Champagner, die Luft fühlt sich an wie frisch gewaschen.

»Das wird mega. Wirst sehen«, sagt Ann, als sei die Sache längst beschlossen und sie seit Jahren ein Paar. »Die haben einen ganz tollen Creative-Writing-Studiengang. Der ist wie für dich gemacht.«

Dass Ann es so seltsam betont und dabei ein wenig Flo nachmacht, reizt Emmy zum Lachen. Übermütig entgegnet sie: »Wunnebar.« Ein Wort aus Kindertagen, als sie *wunderbar* noch nicht aussprechen konnte.

»Zaubelhaft«, lispelt Ann und beugt sich vor, um Emmy zu küssen, als sie mitten in der Bewegung erstarrt, den Blick gebannt auf etwas hinter Emmys Rücken gerichtet.

Als Emmy sich umdreht, entdeckt sie Rod, der wie eine dieser Wachen vor dem Buckingham Palace in London aussieht, starr und aufrecht, nur ohne Bärenfellmütze und Gewehr.

Emmy muss zweimal blinzeln, um sicherzugehen, dass es sich nicht um eine Fata Morgana handelt. »Oh«, ist alles, was sie schließlich herausbringt. Und auch Ann, die unbehaglich auf dem Baumstamm hin und her rutscht, schafft nur ein »Oha«.

Eine kleine Ewigkeit steht Rod einfach nur so da. Das Einzige, was er schließlich bewegt, ist sein Mund: »Das kannst du mit mir nicht machen. Ich gebe dich nicht einfach so her. Kampflos schon gar nicht.«

Kampflos schon gar nicht? Ob Emmy sich verhört hat? Das ist so was von absurd!

Ann schafft lediglich ein weiteres »Oha«.

»Was meinst du?«, fragt Emmy krächzend und verflucht ihre Stimmbänder, die sie ausgerechnet in diesem Augenblick im Stich lassen müssen.

Wie um einen mutigen Ausgleich zu ihrer versagenden Stimme zu schaffen, steht Emmy auf, wobei sie Ann zur Unterstützung gleich mit in die Höhe zieht.

Rods Bewegungen sind eckig und roboterartig, als er auf sie zukommt. Emmy und Ann weichen einen Schritt zurück. Doch dann ist auch schon Schluss, weil ihre Beine gegen den Baumstamm stoßen, auf dem sie gerade noch gesessen haben.

»Du machst mir Angst«, piepst Emmy. Scheißstimmbänder!

»Mich verlässt man nicht«, sagt Rod und es klingt so absurd und zugleich dermaßen bedrohlich, dass Emmy sich ernsthaft fragt, ob Rod sich in der kurzen Zeit vielleicht mit irgendwas von Jens' Zeug zugedröhnt hat.

Aber sein Blick ist absolut klar. Kalt und hart, und Emmy fühlt sich wie ein Reh im Scheinwerferlicht. Sie bleibt einfach stehen, bis Rod sie erreicht hat, am Handgelenk packt und von Ann wegzuziehen versucht. Ann wiederum hat blitzschnell nach Emmys anderer Hand gegriffen, sodass Ann und Rod jetzt an ihr ziehen wie an einer Puppe.

Gerade als Emmy das Gefühl hat zu zerreißen, kommt ein riesiges zotteliges Tier auf sie zu, bremst knapp vor Rod und fletscht die Zähne. Angesichts der Reißzähne, die diese Mischung aus Hund und Wolf entblößt, lässt Rod Emmys Hand sofort los und macht eine beschwichtigende Geste in Richtung des Tiers. Der Hund, Wolf, oder was auch immer das Vieh ist, beginnt bedrohlich zu knurren. Sabber tropft von seinen Lefzen. Ann, die sonst kein bisschen ängstlich ist, klammert sich an Emmy, als könne die ihr Leben retten, obwohl Emmy selbst kurz vor einer Panikattacke steht.

Doch mit einem Mal ist der Spuk so plötzlich vorbei, wie er begonnen hat. Ein Mann pfeift das Tier zurück und sagt: »Der tut nichts.«

»Was ist das?«, stammelt Rod.

»Ein Wolfshund«, sagt der Mann. »Leider noch ein wenig verspielt.«

Alle drei nicken, auch wenn Emmy sich unter verspielt was anderes vorstellt.

»Ein junger und *verspielter* Wolfshund?«, wiederholt Rod ungläubig. Jetzt nickt ausnahmsweise er mal wie einer dieser Wackeldackel und Emmy stellt befriedigt fest, dass er Angst hat. Ob verspielt oder nicht, Hund oder Wolf, das Auftauchen von Mann und Tier hat Rod immerhin aus diesem unsäglichen Terminator-Modus gerissen.

»Und ihr geht zum Wellhorn?«, fragt der Mann freundlich und scheinbar um eine lockere Konversation bemüht.

Emmy und Ann schütteln den Kopf. Rod nickt und der Mann blickt wie bei einem Pingpongspiel zwischen ihnen hin und her. »Ja? Nein? Vielleicht?«

Emmy sagt: »Wir wollten, aber …«

Rod sagt: »Doch, doch. Wir gehen da rauf.«

Und Ann fragt: »Darf ich den mal streicheln?«

Der Mann stutzt einen Augenblick. Dann packt er den Hund am Halsband und sagt: »Klar. Er heißt William.«

»William«, sagt Rod und ganz kurz fragt Emmy sich, ob Rod den Hund jetzt auch mal streicheln will. Als Friedensangebot gewissermaßen.

Aber Rod bewegt sich nicht. Und nachdem Ann den Hund gestreichelt und der Mann sich verabschiedet hat, stehen sie wieder zu dritt auf dem Waldweg.

Rod räuspert sich. »Das eben, das war …« Er macht ein zerknirschtes Gesicht. »Das …«

Emmy weiß, wie schwer es Rod fällt, sich bei irgendjemand zu entschuldigen. Dennoch hat sie nicht vor, ihm die Sache zu erleichtern. *Mich verlässt man nicht.* Was ist denn das für ein Bullshit?

»Können wir nicht einfach, ich meine, wir könnten doch vielleicht so tun, als ob …« Und da sind sie wieder, die nicht beendeten Sätze und der rodsche Welpenblick und alles andere, was Emmy so vertraut ist. Fast tut er ihr ein wenig leid. Aber eben nur fast.

Und dann sagt Ann auch schon in ihrer unnachahmlich pragmatischen Art: »Lasst uns zurückgehen. Das Wellhorn schaffen wir heute ohnehin nicht mehr.«

#49 JAN

Nachdem Jan Emmys Handy wieder auf den Tisch gelegt hat, schleppt er sich zurück ins Erdgeschoss. Seine Füße fühlen sich an, als wären sie mit Blei ausgegossen. Kaum dass er die unterste Treppenstufe erreicht hat, wird die Klinke der Haustür nach unten gedrückt und Jan kann sich gerade noch rechtzeitig in den Raum mit der Waschmaschine retten. Das Blut rauscht so laut in seinen Ohren, dass es einen Moment dauert, bis er Flos und Jens' Stimme erkennt und etwas von dem versteht, was sie sagen. Flo klingt zerknirscht und entschuldigt sich mehrfach, Jens zu Unrecht verdächtigt zu haben. Jens hingegen wiederholt immer wieder, dass das schon in Ordnung sei, weil er sich schließlich saudumm verhalten habe.

Stühle werden gerückt und die zwei scheinen sich an den Küchentisch zu setzen, wo sie die Unterhaltung im Flüsterton weiterführen, beinahe so, als wüssten sie, dass Jan mithört.

Jan zieht sein Handy aus der Tasche, um es auszuschalten, wobei er wieder an den Chat denken muss. Was hat Emmys Bruder gemeint, als er geschrieben hat, dass er dann nicht wegen Jan komme? Mike und er kennen sich doch gar nicht und es war nie geplant, dass Jan in der Hütte sein würde.

Er legt das Ohr an die Tür. Aber so angestrengt er auch lauscht, es dringen nur noch einzelne Worte und Wortfetzen zu ihm. »Ende ... aufhören ... so nicht weiter ... kaputt ... unge... zusammen ges... wer weiß ...«, und immer wieder: »Amerika«, »USA« und »Studium«.

Warum die beiden flüstern, ist Jan ein Rätsel. Dass ein Paar im Bett flüstert, weil das intimer ist, kann er sich ja noch vorstellen. Oder in einer Kneipe, wenn am Nachbartisch jemand sitzt, der nichts mitbekommen soll. Aber in der Küche einer einsam im Wald gelegenen Hütte?

Plötzlich schluchzt einer der zwei auf. Jan glaubt, dass es Jens ist. Aber ganz sicher ist er nicht. Er ärgert sich, dass er hier gefangen ist. Vor dem Computer hätte er Ton und Bild und könnte auf Toilette gehen.

»Komm schon. Wir schaffen das.« Flos Stimme ist jetzt wieder normal laut. Also ist es Jens, der heult.

»Ich bin doch bei dir«, sagt Flo.

Ein Aufschrei: »Von wegen! Du gehst in die USA.«

»Wie wärs, wenn du dich *auch* mal entscheiden würdest? Ein einziges Mal.« Flo klingt eher traurig als wütend, als hätte sie das schon viel zu oft gesagt. »*Ich* jedenfalls *muss* mich entscheiden … und ich brauche das Stipendium.«

»Wenn du in Deutschland bleibst, könnte ich dir doch …«

»Dann gibst du mir was von Daddys Geld? Damit ich hier studieren kann?« Flo lacht bitter. »Und dann kommt wieder irgendeine Ann und …« Es folgt ein ziemlich lauter Schlag. Allerdings eher so, als habe jemand auf den Tisch gehauen und nicht in ein Gesicht.

Danach herrscht Stille.

Ist es das, was Jens und Flo zusammenhält? Das Geld von Jens' Vater? Dem tollen Diplomaten, der nie zu Hause ist, seinem Sohn und dessen Freundin aber mal eben ein Studium finanziert? Aber was soll Flos Anspielung auf Ann? Läuft da etwas zwischen Jens und Ann? Oder hatten die zwei irgendwann einmal eine

Affäre? Hat Ann sich deswegen so rührend um Jens' Platzwunde gekümmert und wusste so genau, wie sie ihn aus seiner Koksohnmacht erwecken kann?

Oh Mann. Jan kommt sich total naiv vor. Wie hat er die ganzen Jahre nur annehmen können, es ginge um so etwas wie Freundschaft oder Liebe? Plötzlich erscheint auch der im Lagerfeuer verbrannte Stringtanga in einem anderen Licht. Vielleicht sind solche Dessous und die damit verbundenen Spielchen Flos Währung? Für das Geld von Big Daddy. Oder geht Jans Fantasie gerade mit ihm durch?

Schon seltsam. Da hat seine Vorstellungskraft die letzten Jahre nicht mal ausgereicht, um sich vorzustellen, welcher Kitt die Clique zusammenhält, und jetzt denkt er bereits an Sexspiele, mit denen Flo sich das Geld für ihr Studium beim Vater ihres Freundes verdient.

Halb belustigt und halb genervt schüttelt Jan den Kopf. Er muss aus dieser Waschküche, bevor er komplett durchdreht. Warum können Flo und Jens ihre Beziehung nicht auf dem Sofa oder im Bett klären? Warum müssen die dazu ausgerechnet in der Küche sitzen?

Und was machen die jetzt bitte? Wieder irgendein Murmeln und Flüstern und irgendwelche Anweisungen wie: »... bitte mal die Schüssel.« »Ja, das brauchen wir auch.« »Zweihundert Gramm?« »Haben wir noch Eier?« »Schalt schon mal den Ofen an.«

Das darf doch nicht wahr sein! Die backen doch jetzt nicht etwa einen Kuchen, während Jan in der Kammer hockt?

»Das wird 'ne Überraschung.« »Unbedingt ... Wir versuchen das.«

Jan meint zu hören, wie die beiden sich küssen, auch wenn sie sich dafür genau genommen laut schmatzend küssen müssten. Er ist versucht, sein Handy einzuschalten, um wenigstens zu wissen, wie viel Uhr es ist. Andererseits hilft ihm das auch nicht wirklich weiter.

Er hört, wie eine Rührmaschine angestellt wird. Seine Mutter hat früher auch oft Kuchen gebacken. Obwohl sie wegen der Arbeit wenig Zeit hatte. Marmorkuchen. Den mag er am liebsten. Hat er an seinem Geburtstag sogar in die Schule mitgebracht. Zwei Kuchen, damit es auch ganz sicher für alle reicht. »Ich esse doch keinen Langweilerkuchen«, hat Rod damals gesagt und gewürgt. Daraufhin zogen andere Schüler ihre Teller ebenfalls zurück. »In der Neunten einen Kuchen«, hatte Jens geätzt. »Hasch-Cookies wären da passender.«

Die Rührmaschine verstummt. Jan lässt sich auf den Boden gleiten. Es ist sinnlos, die ganze Zeit in Habachtstellung zu verharren. Er kommt hier ohnehin nicht raus.

Wie kann man eine Waschküche nur ohne Fenster bauen? Wo soll denn da die ganze Feuchtigkeit hin?

Er lehnt sich gegen die Waschmaschine und schließt die Augen, denkt an Isang und daran, dass der vielleicht noch am Leben wäre, wenn er zu Hause geblieben wäre.

Jans Verstand weiß, dass das Unsinn ist, aber sein Herz und der ganze Rest seines Körpers fühlen sich gerade einfach nur beschissen. Und wie immer, wenn Jan sich so gar nicht mehr zu helfen weiß, kriecht er ganz tief in sich hinein und lässt die Melodie der Bachsonate *BWV 1027* in seinem Kopf erklingen. Sein erster Lehrer hat immer gesagt, Cellospielen basiere auf einer guten Vorstellungskraft. Und dass sich die exzellenten Spieler von den guten dadurch unterschieden, dass sie ganze Stücke im Kopf spielen könnten. Sie würden die komplette Partitur vor ihrem geistigen Auge sehen und die passenden Saiten gleich dazu. Alles laufe zuerst im Kopf ab, ganz ohne Instrument.

Jan weiß, dass es nicht ganz ungefährlich ist, jetzt so tief in sich hineinzukriechen, aber sollte einer von der Clique reinkommen, ist er ohnehin verloren.

Er weiß nicht, wie oft er das Stück im Kopf gespielt hat, aber als er aus seinem tranceartigen Zustand wieder in die Waschküche zurückkehrt, riecht es nach Kuchen und er hört, wie mehrere Leute die Hütte betreten und durch den Flur in die Küche kommen.

#50 EMMY

Als sie die Hütte endlich erreicht haben, will Emmy sich nur noch im Bett verkriechen. Vorausgesetzt natürlich, Rod will nicht ebenfalls dorthin. Aber er und Ann steuern bereits die Küche an, in der Jens und Flo zu hören sind und überraschend fröhlich klingen.

Und weil es nach frisch gebackenem Kuchen und heiler Welt duftet, geht auch Emmy in die Küche. In der Mitte des Tischs steht ein Apfelkuchen mit Streuseln groß wie Hagelkörner. Emmy liebt diesen Kuchen. Eine von Flos Spezialitäten. Rezept und entsprechende Fotos haben sie schon mehrfach auf ihrem Blog geteilt. Natürlich mit Dinkelmehl gebacken.

Flo zeigt auf Jens. »Hat er gebacken.«

Jens wehrt lachend ab. »Hab lediglich den Teig gerührt. Und auch das hat eigentlich die da gemacht.« Er zeigt auf die Rührmaschine.

Emmy kann sich die gute Laune und die Harmonie zwischen den beiden zwar nicht erklären, freut sich aber. So in etwa hat sie sich das Hüttenleben vorgestellt. Anstrengende Wanderungen am Tag und entspannte Nachmittage in der Hütte, gerne auch mit selbst gebackenem Kuchen.

»Greift zu. Ist noch warm.« Flo holt Teller und Tassen aus dem Schrank.

»Kaffee oder Tee?« Flo benimmt sich wie die perfekte Gastgeberin und Emmy ist so erstaunt, dass sie sich einfach auf den nächsten Stuhl fallen lässt und zu allem Ja und Amen sagt.

Rod und Ann scheint es ähnlich zu gehen, nur dass Rod Flo hilft. Er nimmt ihr die Teller und Tassen ab und deckt den Tisch.

»Und ihr seid noch bis zum Kleinen Wellhorn gelaufen?« Flo benimmt sich, als hätten sie sich im Wald mal eben in aller Freundschaft getrennt.

Die Situation ist so absurd, dass Emmy unvermittelt an die Sendung *Verstehen Sie Spaß?* denken muss, in der mit versteckter Kamera gefilmt wurde. Sie blickt sich um und fragt sich, wo man in der Küche wohl am besten eine Kamera verbergen könnte. Die Deckenlampe wäre …

Jens schlägt mit dem Löffel gegen das Sektglas. »Also«, sagt er feierlich. »Wir …«, er wirft Flo einen bedeutungsvollen Blick zu, »Flo und ich haben uns überlegt …« Wieder eine dramatische Pause, in der er Flo verliebt ansieht und Emmy zunehmend das Gefühl bekommt, in den falschen Film geraten zu sein.

»Wir werden es noch mal miteinander versuchen«, sagt Jens schließlich.

Emmy fällt der Kuchen von der Gabel. Bitte? Und was ist mit Amerika? Mit Jens' Trinkerei und Kokserei? Und Flos Gejammer, Jens bekomme nichts auf die Reihe, könne sich nicht entscheiden und lasse sie hängen? Ist das alles mit einem Mal vergessen? Natürlich würde Emmy ihnen das gönnen. Aber mal eben alles in zwei Stunden geklärt? Flo und Jens zoffen sich so, dass sie die Gruppe verlassen, und keine zwei Stunden später backen sie zusammen einen Kuchen und sich gleich noch eine neue Zukunft dazu?

Ann und Rod scheinen sich ebenfalls zu wundern, wobei Ann sich als Erste fasst. »Glückwunsch«, sagt sie zynisch und prostet Jens und Flo mit der Teetasse zu.

Rod hingegen scheint sich aufrichtig zu freuen. »Mensch, Bro.« Er schlägt Jens so fest auf den Rücken, dass der mit dem Gesicht fast auf den Tisch kippt. »Das ist ja ... mega!« Dabei sieht er Emmy an, als wolle er ihr bedeuten: Siehst du? Die beiden kriegen das auch hin. Emmy kann sich nicht verkneifen zu fragen: »Und was ist mit Amerika?«

»Das sehen wir noch«, sagt Flo.

»Das machen wir zusammen«, sagt Jens.

Dann lachen beide.

Emmy ist sich nicht sicher, ob es ein natürliches oder aufgesetztes Lachen ist. Sie ist sich mit gar nichts mehr sicher. Entweder läuft hier gerade etwas sehr schräg oder ihre Wahrnehmung ist irgendwie verschoben. Wie ihr Gehör anscheinend auch. Sie spitzt die Ohren. Im hinteren Teil des Hauses hat sich doch etwas geregt? Ob sie in der Waschküche mal nachsehen soll?

Aber es wäre natürlich unhöflich, mitten in Flos kleiner Rede aufzustehen. Auch wenn die Rede wie auswendig gelernt klingt und Emmy nicht recht weiß, was sie davon halten soll. Sie versucht, Flos Blick einzufangen. Doch die redet nur weiter davon, wie schade es doch wäre, wenn ihr letzter gemeinsamer Urlaub weiter so chaotisch verlaufen würde. Und dann fügt sie tatsächlich hinzu: »Das soll schließlich ein schöner Abschluss unserer gemeinsamen Schulzeit sein. Etwas, an das man sich gerne erinnert.«

Ann hebt erneut ihre Teetasse und sagt übertrieben euphorisch: »Auf tolle Erinnerungen!«

#51 JAN

Das darf doch wohl nicht wahr sein! Jetzt feiern die in der Küche Versöhnung, während Jan mit einem Stapel blutiger Bettwäsche in der Waschküche hockt. Die könnten wenigstens mal die Küche verlassen und ihm Zeit zum Abhauen geben. Wenn er nicht ganz bald hier rauskommt, pinkelt er sich nämlich in die Hose. Ob sie schon zum Sekt übergegangen sind? Warum nur kann er das alles nicht von seinem Computer aus verfolgen, mit ordentlicher Bild- und Tonqualität?

Jan richtet sich auf. Auf jeden Fall scheinen sich die fünf mit einem Mal wieder prächtig zu verstehen. Oder sie tun nur mal wieder so und schießen gerade ein paar ihrer glorreichen Gruppenfotos für den Blog. Titel: *Apfelkuchen mit Streusel und Sonnenbrille* oder etwas ähnlich Unsinniges, was die Abonnenten des *back to nature*-Blogs aus irgendeinem Grund lustig und cool finden.

Schließlich scheint sich etwas zu tun. Vielleicht bricht die Clique noch zu einer Tour auf oder geht zum Einkaufen ins Dorf. Stühle werden gerückt, Geschirr klappert und wieder kann Jan nur einige Wortfetzen verstehen. Von *kleiner Party* ist die Rede und davon, dass sich jetzt alles zum Guten wendet, sie den Urlaub genießen und am nächsten Tag die Kutschfahrt machen, die Flo bereits von Deutschland aus für sie gebucht hat.

Eine Kutschfahrt? Von wegen cool und exklusiv. Das klingt eher nach dem vollen Touriprogramm. Aber immerhin verlassen sie endlich die Küche.

Den Schritten nach scheinen zwei von ihnen in den ersten Stock zu gehen. Flo und Jens? Oder Rod und Emmy? Oder gehen die Jungs nach oben und die Mädchen vor die Hütte?

Jan meint, die Außentür schlagen zu hören. Warum können die nicht zusammenbleiben, jetzt, da sich alle wieder ganz wunderbar verstehen?

Jan hört Schritte im Obergeschoss. Fest und schwer. Rod? Nur er? Oder auch Emmy?

In Anns Zimmer sind ebenfalls Schritte zu hören. Aber wer ist dann vor der Hütte?

Ob Jan es wagen soll? Er muss. Sonst hängt er den Rest des Tages oder womöglich die ganze Nacht hier fest. Und wird am Ende noch entdeckt.

Er öffnet die Tür zur Küche einen Spalt. Der Raum ist leer. Auf dem Tisch steht ein letztes Stück Apfelkuchen und Jans Magen beginnt zu knurren. Als hätte er jetzt Zeit, ans Essen zu denken!

Er macht einen Schritt in die Küche. Wenn er die erst einmal durchquert hat und im Flur steht, gibt es kein Zurück.

Oder soll er lieber durchs Küchenfenster steigen?

Unsinn. Sein Gehirn produziert schon wieder völlig absurde Gedanken. Wie immer, wenn er unter Stress steht.

Im ersten Stock sind noch immer Schritte und jetzt auch Stimmen zu hören. Eine männliche und eine weibliche. Die männliche gehört Rod, die weibliche Emmy.

Gut. Und Ann scheint ebenfalls in ihrem Zimmer zu sein. Bleiben Flo und Jens.

Am liebsten wäre es Jan, wenn nur der verpeilte Jens vor der Hütte wäre, am besten noch bekifft.

Aber er muss sich darauf gefasst machen, dass Flo bei Jens ist.

Obwohl er am liebsten rennen würde, darf er keine allzu hastigen Bewegungen machen, um keine unnötige Aufmerksamkeit zu erregen. Er fühlt sich wie in einem dieser Träume, in denen man rennt und rennt und doch nicht von der Stelle kommt.

Im Flur fallen Jan lauter unsinnige und für seine Flucht völlig sinnlose Details auf. Die frischen Schlammkrusten an den Gummistiefeln seines Onkels, Emmys blauer Hoodie, der an der Garderobe hängt und blumig riecht, ganz anders und viel aufdringlicher als Mairas zarter Aprikosenduft.

An der Hüttentür angekommen, muss Jan feststellen, dass sie klemmt. Wie das? Vorhin hat sie noch nicht geklemmt. Sie hat noch nie geklemmt!

Okay. Erst mal einen kleinen Spalt aufziehen. Quietscht die jetzt etwa auch noch?

Langsam, langsam ... Mist! Da steht Jens, in einer Hand einen Joint, in der anderen eine Flasche Bier.

Glücklicherweise steht er mit dem Rücken zu Jan. Okay. Jan wird losrennen und hoffen, dass Jens weiter an seinem Joint nuckelt und auf die Berge starrt.

Oder besser noch einmal zurück?

Aber was ist das? Sind das Schritte auf der Treppe?

Okay, los. Sprint. Ab durch die Mitte. Den Kopf abwenden. Besser wäre natürlich ein Hoodie, aber … Jan rennt so leise wie möglich, sofern man überhaupt leise rennen kann. Aus den Augenwinkeln nimmt er eine Bewegung wahr. Jens dreht sich zu ihm um. Mist! Aber jetzt gibt es nur noch eine Richtung. Und die ist vorwärts. Weiter. Immer weiter.

Jens ruft etwas. Ruft er nach den anderen oder nach Jan? Hat er ihn erkannt?

Egal! Weiter. Die Schotterpiste entlang. Jan rutscht aus, fängt sich wieder, rennt weiter. Schritte dröhnen in seinen Ohren. Das Blut rauscht. Er rennt. Und rennt. Einfach immer weiter. Stolpert. Fängt sich. Rennt, bis er die Schranke am unteren Ende des Weges erreicht hat. Erst da erlaubt er sich, stehen zu bleiben und Luft zu holen. Die Hände auf die Oberschenkel gestützt, ringt er um Atem.

Dann blickt er den Weg entlang. Kein Jens. Niemand von der Clique. Überhaupt niemand.

Jans Lunge brennt und er hat das Gefühl, jeden Augenblick kotzen zu müssen. Er kann sich nicht erinnern, jemals in seinem Leben so schnell gerannt zu sein. Das hätte er früher mal gebraucht. Dann hätte er endlich mal eine gute Note in Sport bekommen und die anderen hätten nicht über ihn gelacht.

Sein Herz will sich gar nicht mehr beruhigen. Es hämmert wie wild in seiner Brust. Klar, er ist ja auch Cellist und kein Siebenkämpfer.

Er blickt noch einmal den Weg hinauf. Niemand. Schritte hört er auch nicht. Wobei das schwierig zu beurteilen ist, da sein Herz noch immer wummert und sein Atem rasselt wie bei einem Kettenraucher.

Am besten er steigt in den Toyota und gibt Gas.

Der Wagen steht direkt hinter der Schranke. Da, wo Jan ihn am Morgen abgestellt hat.

Er tastet nach dem Schlüssel. Mist! Das darf doch nicht wahr sein.

Okay. Ruhe bewahren. Irgendwo muss der Schlüssel sein. Jan tastet die linke Hosentasche ab, dann die rechte. Die Gesäßtaschen. Hat er den Schlüssel bei seiner Flucht verloren? Oder schon in der Hütte?

Vielleicht sollte er einfach laufen, auch wenn es bis zur Schattenhalb einige Kilometer sind.

Er tastet noch einmal alle Taschen ab, blickt den Weg entlang. Glitzert da nicht etwas?

Ja doch. Das muss sein Schlüssel sein.

Gerade als er ihn holen will, glaubt er zu hören, wie jemand den Weg entlangkommt.

Oh nein! Fliehen? Verstecken? Wo? Hier gibt es nicht einmal Büsche und die Baumstämme sind sogar für ihn viel zu schmal. Er schaut sich weiter um.

Hinters Auto. Schnell. Ducken. Hoffen, dass niemand seine Füße sieht. Oh Mann. Sein Herz tobt schon wieder. Jan ist für so etwas einfach nicht gemacht.

Doch es kommt niemand und irgendwann haben Jans Körper und Geist sich wieder so weit beruhigt, dass er normal atmen und denken kann. Er zieht sich an der Stoßstange in den Stand und geht zu dem glitzernden Gegenstand, bei dem es sich tatsächlich um den Autoschlüssel handelt.

Als er wieder am Wagen ist, muss er feststellen, dass er am Morgen anscheinend vergessen hat abzuschließen. Wieder so ein Witz. Aber ohne Schlüssel hätte er den Wagen nicht starten können.

Was ist das? Unter dem Scheibenwischer?

Sofort beginnt Jans Herz wieder zu rasen. Die Clique hat ihn längst entdeckt und treibt jetzt ihr perverses Spiel mit ihm. Vielleicht beobachten sie ihn in diesem Augenblick und lachen sich tot. So wie früher.

Unwillkürlich zieht Jan den Kopf ein und kämpft gegen den Impuls, sich im Fußraum zu verkriechen.

Er zwingt sich, seine Umgebung zu scannen.

Nichts.

Er angelt nach dem Zettel, bekommt ihn zu fassen und hätte ihn beinahe zerrissen. Hält ihn schließlich aber fest in der Hand, startet den Motor und fährt los.

In der nächsten Kurve wird ihm klar, dass er den Zettel auch in sicherer Entfernung unter dem Scheibenwischer hätte hervorholen können. Richtig klar denken kann er scheinbar immer noch nicht. Die Stunden in der Waschküche haben ihm definitiv nicht gutgetan.

Als er die Hauptstraße erreicht, parkt er am Straßenrand. Seine Hände zittern, als er den Zettel auseinanderfaltet. Und dann muss er so laut lachen, dass er froh ist, allein im Auto zu sein. Zweihundert Schweizer Franken für »unerlaubtes Parkieren im Wald«.

#52 EMMY

Emmy hört, wie Jens in die Hütte stürmt und im Flur über irgendetwas stolpert, wahrscheinlich ihre geliebten grünen Gummistiefel, die gar nicht ihr gehören. Hoffentlich hält er sich nicht an ihrem Hoodie fest und zerreißt ihn dabei am Ende noch. Sie hat Jens vor der Hütte kiffen sehen. Eine Flasche in der Hand. Sie hofft, dass er nicht schon wieder Bier in sich reingeschüttet hat. Aber wer weiß. Vielleicht beinhaltet der Deal mit Flo ja, dass er so viel kiffen und saufen kann, wie er will, und Flo dafür …

Jens kommt die Treppe nach oben gepoltert. »Jan war in der Hütte!«, ruft er atemlos. »Er ist gerade …« Er ringt nach Luft. »Geflohen.«

Rod, der auf dem Bett liegt und irgendein Spiel auf dem Handy zockt, das man wohl offline spielen kann, verdreht die Augen. Vermutlich denkt auch er, dass Jens schon wieder zu viel gesoffen oder gekifft hat und statt grünen Männlein eben Jan sieht.

»Er war in der Hütte«, beharrt Jens. »Das könnt ihr mir glauben! Er hat sich hinter meinem Rücken vorbeigeschlichen. Aber ich habe ihn gesehen. Er muss die ganze Zeit in der Hütte gewesen sein.«

Emmy fragt sich, wie er Jan gesehen haben will, wenn der sich angeblich hinter seinem Rücken vorbeigeschlichen hat. Und wo er sich versteckt haben soll, wenn er Jens nach die ganze Zeit schon in der Hütte war.

Jens rennt wie aufgezogen im Zimmer hin und her, wobei er mit den Armen wild herumfuchtelt. Wenn Emmy sich nicht täuscht, sind seine Pupillen viel zu groß.

»Warum sagt ihr denn nichts? Das ist doch ... Der war einfach hier drin.«

Da soll noch einer sagen, Frauen seien hysterisch. Aber nur vom Kiffen ist Jens sicher nicht so überdreht. Ob er zusätzlich Speed nimmt? Ecstasy?

Sein Geschrei hat Ann nach oben gelockt. Warum Flo nicht kommt, wo sie doch im Nebenzimmer ist, ist Emmy unklar.

Doch kaum dass Ann das Zimmer betreten hat, packt Jens sie an den Schultern und schüttelt sie. »Der Freak war in unserer Hütte! Der überwacht uns!«

Ann versucht, sich zu befreien, aber Jens hält sie fest und ruft: »Der Spinner spielt ein Spiel mit uns!« Dann grinst er urplötzlich, so als würde ihm sein eigener Satz aufgrund der vielen »S« gut gefallen.

»Jetzt beruhig dich mal«, sagt Ann, immer noch darum bemüht, sich aus seinem Griff zu winden.

Irgendetwas, das Jens gesagt hat, hat bei Emmy »klick« gemacht. Aber sie bekommt es nicht zu fassen.

»Der hockt bestimmt schon die ganze Zeit im Keller«, sagt Jens und zählt an den Fingern ab. »Fünf Tage. Der hockt seit fünf Tagen bei uns im Keller und ...«

»Denk doch mal nach«, sagt Ann patzig und schafft es endlich, Jens' Hände von ihren Schultern zu fegen. »Dann hätten wir ihn bei unserer Suche nach der Ratte doch längst entdeckt.«

Rod liegt auf dem Bett und beobachtet das Ganze wie ein Tennismatch, wobei er zwischendurch immer wieder auf das Display seines Handys schielt.

Emmy sieht zu Ann. Sie ist wunderschön. Diese seidigen Haare, die mandelförmigen braunen Augen und die zarten Lippen.

Warum nur können sie nicht allein in der Hütte sein? Früh morgens würden sie ins taufrische Gras rennen und erst mal tanzen. Dann würden sie sich auf die Wiese legen, den Himmel und die Berge bestaunen und sich küssen. Und wenn sie Hunger bekämen, würden sie sich ein Frühstück machen. Kaffee, Croissants, Honig und Marmelade. Sie würden sich auf die Bank vor der Hütte setzen und sich wechselseitig ihre Träume erzählen, die aus der Nacht und die vom Tag. Danach würde Emmy schreiben und Ann würde …

»Der Vollpfosten hat uns überwacht!«, schreit Jens so laut, als wären sie alle taub. Dann packt er Rods Fuß und biegt ihn hin und her, als könne er auf diese Weise seine Aufmerksamkeit erlangen.

»Hör auf«, sagt Rod jedoch nur und zieht den Fuß weg.

»Wo ist eigentlich Flo?«, fragt Emmy, während Jens dazu übergeht, Rod an der Schulter zu rütteln.

»Mensch, Bro.« Rod schlägt Jens' Hand weg. »Jetzt überleg doch mal. Wie wahrscheinlich ist es denn, dass dieser *Freak* uns überwacht?«

In dem Augenblick macht es erneut »klick« bei Emmy. An dem Abend mit Ann im Schaukelstuhl, da hat sie doch auch gedacht, dass sie überwacht werden? Aber warum ist sie noch mal auf diesen Gedanken gekommen? Es war, weil … Warum setzt Ann sich zu Rod aufs Bett? Warum so nah? Und warum strahlt sie Emmy dabei an, als habe sie gerade den Jackpot geknackt?

»Ich bin mir absolut sicher!« Jens greift nach Rods Hand. In seiner aufgeputschten Stimmung scheint er irgendwas zum Anfassen und Schütteln zu brauchen. Doch Rod entreißt ihm seine Hand so heftig, dass er dabei mit dem Handrücken gegen Anns Wange klatscht.

Ann stöhnt auf und schlägt zurück.

Alles geht so schnell, dass Emmy nicht einmal Zeit zum Luftholen hat.

»Tickst du noch ganz richtig?« Rod hält sich die Wange und Ann scheint selbst ein wenig überrascht, so, als wäre es gar nicht ihre Hand gewesen, die in Rods Gesicht gelandet ist.

Aber sie fängt sich schnell wieder und sagt: »Du hast angefangen.«

»Das war ein V e r s e h e n !«, sagt Rod.

»Das war ein R e f l e x !«, sagt Ann.

»Hallo!« Jens wedelt mit den Händen erst vor Rods und dann vor Anns Gesicht herum. »Kapiert ihr überhaupt, was ich euch sage? Der *Typ* war in unserer Hütte.«

Emmy würde am liebsten abhauen. Vor einer halben Stunde haben sie noch friedlich zusammen Apfelkuchen gegessen und sich wechselseitig versichert, dass der Urlaub ab jetzt ganz prima wird.

Ja, total prima!

»Warum schreit ihr denn so?«, will Flo wissen, die jetzt in der Tür erscheint. Ihre Stimme ist schleppend und sie hat ganz offensichtlich Mühe, die Augen offen zu halten. Sie sieht aus, wie Emmy sich fühlt, wenn sie Tavor geschluckt hat.

Ob Flo sich an ihren Tabletten bedient hat? Emmy muss die Dose unbedingt aus der Toilettentasche nehmen.

Aber vielleicht hat Flo auch eigene Tranquilizer. Jens kommt an so was sicher ohne Probleme dran. Wahrscheinlich hat er selbst von allem einen kleinen Vorrat. Ein paar Upper, ein paar Downer, was für die gute Laune und was zum Abdriften.

»Jan war in der Hütte!« Jens blickt Flo so eindringlich an, als gelte es, wenigstens sie zu überzeugen.

Doch Flo blinzelt nur müde und zuckt mit den Schultern. Emmy ist sich nicht sicher, ob es ihr egal ist, dass Jan in der Hütte war, sie es nicht glaubt oder es gar nicht kapiert.

»Jens ist davon überzeugt, dass wir überwacht werden.« So wie Rod das Wort *überzeugt* ausspricht, ist klar, was er davon hält.

Wieder rastet etwas in Emmys Gehirn ein. Und dann bekommt sie es endlich zu fassen. »Und was, wenn Jens recht hat?«

Und weil es das Erste ist, was sie sagt, seit die Clique ins Zimmer gestürmt ist immerhin *ihr* Zimmer, blicken alle sie an.

»Gehen wir doch einen Augenblick mal davon aus, dass Jens recht hat …«

»Wie soll denn das gehen?« Ann schnaubt verächtlich. »Jan hat sich unter unseren Betten versteckt? Jede Nacht unter einem anderen?«

Kurz ist Emmy irritiert. Warum behandelt Ann sie nun schon wieder so abfällig? Warum hat sie ihre Augen so fett mit Kajal umrandet? Und warum fällt Emmy das erst jetzt auf?

In diesem Moment taumelt Flo gegen die Wand. Reflexartig greift Emmy nach ihr, um sie zu stützen, aber Flo winkt ab. Mit dem Rücken an der Wand lässt sie sich nach unten gleiten, bis sie auf ihren Fersen sitzt.

»Jens hat also recht, und?« Rod blickt Emmy herausfordernd an.

»Ich kann das noch nicht so genau greifen«, sagt Emmy. »Aber neulich im Wohnzimmer hatte ich auch das Gefühl, dass wir beobachtet werden.«

»Und das sagst du uns *jetzt*?« Jens' Stimme schraubt sich schon wieder in gefährliche Höhen. »Im Wohnzimmer? Wann? Wer? Wieso? Warum hast du nichts gesagt? Kannst du …?«

»Du solltest echt nicht so viele Krimis sehen«, sagt Ann.

»Aber du!«, braust Jens sofort auf. »Du hast natürlich immer ...«

»Wenn ihr nicht sofort aufhört, bin ich weg.« Emmy hat es leise und ruhig gesagt, aber genau das scheint Wirkung zu zeigen.

»Okay«, sagt Rod. »Schlag vor, was wir jetzt tun sollen.«

»Wir beginnen im Wohnzimmer«, sagt Emmy.

»Und was machen wir da?«, fragt Ann spöttisch.

»Uns umsehen«, sagt Emmy schlicht, der es echt auf die Nerven geht, dass Anns Stimmung schon wieder kippt.

»Ich bin dagegen«, sagt Ann prompt.

»Ach!«, braust Rod auf. »Und warum? Darf man das auch erfahren?«

»Weil wir aufhören sollten, uns wie ein Haufen paranoider Spinner zu benehmen.«

Emmy traut ihren Ohren nicht. Hat Ann, ihre Ann, sie gerade als paranoid bezeichnet?

»Paranoid, soso«, sagt Rod gedehnt. »Wer von uns war denn in der Klapse?«

Ann grinst. »Endlich zeigst du dein wahres Gesicht.«

»Ich halte das nicht mehr aus«, wimmert Flo, die noch immer an der Wand lehnt oder vielmehr kauert. »Was ist nur aus uns geworden?«

Emmy geht zu ihr und umarmt sie. »Ist dir nicht gut?«

Flo hebt langsam den Kopf. »Nur ein bisschen müde«, nuschelt sie. »Geht ihr mal allein auf Inspektionstour.«

»Na komm. Wir bringen dich ins Bett«, sagt Ann, die sich neben Flo und Emmy gekniet hat und plötzlich wieder ganz fürsorglich ist. Aus der soll einer schlau werden. Eine.

Dennoch hakt sie Flo unter, als Ann die Freundin in den Stand zieht. Und als sie sich so untergehakt bereits auf dem Weg in Flos Zimmer befinden, sagt Jens: »Und ich hab ihn doch gesehen.«

#53 JAN

Zurück in der Pension lädt Jan als Erstes die Sequenz hoch, in der Jens kokst. Dass Flo in dieser Szene ebenfalls dumm dasteht, lässt sich nicht ändern. Die ersten drei Videos sind noch ein paarmal geklickt worden und es gab noch den einen oder anderen Kommentar, aber nichts Aufregendes, und Jan fragt sich mal wieder, ob sein Material ausreicht, um die Clique bloßzustellen und fertigzumachen.

Er seufzt, steht auf und wirft sich aufs Bett. Dabei fällt sein Blick auf den Käfig. Dass er von einer Wolldecke verhüllt wird, macht es nicht besser. Das ist wie mit dem Elefanten im Raum. Jeder weiß, dass er da ist, aber niemand spricht darüber. Er wird Maira fragen, ob er den Käfig bis zu seiner Abreise in den Keller stellen darf. Und sich dann auch endlich bei ihr entschuldigen.

Er fährt sich mit der Hand über die Augen. Verdammt, ist es wirklich erst einen Tag her, dass er mit Maira in der Höhle war? Ihrer Höhle. Die so gemütlich eingerichtet ist, dass er am liebsten für immer dortgeblieben wäre. Mit Maira. Und was hat er stattdessen gemacht? Sich wie ein Idiot benommen und sie verdächtigt, in seinen Sachen geschnüffelt zu haben und an seinem Computer gewesen zu sein. Ganz große Klasse!

Als Jan sich auf die Seite dreht, knistert etwas in seiner Hosentasche. Er zieht es heraus. Der Strafzettel. Zweihundert Schweizer Franken sind echt knackig. Die Kameras haben schon ein riesiges Loch in sein Budget gerissen. Falsch. Er hat kein Budget. Das Geld für die Kameras stammt aus seinem Sparguthaben für das neue Cello!

Jan reibt sich noch einmal über die Augen. Ob die fünf noch weitere Fotos von ihm gemacht und verbreitet haben? Ob welche davon sogar im Klassenchat aufgetaucht sind? Vielleicht hätte er die WhatsApp-Gruppe nicht verlassen sollen. Aber er hat die Sticheleien einfach nicht mehr ausgehalten, weder die offenen noch die unterschwelligen. Und die vielen Einladungen, bei denen klar war, dass *er* nicht gemeint war.

Natürlich hätte er sich mit Steff und Adrian verbünden können. Drei Außenseiter unter sich. Nur dass er die beiden nicht besonders mag und sie in der Hackordnung noch unter ihm standen.

Jan richtet sich auf. Er sollte sich diese alten Filmschnipsel nicht ständig wieder reindrücken. Die fünf bekommen ihre Strafe. Ende.

Er steht auf. Zeit, zu Maira zu gehen und sich endlich zu entschuldigen.

Als Jan schon an der Tür ist, fällt ihm ein, dass er sein Hemd wechseln sollte. Man riecht, dass er den Nachmittag in einem muffigen Waschkeller ohne Fenster verbracht hat.

Rasch streift er das Hemd über den Kopf und zieht ein frisches aus dem Schrank. Sein vorletztes. Vielleicht sollte er Maira gleich noch fragen, ob es in der Nähe einen Waschsalon gibt oder ob er bei ihr waschen darf.

Als er zum zweiten Mal an der Tür steht, sieht er auf dem Bildschirm, dass schon Kommentare zum Koksvideo eingegangen sind.

Er hastet zum Computer.

Der erste Kommentar ist von MIKRO, also Mike: *Dass du jetzt stattdessen Emmys Freunde ins Visier nimmst, macht es nicht besser! Was bist du nur für ein Schwein?!*

Jans Finger fliegen nur so über die Tasten: *Weißt du, was deine Schwester und ihre tollen Freunde für Schweine sind? Weißt du das? Die haben mein Leben ruiniert! Mir die Schulzeit zur Hölle gemacht. Da ist es doch wohl nur recht und billig, dass ich ...* Der Eingang eines weiteren Kommentars bringt Jan glücklicherweise so rechtzeitig zur Besinnung, dass er den Text ganz schnell wieder löscht.

Der neue Kommentar ist von SPORTSFREUND7 und lautet: *Hut ab! Fake oder real?*

Soll Jan das kommentieren? Soll er überhaupt etwas schreiben oder die Videos lieber für sich sprechen lassen?

Gute Qualität. Welche Kamera verwendest du?, lautet ein Eintrag von MARIA.

Dann rauschen auch schon die nächsten Kommentare rein. *MAYFLOWER*, der oder die zu Beginn geschrieben hat, dass Enthüllungsstorys anders aussehen, scheint zufrieden: *solchen stuff mein ich! clap my hands! weiter so!*

Jan ist erleichtert, dass er anscheinend doch etwas zu bieten hat. Auch wenn er gleichzeitig darüber nachdenkt, was er nachschieben soll.

Auch *SCHWARZEKATZE18* meldet sich zu Wort: *yep! jetzt sind wir eindeutig im strafbaren bereich. dieses mal bist es aber ganz sicher nicht du, der sich strafbar macht.* 😕 😬

Eine Adrenalinwelle rauscht durch Jans Körper ähnlich wie nach einem gelungenen Auftritt, wenn der Beifall aus dem Publikum nach vorne brandet.

Jens war schon immer der Coolste, schreibt jemand und Jan ärgert sich. Aber nur kurz, denn insgesamt läuft alles ganz gut und er kann zufrieden sein. Er hofft nur, dass diese dämliche Harmonie in der Clique nicht allzu lange anhält und die fünf sich ganz bald wieder ordentlich zoffen. Vor allem Rod sollte endlich mal was richtig Dummes anstellen.

#54 EMMY

Der Hochsitz steht am Rand der Lichtung, auf der Emmy am Tag zuvor zusammengebrochen ist. Er wirkt neu und ist ziemlich komfortabel. Die Sitzfläche ist so breit, dass Ann und Emmy bequem nebeneinandersitzen können und der Balken zum Auflegen des Gewehrs lässt sich hoch und runter klappen. Es gibt sogar ein kleines Dach. Aber das Wetter ist ganz wunderbar. Während die Gipfel der Berge in ein rötliches Licht getaucht sind, liegt das Tal bereits im Schatten. Sofern Emmy sich richtig erinnert, die erste Phase des Alpenglühens. Aber letztlich ist es ihr in diesem Augenblick auch völlig egal, wie man das nennt. Ann sitzt neben ihr, sie sind der Enge der Hütte entkommen, und wenn sie nur zu zweit sind, ist sofort alles viel entspannter. Jedenfalls jetzt gerade.

Flo hat tatsächlich ein paar von Emmys Tavor geklaut und Ann und Emmy haben sie ins Bett verfrachtet. Angeblich hat sie es getan, um in eine versöhnliche Stimmung zu kommen und mit Jens Frieden zu schließen, um dem Rest der Clique nicht den Urlaub zu verderben.

Emmy hat den Balken fürs Gewehr nach unten geklappt, die Arme darauf verschränkt und den Kopf auf die Armen gelegt. Ann malt Muster auf Emmys Nacken und fragt: »Nimmst du Flo das ab? Dass die das für uns getan hat?«

Emmy zuckt mit den Schultern. Obwohl die Frage berechtigt ist, will sie sich jetzt nicht damit beschäftigen, sondern sich ganz auf Anns zarte Berührungen konzentrieren, die ihr kleine Schauer durch den Körper jagen. Und Ann scheint über das Schulterzucken hinaus auch keine Antwort zu erwarten, sondern malt einfach weiter auf Emmys Nacken.

»Das war ein Kreis«, sagt sie. Dann wischt sie mit der flachen Hand über Emmys Haut, als fahre sie mit einem Schwamm über eine Tafel.

»Ein Stern«, sagt sie nach der nächsten Zeichnung, wischt sie wieder aus, malt das nächste Zeichen und fragt: »Und was ist das?«

»Ein Herz«, sagt Emmy und hofft im nächsten Augenblick, dass sie sich nicht mal wieder gewaltig geirrt hat, wie schon so oft, wenn es um Ann geht.

Doch Ann küsst Emmy auf die Stelle im Nacken, auf die sie das Herz gemalt hat, und murmelt: »Mein kluger kleiner Kolibri.«

Emmy möchte am liebsten immer so sitzen bleiben. Die Arme auf den Balken gestützt, ganz nah bei Ann, die jetzt Emmys Wirbelsäule entlangfährt und dann die Hände links und rechts der Wirbelsäule auf Emmys Rücken legt und sie auffordert, etwas zu sagen. »Am besten was mit vielen dunklen Vokalen und

Konsonanten«, sagt Ann. »So was wie uuuu, kuuuu, muuuu oder sooooooo. Oder summen.«

Einen Augenblick ist Emmy verwirrt, dann muss sie lachen. Manchmal hat Ann wirklich verrückte Ideen.

»Lachen ist auch gut.« Ann presst ihre warmen kleinen Hände fest auf Emmys Rücken. »Ich wollte einfach nur das Vibrieren spüren.«

Emmy dreht sich zu Ann und dann platzt es nur so aus ihr heraus: »Ich habe null Erfahrung was … Ich meine, wenn es um … Du weißt schon …«

»Wenn es um Mädchen geht?« Ann lächelt verschmitzt.

Emmy nickt, auch wenn sie nicht unbedingt Mädchen sagen wollte.

»Komm her, meine Süße.« Ann umfasst Emmys Gesicht mit den Händen und zieht es so nah an ihr Gesicht, dass ihre Stirnen sich berühren. »Ich habe auch keine Ahnung«, flüstert sie. »Aber lass es uns doch herausfinden.«

Emmy nickt und Ann nickt ganz automatisch mit.

»In der Psychiatrie war ein Mädchen, das dir megaähnlich sah«, sagt Ann und holt dann so tief Luft, als setze sie zu einem wahnsinnigen Geständnis an. Sie lächelt, atmet demonstrativ aus und sagt: »Mit der habe ich schon mal geübt.«

»Heimliche Trainingsstunden. Klingt gut«, sagt Emmy, auch wenn sie ein wenig eifersüchtig ist.

»Im Ernst.« Ann löst ihre Stirn von Emmys, um ihr in die Augen zu sehen. »Was haben wir schon zu verlieren?«

Jede Menge, könnte Emmy sagen. *Ich habe Rod zu verlieren und du Matze.* Aber das stimmt ja längst nicht mehr. Ann hat Matze bereits vor ein paar Wochen verloren und Emmy Rod vor …

Sie weiß es nicht. Sie weiß nur, dass es so ist und sie echt lange gebraucht hat, um es zu kapieren. »Mir ist klar, dass das mit uns … was ganz Besonderes ist«, sagt sie. »Nur …«

»Du bist dir nicht sicher?«, fragt Ann.

Emmy nickt.

»Was Mädchen oder was mich angeht?«

Emmy nickt noch mal. »Ich meine, warum habe ich vorher nie was gemerkt? Nicht nur in Bezug auf Mädchen, sondern in Bezug auf dich. Wir kennen uns schon so lange …« Emmy hält inne. »Wir leben im 21. Jahrhundert. In LGBTQ-Zeiten. Mike ist homosexuell. Ich kenne sogar jemanden, der pansexuell ist.« Emmy schüttelt den Kopf. »Warum bin ich denn nie auf die Idee gekommen, ich könnte auch …?«

»Bin ich die Falsche?«, fragt Ann ganz leise.

Emmy hat sie noch nie so verunsichert gesehen. So voller Selbstzweifel, die ihr jetzt sogar Tränen in die Augen treiben, was ihre braunen Augen allerdings nur noch schöner macht. Intensiv und verletzlich. Und diese zerbrechliche Version ihrer Freundin ist Emmy so neu, dass sie einen Moment lang nicht weiß, wie sie sich verhalten soll. Doch dann zieht sie Ann in die Arme und hält sie, so fest sie kann, auch wenn das auf dem Hochsitz gar nicht mal einfach ist, weil sie ihren Rücken dafür seltsam verdrehen muss. Aber nichts schmerzt in diesem Augenblick. Im Gegenteil. Emmy spürt, wie sich ihr Körper entspannt wie nie zuvor. Als wäre sie endlich angekommen. Und dafür ist sie so dankbar, dass auch ihr die Tränen über die Wangen laufen.

Und dann wischen sie sich gegenseitig die Tränen vom Gesicht und Ann sagt: »Na, wir sind schon zwei Heulsusen, was?« Und dann müssen sie beide lachen.

»Hast du das mit den USA eigentlich ernst gemeint?«, fragt Emmy, nachdem sie sich wieder ein wenig beruhigt haben. »Ich meine, dass wir zusammen dahingehen?«

Ann nickt ohne das geringste Zögern und plötzlich fühlt auch Emmy sich mutig genug, einen solchen Schritt zu wagen.

Doch dieser Mut hält gerade einmal an, bis Ann fragt: »Und wann willst du es Rod sagen?«

#55 JAN

Maira ist in ihrem Büro. Allerdings nicht allein. Bei ihr sind eine Frau um die fünfzig, die Maira wahnsinnig ähnlich sieht, und Ben. Während sich die Frau als Mairas Mutter vorstellt, schlingt Ben seine Arme um Jan. »Buba«, sagt er freudestrahlend. Immer wieder: »Buba.«

Jan blickt unsicher zwischen Ben, Maira und ihrer Mutter hin und her.

»Keine Ahnung, was er meint«, sagt die Mutter und fragt Ben etwas in einem so starken Dialekt, dass Jan nicht die geringste Ahnung hat, was es heißen könnte.

»Ben sagt, dass er dich in einer Hütte im Wald hätt gesehen«, übersetzt Maira.

Jan fängt augenblicklich an zu schwitzen. Wie soll er das erklären? Oder soll er sagen, dass Ben sich getäuscht hat?

Die Mutter sagt wieder etwas, das Jan nicht versteht, und Maira übersetzt: »Die Hütte gehört angeblich einem Deutschen oder besser gesagt Viertelschweizer. Er hat die Hütte von seiner Mutter geerbt. Seine Großeltern stammen wohl aus Meiringen.«

Sein Onkel ist Viertelschweizer? Warum weiß Jan das nicht? Damit stammt ja auch er ein kleines bisschen von hier ab.

»Buba«, sagt Ben wieder und tippt Jan aufgeregt gegen die Brust. Immer wieder tippt er erst sich und dann Jan gegen die Brust. Hin und her. Und dazu sagt er ständig dieses *Buba*.

»Schon gut«, sagt Maira und versucht, ihren Bruder zu beruhigen, der sich zunehmend ins Tippen hineinsteigert. Zu Jan sagt sie: »Manchmal bringt Ben Sachen durcheinander.«

Jan weiß noch immer nicht, wie er reagieren soll. Wenn er abstreitet, in der Hütte gewesen zu sein, stellt er Ben als Lügner hin. Gibt er es hingegen zu, müsste er so einiges erklären. Also beschränkt er sich darauf, verwirrt zu blicken, zumal Maira Ben mittlerweile davon abgebracht hat, auf Jans und seine Brust zu tippen.

Nachdem Ben erst ein wenig beleidigt wirkt, weil ihm niemand zu glauben scheint, macht sich kurz darauf erneut ein Lächeln auf seinem Gesicht breit. »Bären«, sagt er und streicht über seinen Bauch.

Während Maira und ihre Mutter nun vollends ratlos wirken, nickt Jan ganz leicht in Bens Richtung und hofft, dass der es sieht und aufhört. Doch Bens Hand kreist unaufhörlich über seinen Bauch. Er strahlt und sagt: »Buba, Bären.«

»Manchmal weiß man leider wirklich nicht, was er hät.« Maira lacht, auch wenn es nicht ganz so fröhlich klingt wie sonst, und Jan fühlt sich wie ein Verräter.

Ben lächelt unbeirrt und versucht, in Jans Hosentaschen zu greifen, als vermute er dort Gummibärchen oder Chips, was das nächste Wort ist, das er mehrfach wiederholt, bis Maira sagt: »Zeit, dich zurückzubringe.« Sie blickt zu ihrer Mutter, die nickt und anscheinend dafür zuständig ist, Ben zurückzufahren.

Wieder spürt Jan einen Stich, weil er Ben so schamlos verraten hat. »Aber nicht wegen mir«, sagt er schnell. »Ich meine, wegen mir kann Ben gerne bleiben. Ich freue mich immer, ihn zu sehen.«

»Er muss zum Essen eh in der Einrichtung si«, sagt Maira und versucht, Ben davon abzuhalten, weiter seine Hände in Jans Taschen zu stecken.

»Das nächste Mal bringe ich dir Gummibärchen mit«, sagt Jan, um sein schlechtes Gewissen wenigstens ein bisschen zu beruhigen.

»Und Chips.« Ben nickt eifrig und ernsthaft, während er zugleich versucht, sich Mairas Händen zu entwinden, die ihn erst packen und dann kitzeln, als wolle sie die Härte, mit der sie nach ihrem Bruder greift, ein wenig mildern.

»Sag Adé«, sagt sie und Ben sagt: »Adé, adé, adé«, bis Mairas Mutter ihn aus dem Büro geschafft hat und selbst noch einmal winkt.

»Es tut mir leid«, sagt Jan, nachdem sich die Tür hinter den beiden geschlossen hat.

»Was tut dir leid?«, fragt Maira. »Ben ist doch mein Bruder.«

»Oh, nein. Das? Nein!« Er schüttelt den Kopf. »Ich mag deinen Bruder. Wirklich.«

»Ich weiß auch nicht, was in ihn gefahre is, dass er deine Taschen absucht.«

Kurz ist Jan versucht zu sagen, dass er es sehr wohl weiß, doch dann sagt er schnell: »Ich meine, was in der Höhle passiert ist, tut mir leid.«

Maira winkt ab. »Scho' vergesse.« Sie lächelt und dieses Mal ist es wieder ihr gewohntes Grübchenlächeln und Jan fühlt sich gleich viel besser.

Und dann ist Mairas Gesicht plötzlich nur noch wenige Zentimeter von seinem entfernt. Kurz bevor ihr Mund seinen berührt, hält sie jedoch inne, so als warte sie auf Jans Erlaubnis, und Jan spürt, wie sehr er sich nach Maira gesehnt hat, und kommt ihr entgegen, bis ihre Lippen aufeinanderliegen und Jan wieder Aprikosen schmeckt. Dabei muss er seine Lippen wohl zu einem Schmunzeln verzogen haben, denn Maira hält erneut inne und fragt: »Was?« Doch Jan schüttelt den Kopf. Er will einfach nur diese Lippen fühlen und schmecken und alles andere vergessen.

Obwohl er fürchterliche Angst hat, etwas falsch zu machen, drückt er sich eng an Maira, um auch ihre kleinen harten Brüste zu spüren. Am liebsten würde er mit ihr verschmelzen. Er fährt ihr mit den Händen durchs Haar, das viel weicher ist, als es aussieht. Er spürt ihren stoßweißen warmen Atem und die zarte Zunge, mit der sie seinen Mund erkundet.

Es kommt ihm wie ein Wunder vor, dass Maira sich ausgerechnet für ihn interessiert. Doch als sie ihre Hände unter sein Hemd schiebt, setzt sein Verstand glücklicherweise aus. Jan konzentriert sich nur auf Maira und ihre samtene Haut.

Und weil es beim ersten Mal ganz gut funktioniert hat, schiebt auch er seine Hände wieder unter Mairas T-Shirt und stellt erstaunt fest, dass sie dieses Mal keinen BH trägt. Und ihre Brüste passen noch immer ganz wunderbar in seine Hände und … In diesem Moment bellt ein Hund im Gang und gleich darauf klopft es an der Tür.

Maira legt Jan einen Finger auf die Lippen, auch wenn der gar nichts sagen will und es vielmehr Maira ist, die ihr Kichern nur mühsam unterdrücken kann.

Nach dem dritten Klopfen streicht Maira ihr T-Shirt glatt und Jan tut es ihr gleich. Dann öffnet Maira die Tür und das Paar, an dem Jan neulich an der Rezeption vorbeigeschlichen ist, stürmt ins Zimmer, als gehöre die Pension ihnen. Ihr Hund kläfft wie wahnsinnig und stürzt sich sofort auf Jans Schnürsenkel. Keiner der beiden unternimmt etwas, um ihn davon abzuhalten. Jan hebt den Fuß und versucht, den Hund abzuschütteln, aber der hat sich mittlerweile in den Schuh verbissen. »Entschuldigung, hallo«, sagt Jan, während er versucht, das Gleichgewicht zu halten.

Plötzlich pfeift Maira so schrill durch die Zähne, dass der Hund von Jans Schuh ablässt und das Paar einen Moment lang vergessen zu haben scheint, warum es gekommen ist. Doch da streckt Maira ihnen bereits einen Umschlag entgegen, der wahrscheinlich die Rechnung enthält. Ihr Englisch ist perfekt, ihr Auftreten professionell. Nichts lässt erkennen, dass sie eben noch knutschend hinter der Tür standen.

Nachdem das Paar gegangen ist, zieht Maira Jan wieder an sich und küsst ihn beinahe gierig. »I würd so gern mit dir in mein Zimmer gah«, flüstert sie ihm ins Ohr und in diesem Augenblick erkennt Jan, dass Flüstern total heiß sein kann, sofern es von der richtigen Person kommt. »I hab aber gleich noch es Meeting.« Maira knabbert spielerisch an Jans Ohr. »Das kann i unmöglich verpassen.« Sie lässt von seinem Ohr ab und blickt auf die Uhr. »Oh je.« Hektisch greift sie nach ihrer Tasche. Jan fühlt sich noch immer etwas betäubt und hat das Gefühl, im

Weg zu stehen. Obwohl er bedauert, dass Maira wegmuss, ist er erleichtert, da ihm das Zeit verschafft, seine Gedanken erst mal zu sortieren.

#56 EMMY

Pünktlich um neun trifft die Clique bei der Lohnkutscherei in Meiringen ein. Die Kutsche steht bereit, die Pferde sind angeschirrt. Auf dem Bock können neben dem Kutscher zwei Personen sitzen. Hinten passen vierzehn Passagiere rein, seitlich zur Fahrtrichtung und von einer Art Baldachin mit roten und gelben Troddeln beschirmt. Rod zieht Emmy zum Kutschbock. »Los, wir sitzen vorn.« Er sprüht vor Übermut, als sei das seine erste Kutschfahrt, dabei haben er und Emmy im Schwarzwald schon mal eine gemacht haben.

Der Kutscher lacht. »Schön, dass du Ronja und Vera auf die Ärsche sehen willst, aber vorne haben nur zwei schmale Personen Platz. Sonst passe ich nicht mehr dazu.«

Rod macht ein enttäuschtes Gesicht. Der Kutscher wendet sich an Emmy. »Wenn du magst, kannst du mit deiner Freundin nach vorn.« Dabei zwinkert er Ann zu, die sich an diesem Tag ein smaragdgrünes Tuch um die schwarzen Haare gebunden hat und wie Mitte zwanzig aussieht, souverän und schön, sodass Emmy gut versteht, dass der Kutscher sie fasziniert ansieht.

Rod, der das ebenfalls zu bemerken scheint, murmelt etwas von: »Ist ja mal wieder typisch«, macht aber Platz.

Als Ann nach Emmys Hand greift, um sie auf den Kutschbock zu ziehen, sieht es einen Augenblick so aus, als wolle Rod sie daran hindern. Was er dann allerdings doch nicht tut.

Der Kutscher, der trotz seiner Bewunderung für Ann, seine Kundschaft nicht verärgern will, verspricht Rod, dass er auf der Rückfahrt neben ihm sitzen dürfe. Dann schnappt er sich die Zügel und schnalzt mit der Zunge. »Los, Vera. Los, Ronja. Hopp!«

Er erklärt Emmy und Ann, dass Vera die jüngere Stute ist und noch nicht gefohlt hat, weswegen sie übermütiger ist als Ronja und gern mal ausschert.

Ann drückt Emmys Hand und flüstert ihr ins Ohr: »So ist es ab jetzt immer.« Sie wirkt wie ausgewechselt, als habe jemand einen Schalter umgelegt, und Emmy hofft, dass die positive Stimmung wenigstens mal eine Zeit lang anhält.

»Sieh nur die Dotterblumen«, sagt Ann. »Haben die ihren Namen, weil die so gelb wie Eidotter sind?«

Emmy lacht und schüttelt den Kopf. »Keine Ahnung.«

»Herr Kutscher?« Ann beugt sich vor, um dem Mann in die Augen zu sehen. Sie kann es echt nicht lassen, auch wenn Emmy weiß, dass der Mann absolut nicht ihr Fall ist.

Doch der Kutscher scheint sich geschmeichelt zu fühlen. »Das lese ich bis zur nächsten Tour nach, junges Fräulein«, sagt er und Emmy fragt sich, ob seine schmierige Art wohl bei irgendeiner Frau funktioniert.

Der Tag ist der wärmste, seit sie angekommen sind. Obwohl es erst elf Uhr ist, ist das Thermometer bereits auf dreißig Grad geklettert. Immer wieder verjagt der Kutscher mit den Zügeln Pferdebremsen. Er erklärt, dass es zwar Mückenspray für Pferde gebe, das aber nichts bringe, weil die Tiere das sofort wegschwitzen würden. Er schafft es tatsächlich, auch das anzüglich klingen zu lassen, und Emmy hat Mühe, keinen Lachanfall zu bekommen. Zumal sie spürt, dass Anns Schultern verdächtig zucken, so als könne auch sie sich nur mühsam beherrschen.

Emmy blickt nach hinten. Rod sitzt mit versteinerter Miene neben Flo und Jens, die ebenfalls nicht besonders glücklich wirken. Emmy hat keine Ahnung, ob in der Nacht noch etwas passiert ist, aber die Tavor hat sie auf jeden Fall aus ihrer Toilettentasche genommen. Natürlich wird sie Flo welche geben, wenn die sie wirklich braucht. Aber, du meine Güte, Emmy hat die Tabletten von ihrer Ärztin verschrieben bekommen. Für den absoluten Notfall. Die kann Flo nicht einfach wie Smarties schlucken. Wieder kommt Emmy der Gedanke, um wie viel schöner und einfacher es wäre, wenn nur sie und Ann hier wären. Allein in der Hütte, allein auf dem Kutschbock. Dann könnten sie sich jetzt küssen und auch dem Kutscher wäre sofort klar, dass er bei Ann keine Chancen hat und …

»Woran denkst du gerade?«, flüstert Ann und küsst dabei ganz schnell Emmys Ohr.

Emmy stockt der Atem. Wieder dreht sie sich um. Aber Rod blickt die Baumallee entlang und sagt etwas zu der Frau, die ihm gegenübersitzt.

»Alle, die nicht fußkrank sind, bitte kurz aussteigen«, sagt der Kutscher. »Das Stück ist zu steil, als dass Ronja und Vera alle ziehen könnten.«

Rod springt sofort aus dem Wagen und kommt zu Emmy nach vorne. Sie kann ihre Hand gerade noch aus Anns ziehen. Wie sie dieses Versteckspiel hasst!

Rod küsst sie auf die Wange und Emmy betet, dass seine Zärtlichkeiten nicht zu einem negativen Stimmungswechsel bei Ann führen oder dazu, dass sie mit irgendetwas herausplatzt, bevor Emmy mit Rod geredet hat.

Bis auf einen jungen Mann, dessen Rollstuhl am Rand des Pferdewagens hängt, steigen alle aus. Jens bietet sich sogar an, den Wagen zu schieben. Doch das erweist sich als unnötig und die kurz aufgeflammte Energie weicht sofort wieder aus Jens' Körper. Mit hängenden Schultern trottet er hinter dem Wagen her und Emmy würde ihn am liebsten anschreien: *Jetzt reiß dich mal zusammen.* Sie ist in einer seltsamen Stimmung. Wegen Ann möchte alles in ihr jubilieren und zugleich ist sie absolut genervt von allem, was sie davon abhält, genau dieses Hochgefühl auszuleben.

Die Baumallee, durch die sie laufen, wurde vom Großvater des Kutschers gepflanzt. Jedenfalls erzählt er das. Anns Frage dagegen, warum die Bäume auf allen Seiten Moos haben, statt nur auf der Wetterseite, kann er nicht beantworten. Rod hält die ganze Zeit über Emmys Hand, was unangenehm ist, da seine Hand total verschwitzt ist. Außerdem hat Emmy das Gefühl, dass er es nur macht, um seine Besitzansprüche deutlich zu machen. Die es so natürlich nicht gibt und nie gegeben hat. Doch als sie ihm die Hand entziehen will, hält er nur noch fester. Und Emmy lässt es zu, wie sie in den letzten Monaten so einiges zugelassen hat. Zum Ausgleich streift sie jedoch trotzig immer wieder die Hand von Ann, die auf ihrer anderen Seite läuft.

»Der wird immer unerträglicher«, flüstert Ann, als sie wieder einsteigen dürfen, und Emmy muss ihr zustimmen, auch wenn sie an Rods Launen natürlich nicht ganz unschuldig ist. Vielleicht sollte sie mit ihrer Enthüllungsstory lieber bis nach dem Urlaub warten, damit Rod nicht komplett ausrastet.

Immerhin scheint der Kutscher mittlerweile eingesehen zu haben, dass es sinnlos ist, Ann mit seinem nicht vorhandenen Charme einzuwickeln, denn er lässt sie ihn Ruhe, bis sie den Berggasthof erreichen.

»Brezen mit Weißwurst«, sagt Rod, als er die Speisekarte studiert. »Ich dachte, das ist bayrisch.«

»Nur mit einer Maß Bier dazu«, sagt Jens und bestellt genau das, eine Maß Bier und Weißwurst mit Brezel.

Flo, die Nusskipferl und Cappuccino bestellt, wirft ihm einen warnenden Blick zu, den Jens mit einer Unschuldsmiene quittiert. Er zeigt auf Rod, nach dem Motto: Was denn? Der nimmt das doch auch.

Rod wiederum wirkt total angepisst, als sich Ann und Emmy eine Brotzeit teilen. »War ja klar«, murmelt er, findet jedoch keine Beachtung.

Am Nebentisch trifft eine Familie mit zwei Kindern und vier Hunden ein. Nur einer der Hunde, alles Chihuahua, wenn Emmy sich nicht täuscht, läuft, die zwei anderen sitzen in einem Korb und einer lugt aus einem Rucksack.

»Können die nicht selbst laufen?«, fragt Rod viel zu laut und aggressiv.

Emmy weiß, dass die Hunde ihm lediglich als Blitzableiter dienen. Sie spürt, wie sie rot wird und sich schämt. Aber die Hundebesitzerin scheint die Frage schon zu kennen und erklärt extrem freundlich und geduldig, dass die Pfoten der Hunde vom Schotterweg wund seien und es deswegen besser sei, sie zu tragen.

Ann ist aus ihrem Schuh geschlüpft und streichelt Emmys Spann mit ihrem Fuß. Emmy hält den Atem an. Der Holztisch hat Ritzen, man kann ihre Füße sehen.

Aber niemand blickt nach unten. Rod schon gar nicht. Der hat, wie Jens auch, bereits seine zweite Maß bestellt und Jens fängt wieder davon an, dass sie die Hütte untersuchen müssen, sobald sie zurück sind. »Ich werd euch beweisen, dass Jan da war«, sagt er, wobei er schon wieder dermaßen verwaschen spricht, dass Emmy sicher ist, dass er neben dem Bier noch was eingeworfen hat.

Flo scheint es ebenfalls zu merken. Ihre Finger sind so um ihre Tasse gekrampft, dass die Knöchel weiß hervortreten. Dazu stopft sie mechanisch ihr drittes Croissant in sich rein. Sie kaut gar nicht richtig, sondern schluckt nur, so heftig, dass Emmy schon der Anblick in der Kehle schmerzt. Aber sie möchte sich diesen Tag nicht verderben lassen. Sie haben gerade eine wunderbare Kutschfahrt gemacht und sitzen bei einer zünftigen Brotzeit. Warum können sie das alles nicht einfach mal genießen?

Während Flo zur Toilette geht, nimmt Emmy sich vor, mit Ann noch einmal allein hierherzukommen. Entweder vor oder nach Amerika. Sofern das mit ihnen klappt. Natürlich können sie dann nicht wieder in die Hütte von Jans Onkel, aber …

Flo kommt von der Toilette. Ihr Atem riecht säuerlich, ihre Kiefermuskeln sind angespannt. Wahrscheinlich hat sie die Croissants wieder ausgekotzt. »Los, ein Foto für den Blog«, sagt sie.

Emmy kann es nicht fassen. Jetzt mal eben alle lächeln?

#57 JAN

Die fünf haben die Hütte bereits verlassen, als Jan sich in die Zimmer schaltet. Sicher sind sie wegen der Kutschfahrt so früh aufgebrochen. Jan hat die Websites der Anbieter gecheckt, die Abfahrtszeiten liegen alle um neun oder halb zehn. Er reckt sich, fühlt sich total steif. Obwohl Maira ihm nicht böse war und sie sich immer näherkommen, hat er schlecht geschlafen. Er erinnert sich nicht mehr an alles, aber er hat davon geträumt, mit einem Mädchen zu schlafen. Leider hat er sich dabei ziemlich linkisch angestellt. War das Maira im Traum? Oder Emmy? Oder jemand ganz anderes? Das ist das Problem mit Träumen. Nie kann man sich sicher sein. Bisher läuft jedenfalls alles nach Plan, auch wenn das große Finale noch aussteht. Jan wird gleich noch einmal zur Hütte fahren. Vielleicht hat Emmy ihr Handy dagelassen. Dann kann er checken, ob Mike sich wieder gemeldet hat.

Jan geht auf YouTube. Auf dem Kanal sind neue Kommentare eingegangen.

MAYFLOWER: Du musst nachliefern! Wie gehts weiter? Sind die überhaupt noch in der Hütte? Schalt mal live!

SCHWARZEKATZE18: schließ mich an. lass uns entscheiden, was wir sehen wollen. ohne zensur.

SASA: Ihr seid pervers! Einfach nur pervers!

MAYFLOWER: gehörst du zu den Betschwestern, oder was?

MIKRO: Was würdet ihr schreiben, wenn es um euch ginge!

MAYFLOWER: Krass! Perfektes Deutsch. Konjunktiv und so. 😉

JASMIN: Hätte ich gewusst, was hochgeladen wird, hätte ich den Link nicht geteilt.

MAYFLOWER: Noch eine, die den Konjunktiv beherrscht. Glückwunsch.
SCHWARZEKATZE18: poser. beherrschen einfach alles.
SASA: Du scheinst jedenfalls nichts zu beherrschen. Dem Inhalt nach ein Typ und nennt sich KATZE. Super!

Jasmin hat sich also endlich auch zu Wort gemeldet. Sogar unter ihrem richtigen Namen. Aber sie lügt. In der Schülerzeitung hat sie alles geteilt, egal, wie dreckig die Wäsche war. Dabei fällt Jan ein, dass er in der Hütte ein kleines Video drehen könnte, mit der blutigen Bettwäsche und so. Sofern die fünf die jetzt nicht doch schon gewaschen haben. Oder er schaltet die Kameras tatsächlich live. In jedem Fall muss er bald liefern, da haben *MAYFLOWER* und *SCHWARZEKATZE18* recht. Er könnte natürlich die Sequenz hochladen, in der Rod und Ann sich ohrfeigen und Rod fragt, wer von ihnen in der Klapse war. Aber dafür müsste er alles rausschneiden, was mit ihm zu tun hat. Außerdem waren die Ohrfeigen ja keine richtigen, sondern aus Versehen und reflexhaft. Besser, er findet brisanteres Material.

Als Jan aufsteht, fällt sein Blick wieder auf den Käfig. Schließlich schnappt er ihn sich und geht zu Maira, deren Bürotür sich öffnet, bevor er klopfen kann.

Maira trägt eine weiße Bluse und einen kurzen schwarzen Rock, hat Make-up aufgelegt und die Haare hochgesteckt. Jan überlegt, ob er ihr zur Begrüßung einen Kuss geben soll, als er ihre Mutter im Hintergrund sieht. Also kein Kuss. Zumal Maira angespannt wirkt. Vielleicht steht eine Inspektion bevor. Oder wichtige Gäste kommen. Maira lächelt zwar, aber auf ihren Wangen sind keine Grübchen zu sehen und das Lächeln erreicht ihre Augen nicht. Hat Jan etwas falsch gemacht? Oder liegt es an der Anwesenheit der Mutter oder … Maira wirkt ungeduldig und Jan fühlt sich so unter Druck, dass er plötzlich nicht mehr weiß, was er überhaupt von ihr wollte. Bis Maira auf den Käfig zeigt.

»Das ist der Käfig, Isangs Käfig. Ich wollte fragen, ob …«

Er ist kurz davor, unverrichteter Dinge wieder abzuziehen, als Maira sagt: »Ich stell ihn unter.«

Jan nickt dankbar, fragt sich aber zugleich, ob an seinem Traum vielleicht doch etwas dran ist und Maira gerade dabei ist zu erkennen, dass er nichts für sie ist und … Weil er den Käfig noch immer in der Hand hält, greift Maira danach. »Alles okay?«, fragt sie und auch ihre Mutter blickt so besorgt, dass Jan schnell nickt und etwas sagt wie, dass er in die Stadt müsse und am Abend noch mal komme.

Dann hastet er den Flur entlang, stürzt aus der Pension, geht zum Toyota, setzt sich auf den Fahrersitz und legt die Hände aufs Lenkrad. Er sieht, dass sie zittern, auch wenn er es nicht spürt. Als wären sein Körper und sein Gehirn entkoppelt. Er hat sich gerade zum absoluten Idioten gemacht. Was um alles in der Welt hat ihn so gelähmt? Mairas Mutter? Mairas kühles Auftreten? Der Traum?

»Hört auf zu zittern!«, schreit er seine Hände an, die ungerührt weiterzittern. Er schlägt aufs Lenkrad. Die Hände zittern weiter. Er klemmt sie unter seine Oberschenkel und spürt, wie ihm die Tränen über die Wangen laufen. Von wegen, bisher läuft alles nach Plan. Er hat absolut nichts, was er auf seinem Kanal nachliefern kann. Und warum heult er jetzt? Er ist nicht traurig, sondern wütend. Verdammt wütend! Sein Plan darf nicht scheitern! Dafür hat er zu viel Zeit und Geld investiert. Er darf die fünf nicht davonkommen lassen. Er muss noch einmal zur Hütte und Material sammeln.

#58 EMMY

Da ihnen bis zur Rückfahrt noch zwei Stunden bleiben, laufen sie am Bach entlang. Emmy weiß nicht, ob sie besser schnell oder langsam laufen soll, um Rod zu entkommen, der immer wieder nach ihrer Hand greift.

»Sieh nur, diese Blumenwiesen.« Flo schießt ein Foto nach dem anderen. Es macht den Eindruck, als habe sie den festen Willen, den Blog nach dem Urlaub wieder voll in Angriff zu nehmen. Ist das der Deal mit Jens? Dass Flo in Deutschland studiert, Big Daddy zahlt und Flo weiter den Blog betreibt? Und wo kommt Emmy in dieser Gleichung vor? Warum spricht Flo nicht mit ihr?

»Los! Hier ein Foto von uns allen zusammen.« Flo zeigt auf eine Holzbrücke, die über den Bach führt.

»Sollten wir nicht erst mal überlegen, ob und wie …« Weiter kommt Emmy nicht, denn da wird der Rollstuhlfahrer, der mit ihnen in der Kutsche saß, von seiner Mutter über die Brücke geschoben, und Flo ist sofort Feuer und Flamme. »Sie müssen unbedingt mit aufs Foto«, sagt sie und wüsste Emmy nicht, was in den letzten Tagen vorgefallen ist und wie Flo drauf war, würde sie in ihr nur ihre energiegeladene Freundin sehen. Aber so?

»Meinen Sie wirklich?«, fragt die Frau. Doch der Junge, der kaum sprechen kann und einen Krampfanfall zu haben scheint, ist begeistert.

Emmy ist so was von wütend. Was macht Flo da? Will sie diese beiden Menschen dafür missbrauchen, um auf ihrem Blog zu zeigen, wie offen, tolerant und sozial sie ist? Das haben sie doch noch nie gemacht! Und wenn Flo das Konzept ihres gemeinsamen Blogs verändern will, dann sollte sie verdammt noch mal vorher …

»Komm«, sagt Flo, die allen bereits Anweisungen gegeben hat. Unter anderem Jens und Rod, die den Rollstuhl anheben sollen, sodass der Junge schwebt, was ihm mächtig Spaß zu machen scheint. Emmy soll sich vor den schwebenden Rollstuhl knien und sie weiß, dass es keinen Sinn hat, jetzt ein Fass aufzumachen. Der Junge mit der Behinderung ist außer sich vor Freude und Emmy glaubt, auch in den Augenwinkeln der Mutter eine Träne zu sehen. Also kniet sie sich vor den Rollstuhl und lächelt.

Nachdem Mutter und Sohn sich bis zu ihrer Rückfahrt verabschiedet haben, zieht Emmy Flo beiseite. »Sag mal, spinnst du?«

Flo fährt sich mit einer überheblichen Geste durch ihre blonden kurzen Haare, die sie heute zu Stacheln gegelt hat. »Wir können den Blog ruhig ein wenig sozialer gestalten«, sagt sie. »Dieses ganze Livestylegedöns geht mir nämlich ganz schön auf die Nerven.« Sie blickt abfällig auf Emmys Schuhe. »Du bist natürlich Verpflichtungen eingegangen.«

»Wir«, sagt Emmy. »*Wir* sind Verpflichtungen eingegangen.«

Okay. Ruhig atmen und bis zehn zählen.

Doch schon bei drei platzt Emmy der Kragen. »Das ist *unser* Blog! Ich weiß nicht, was in dich gefahren ist, dass du …«

»Natürlich ist das *unser* Blog«, sagt Flo. »Na und?« Sie zuckt mit den Schultern, nimmt die Kamera und tut, als fotografiere sie eine Silberdistel.

Emmy packt Flo an der Schulter und reißt sie rum. »Jetzt hör mir mal gut zu!« Doch sie hat so heftig gezogen, dass Flo das Gleichgewicht verliert und stürzt. Ein hässliches *Krack* verrät Emmy, dass die Kamera auf einem Stein gelandet ist. Einen Augenblick lang ist Emmy wie erstarrt, dann beugt sie sich zu Flo, um ihr aufzuhelfen. »Es tut mir leid«, sagt sie. »Es tut mir so leid. Was ist mit der Ka…«

Flo schlägt Emmys Hände weg und zischt: »Fass mich nicht an!« Sie checkt die Kamera. Ihrer Miene nach scheint alles in Ordnung zu sein.

»Bitte verzeih mir.« Emmy schluchzt.

»Lass mich einfach nur in Ruhe«, sagt Flo, wobei sie nicht mehr ärgerlich, sondern vielmehr verzweifelt klingt.

Emmy setzt sich neben die Freundin auf den Boden. »Was ist wirklich los?«, fragt sie leise.

Flo zuckt mit den Schultern.

Mit einem Mal kommt Emmy ein Gedanke. »Weil ich das Tavor aus meiner Toilettentasche genommen habe?«

»Es geht doch nicht ums Tavor.« Flos Unterlippe bebt. »Es ist, weil alles irgendwie aus dem Ruder läuft.«

»Ach, Süße.« Emmy streichelt Flo über den Rücken. »Aber ja, du hast recht. Alles läuft aus dem Ruder.«

»Nicht, was du meinst«, sagt Flo. Jetzt bebt ihr ganzer Körper und die nächsten Worte stößt sie so schnell hervor, dass sie sich wie eins anhören: »Ichfühlmichwieeinehure.«

#59 JAN

Jan sitzt noch eine Weile hinter dem Lenkrad und fragt sich, was eigentlich los ist. Einmal glaubt er, Maira am Fenster zu sehen, ist sich aber nicht sicher. Vermutlich fühlt er sich so mies, weil er Isangs Käfig weggegeben hat, Maira ihm so fremd vorkam und er sie möglicherweise mehr mag, als er sich bisher eingestehen wollte. Und außerdem fehlt ihm brisantes Material.

Jan startet den Motor, als er spürt, dass sein Handy in der Hosentasche vibriert. Er macht den Motor wieder aus und liest: *Vielleicht schaffe ich es zu eurem Abschlusskonzert in Budapest.* 🌟 ♀ ☺

Jans Herz hüpft vor Freude. Wahnsinn! Seine Mutter will extra früher von der Kongressreise zurückkommen, um ihn spielen zu hören. Das ist einfach … saudumm. Mist ist das. Er kann ja schlecht versuchen, seiner Mutter auszureden, zum Abschlusskonzert zu kommen. Nicht wenn sie dafür extra … Nein, das geht nicht. Er könnte höchstens versuchen, das hier so schnell wie möglich zu Ende zu bringen, sodass er es noch schafft, beim letzten Konzert in Ungarn mit dabei zu sein.

Unsinn. Der Dirigent hat einen Ersatzcellisten engagiert. Nachdem Jan ihm was vom Pfeifferschen Drüsenfieber erzählt hat. Hochansteckend und so. Zudem langwierig. Jan hat sich verantwortungsvoll gegeben. Nach dem Motto, er wolle die anderen nicht gefährden und so. Da kann er jetzt schlecht am Ende der Reise plötzlich kerngesund wieder auftauchen.

Er steckt das Handy zurück in die Hosentasche. Darum wird er sich später kümmern. Ein Problem nach dem anderen. Jetzt ist erst einmal die Clique dran. Jan braucht Material für seinen Kanal und das möglichst bald.

Wieder startet er den Motor und blickt noch einmal zum Gasthof. Jetzt steht Maira tatsächlich am Fenster und winkt. Obwohl sie lächelt, wirkt sie angespannt, die Schultern hochgezogen.

Jan winkt zurück, lächelt ebenfalls. Wahrscheinlich wirkt er nicht viel entspannter als sie, auch wenn er sein bestes Konzertlächeln aufsetzt.

Er fährt durch Schattenhalb und die Landstraße entlang zur Schranke. Heute erlaubt er sich noch, dort zu parken, da die fünf mit hoher Wahrscheinlichkeit auf dieser Kutschfahrt sind. In den kommenden Tagen wird er sich einen anderen Parkplatz suchen. Sicher ist sicher.

Kurz bevor er die Hütte erreicht, sieht er ein paar rote und grüne Gummibärchen auf dem Weg. Dass er Ben als Lügner hingestellt hat, nagt noch immer an ihm. Die Alternative wäre jedoch gewesen, sich zu verraten. Und ein schlechtes Gewissen hilft jetzt niemandem. Jan muss sich darauf konzentrieren, etwas zu finden, das seine Zuschauer bei der Stange hält. Er muss seine Mission zu Ende bringen.

Im Flur und in der Küche ist alles ordentlich und sauber, die ehedem blutige Bettwäsche hängt gewaschen im Wohnzimmer.

Ob Jan die Stringtangas der Mädchen, die er bei seiner ersten Hütteninspektion gefunden hat, auf einen Haufen werfen und sich dazu eine Story ausdenken soll? Doch dazu müsste er selbst im Bild erscheinen oder zumindest etwas sagen und das Risiko will er lieber nicht eingehen.

Das Koks! Wenn er Jens' Koks doch noch findet, könnte er davon ein paar Fotos machen.

Obwohl auch das eher unspektakulär ist. Am Ende würden seine Fans noch sagen, es handele sich um Mehl.

Ein Haufen Pillen?

Obwohl das Tavor vermutlich eher Mitleid erregt, von wegen Angst- und Panikstörung und so.

Auf der Suche nach einer zündenden Idee steigt Jan die Stufen nach oben und betritt das Hirschzimmer. Es geht ihm nach wie vor um Emmy, wenn auch auf andere Art und Weise als zu Beginn. Da ist nicht mehr diese Verliebtheit und Jan hat auch nicht mehr das Gefühl, dass er Emmy oder sich etwas beweisen muss. Jetzt geht es eher um die vielen kleinen Kränkungen, die sie ihm über so lange Zeit hinweg zugefügt hat und die er erst so richtig spürt, seit er Maira kennt und weiß, wie es sein kann.

Auf dem Tisch liegt nichts. Weder ein Handy noch ein Notizbuch. Das ganze Zimmer wirkt, als sei es vor Kurzem aufgeräumt worden. Jan tritt ans Kopfende und öffnet die Nachttischschublade auf Emmys Seite. Oha! Ein Notizbuch. Beinahe ehrfürchtig klappt er das schmale rote Büchlein auf. Ein einziger Eintrag. Vielleicht hat sie es deswegen nicht versteckt. Weil sie gerade erst damit begonnen hat.

Jan betrachtet Emmys geschwungene, fast gemalte Schrift. Sogar an der Tafel war das so. Während Jans Schrift krakelig war und schräg nach unten wegrutschte, sah Emmys Schrift immer aus wie Kalligrafie.

Es ist mal wieder an der Zeit, meine alte Fähigkeit zu aktivieren. Mich aus meinem Körper zu beamen. Dann kann Rod ihn anfassen, wo er will. Weil es nicht mehr mein Körper ist. Ich will das nicht. Natürlich nicht. Aber was soll ich machen? Hier? Jetzt? Ohne alle zu enttäuschen? Ich muss durchhalten. Nur noch eine Woche.

Jan lässt das Büchlein sinken. Ihre alte Fähigkeit? Hatte Emmy es in ihrem Leben schon öfter nötig, sich aus ihrem Körper zu beamen? Deswegen das Tavor?

Jan weiß noch viel weniger über Emmy, als er gedacht hat. Nur eins weiß er jetzt mit Sicherheit. Dass Emmys Leben ganz anders ist, als das, was sie ihren Followern auf ihrem Blog weiszumachen versucht.

Fast hat Jan ein wenig Mitleid. Kurz kommt ihm sogar die Frage in den Sinn: Warum verdammt noch mal wehrt sie sich nicht gegen Rod oder wer auch immer ihr schadet? Doch schon im Bruchteil einer Sekunde taucht die Antwort in seinem Gehirn auf: Er selbst hat sich schließlich auch nie gewehrt.

Jan legt das Büchlein zurück in die Nachttischschublade und hofft, die Kordel, mit der es zugebunden ist, genau so wieder um das Buch geschlungen zu haben, wie es war.

Im Schrank findet er Emmys Handy. Versteckt in einem Paar Socken. Hat sie gemerkt, dass Jan an ihrem Handy war? Oder, besser gesagt, jemand? Oder hat sie es wegen der Krise mit Rod versteckt? Aber warum hat sie das Tagebuch dann in den Nachttisch gelegt? Wo man es sofort findet. Oder will sie, dass Rod es findet? Will, dass er erfährt, dass sie sich so gefühllos wie ein Stück Holz macht, wenn er sie berührt? Will sie ihre Beziehung auf diese Weise zu einem Ende bringen, weil sie es anders nicht schafft?

Jan holt das Handy aus den Socken. Der Code ist noch der gleiche. Also muss das mit dem Tagebuch Absicht sein. Denn wenn Emmy den Verdacht hätte, dass Rod herumspioniert, und sie das hätte verhindern wollen, hätte sie doch den Code geändert.

Wie auch immer. Jan kann es nur recht sein. Wieder sind ein paar Nachrichten eingegangen, die Emmy nicht abgerufen hat. Jan klickt den Chat mit Mike an, der seit fünf Tagen genau genommen kein Chat, sondern eher ein Monolog ist. Einer mit einer extrem alarmierenden Botschaft: *Keine Ahnung, was bei euch los ist. Aber das mit dem Koks ist echt 'ne Nummer zu krass. Setz mich morgen in den Zug nach Meiringen. Sara kommt mit. Eltern habe ich bisher nichts gesagt.*

Scheiße. Scheeeeiße! Jan ist kurz davor, das Handy an die Wand zu werfen, als ihm gerade noch rechtzeitig einfällt, dass es Emmys Handy ist.

Mikes Nachricht wurde vor zehn Minuten gesendet. Entweder hat Mike eine Nacht für die Entscheidung gebraucht oder er hat das Video erst jetzt gesehen. In jedem Fall bleiben Jan nur noch etwa anderthalb Tage. Wenn Mike tatsächlich am nächsten Morgen losfährt, wird er am Abend in der Hütte sein, außer …

Alles okay, tippt Jan. Dann fragt er sich, ob Emmy *okay* oder *o. k.* schreiben würde. Er scannt den Chat und korrigiert: *Alles o. k.*

Er liest noch einige andere Chats und schreibt weiter: *Alles o. k. Täter gefasst. Kameras entfernt. Erzähl dir alles, wenn zurück. Komm bloß nicht! Das würde alles ruinieren.*

Noch einmal liest er die Nachricht und drückt auf Senden. Besser, als nichts zu schreiben. Denn dann kommt Mike auf jeden Fall. So besteht immerhin die Chance … *Muhh.* Emmys Nachrichtenton ist ein Muh? Egal. Jan hat Glück, dass Mike online ist.

Mike: Was verdammt? Das ist doch völlig gaga. Ich mache mir SORGEN.

Oh Mann. Und jetzt? Immerhin scheint Mike die erste Nachricht geschluckt zu haben. Jan muss schnell antworten, damit Mike nicht misstrauisch wird. Bevor er jedoch einen einzigen Buchstaben tippen kann, klingelt das Handy. Panisch drückt er den Anruf weg und tippt wie ein Wahnsinniger: *Nicht anrufen! Sind doch im digital detox. Alles im grünen Bereich. Vertrau mir. Das alles ist ein einziges Abenteuer. Eine Art Spiel.*

Mike ist weiterhin online, schreibt aber nicht, und es vergehen ganze zwei Minuten, bis die erlösende Nachricht endlich auf dem Display erscheint: *Also gut. Auch wenn ich euer Spiel echt seltsam finde.* 😒 *Wenn jedoch ein einziges weiteres Video auftaucht, setz ich mich in den Zug!*

Jan schickt 👍 und wartet.

Aber Mike geht offline.

Jan schaltet Emmys Handy aus und steckt es zurück in die Socken. Er hat jetzt also eine letzte Chance für einen richtigen Knaller. Kann sein, dass er es sogar noch schafft, zwei Videos hochzuladen, aber zu mehr wird er nicht kommen, wenn Mike nach dem nächsten Upload tatsächlich in den Zug steigt. Wenn.

#60 EMMY

Auf der Rückfahrt sitzt Rod neben Emmy. Immer wieder drückt er ihren Oberschenkel. Als wolle er Emmy seine Unterstützung signalisieren. Dabei braucht sie die gar nicht. Flo und sie haben sich gezofft. Na und? Emmy ist ja wohl alt genug, das allein auszutragen. War ohnehin fällig, dass sie über den Blog reden. Auch wenn Emmy da ein etwas anderes Gespräch im Sinn hatte. Das, was Flo am Ende gesagt hat, versucht sie auszublenden. Okay, okay. Sie müsste sich darum kümmern. Und ja, sie müsste nachfragen. Verdammt, sie weiß, dass sie Flo helfen müsste. Aber das packt sie gerade nicht. Echt nicht. Und wahrscheinlich hat sie sich ohnehin verhört. Zumal das, was Flo gesagt hat, überhaupt nicht zu Flo passt. Jedenfalls nicht zu der Flo, die Emmy kennt. Die Flo, die Emmy kennt, würde nie ... Nein, das würde sie nicht.

Emmy schielt zum Kutschbock. Rod hat den Platz an Flo und Jens abgetreten, die dem Kutscher anscheinend schmal genug sind, um zusammen vorne zu sitzen. Emmy betrachtet Jens' und Flos Hinterköpfe und denkt zum wiederholten Mal, dass sie gut auch Geschwister sein könnten. Das wagt sie zu denken. Das Wort, das Flo gesagt hat, nicht. Sofern sie es gesagt hat. Und wenn sie es tatsächlich gesagt hat: Auf was bezieht es sich? Und hat es was mit Flos Studium und den USA zu tun? Aber hat es überhaupt Sinn, sich Gedanken darüber zu machen? Zumal Flo sie zurückgewiesen hat.

Ann sitzt am Rand des Wagens und streckt die Hand aus, als genieße sie den Fahrtwind. Bei gerade einmal zehn Stundenkilometern. Die Sonnenbrille, die sie trägt, ist genauso groß wie die, die sie auf dem Brienzer See hatte, aber mit dunkleren Gläsern, sodass Emmy ihre Augen nicht sieht.

»Mach dir keine Sorgen«, sagt Rod und drückt zum gefühlt tausendsten Mal Emmys Oberschenkel.

»Keine Sorgen«, echot Emmy. Klar! Worüber sollte sie sich auch Sorgen machen? Ist doch alles in bester Ordnung. Sie weiß lediglich nicht, wie sie die Beziehung zu dem Typ beenden soll, der das gerade gesagt hat. Hinzu kommt, dass sie keine Ahnung hat, ob die Frau, von der sie gerade erkannt hat, dass sie in sie verliebt ist, sie ebenfalls liebt. Zudem ist unklar, ob, was und wo sie studieren soll. Ob und wie es mit dem Blog weitergeht und warum eine ihrer besten Freundinnen sich selbst gerade als Hure bezeichnet und Emmy danach zurückgewiesen hat. Abgesehen davon muss Emmy sich in der Tat keine Sorgen machen. Ach doch, da fällt ihr noch was ein: Ann will nach Amerika. Vielleicht sollte Emmy einfach mal Rods Oberschenkel drücken. Damit *er* sich keine Sorgen macht.

In diesem Augenblick scheut Vera. Oder Ronja? Der Wagen schlingert jedenfalls, Emmy wird gegen Rod gedrückt und Ann schreit. Der Kutscher knallt die Zügel auf Veras Rücken. »Mensch, Mädel. Das ist ein Blumenstrauch. Den kennst du doch.«

Flo beugt sich nach vorne und kotzt Vera auf den Hintern. Oder Ronja? Das Pferd scheut jedenfalls ein zweites Mal und der Kutscher hat Mühe, es wieder unter Kontrolle zu bringen und den Wagen zu stoppen. Er springt vom Bock und packt die Pferde am Halfter. »Ruhig, Mädels. Ganz ruhig.«

Flo steigt ebenfalls ab und übergibt sich am Straßenrand gleich noch einmal.

Emmy muss erst über tausend Beine klettern, bevor sie zu ihr kann. Aber dieses Mal stößt Flo sie nicht weg, sondern sieht sie nur traurig lächelnd an und sagt leise: »Eins der Croissants war wohl schlecht.«

#61 JAN

Jan geht online. Rod und Jens sind im Wohnzimmer und räumen die Möbel zur Seite, sodass in der Mitte eine freie Fläche entsteht. Wollen die etwa eine Party feiern und das soll so etwas wie eine Tanzfläche sein? Jedenfalls belohnen sie sich zwischendurch immer wieder mit einem Schluck Bier, wenn Jan das richtig sieht.

Er switcht zur Kamera im Hirschgeweih. Emmy, Ann und Flo liegen auf dem Bett, Flo mit den Füßen am Kopfende. »Mädels, Mädels«, sagt sie. »Ich hab euch echt lieb. Und das …« Flo zeigt auf Anns Kopf, der auf Emmys Bauch liegt. »Finde ich verschärft.«

»Verschärft trifft es ganz gut«, sagt Emmy und streicht Ann eine Haarsträhne aus dem Gesicht.

»Vor allem, was Rod angeht«, sagt Ann.

»Vielleicht schließ ich mich euch ja an«, sagt Flo und streicht mit dem Fuß über Emmys Haare. »Der Klub der drei. Wir gehen nach Amerika, studieren da und lieben nur uns.«

»Ich glaub nicht, dass du dafür gemacht bist«, sagt Ann.

Als wolle Flo ihr das Gegenteil beweisen, streichelt sie über die Narben auf Anns Arm. »Sieh es doch mal so. Wir alle haben unsere Schwächen und wissen darum. Du liebst Emmy und ich liebe euch beide. Was soll da noch schiefgehen?«

Ann verzieht das Gesicht. »Du bist uns echt willkommen«, sagt sie. »Aber ich kenne niemanden, der mehr hetero ist.«

»Darf man sich denn nicht mal verändern?«, fragt Flo empört, aber sogar Jan hört, dass die Empörung nur gespielt ist.

Er schaltet zurück ins Wohnzimmer. Jens und Rod sitzen auf dem Sofa, das sie an die Wand gerückt haben, und reichen einen

Joint hin und her. Rods Kopf liegt auf der Rücklehne. Er versucht, Rauchkringel in die Luft zu blasen, während Jens sich schlapp lacht. Wahrscheinlich nicht ihr erster Joint und sicher nicht das erste Bier.

»Das geht damit nicht«, sagt Jens und holt sich den Joint von Rod zurück, auch wenn es nur noch ein Stummel ist.

»Jetzt mal im Ernst«, sagt Rod. »Irgendetwas stimmt doch nicht mit Emmy. Und mit Flo übrigens auch nicht.«

Jens nickt. »Ann kannste gleich mit dazuzählen. Auch wenn die natürlich schon immer komisch war.«

Rod legt den Kopf in den Nacken, bis die Bierflasche senkrecht zwischen seinen Lippen klemmt. Er klopft auf den Boden, als wolle er auch noch den letzten Tropfen aus der Flasche holen. Ohne die Flasche abzusetzen, sagt er erstaunlich wohlartikuliert: »Aber sag mal, Bro, war da nicht mal was zwischen dir und A…«

Jens stößt Rod den Ellenbogen so heftig in die Rippen, dass dem die Flasche aus dem Mund fällt. Polternd landet sie auf dem Boden. Jens legt den Finger auf die Lippen und blickt sich verstohlen um.

Nachdem er sich versichert hat, dass sie allein sind, sagt er: »Das ist doch ewig her und hatte null Bedeutung.«

»Jaja, schon klar«, sagt Rod.

»Doch.« Jens nickt heftig. »Wir waren beide high. Ann hat das mal probieren wollen.«

»*Das* oder *dich*?«, fragt Rod.

Jens stößt ihm erneut den Ellenbogen in die Seite. »Das Koks!« Er erhebt sich leicht schwankend. »Apropos Koks.« Er grinst. »Und apropos Mädels. Was war denn bei dir mit dieser Siebenkämpferin.«

Jetzt blickt Rod sich verstohlen um. Die Paranoia der Betrunkenen?

Doch dann sagt Rod so leise, dass Jan es gerade noch versteht: »Ich hab der nur zum Sieg 'nen Kuss gegeben.«

»Einen Zungenkuss zum Sieg, schon klar.« Jens lacht wie ein Irrer. »Du bist echt der Härteste.« Dann wankt er aus dem Zimmer und Rod erhebt sich ebenfalls und murmelt was vom Auffüllen der Biervorräte.

Bevor Jan zur Kamera in der Küche klicken kann, klopft es an seiner Tür. »I bins«, ruft Maira. »Will mich wegen hüt Morgen entschuldige, weil ...« Sie spricht so hastig, als wolle sie das Ganze schnellstmöglich hinter sich bringen.

Jan geht zur Tür und reißt sie auf. Maira sieht aus, als hätte sie gerade einen Dauerlauf hinter sich. Ihr Gesicht ist gerötet, ihre Haare kleben verschwitzt an ihrer Stirn. Sie hält mitten im Satz inne und starrt Jan mit offenem Mund an, als hätte sie nicht damit gerechnet, ihn anzutreffen, sondern sich lieber bei einem leeren Zimmer entschuldigt. Sie hat Kopfhörer in den Ohren und die Musik ist so laut, dass sogar Jan sie hört. Ein Schlagzeug und ein Klavier, gefolgt von einem Gitarrenriff. Maira nimmt einen Ohrstöpsel raus und steckt ihn in Jans Ohr. Langsame Riffs, über die sich eine warme, weiche Stimme legt: »*If you don't move I swear to you I'm gonna make ya. Do you need me? Do you need me?*«

»Manchester Orchestra«, flüstert Maira in Jans freies Ohr, wobei ihre Wimpern seine Wange streifen. »*The Alien*. Ich *liebe* das Lied.«

»*All the kids saying the same thing that they used to. It's an alien. It's an alien.*«

Obwohl die fünf Jan immer nur als *Nerd* oder *Freak* und nie als *Alien* bezeichnet haben, sind seine Erinnerungen sofort wieder da. Er allein auf dem Hof, die Clique, die sich über ihn lustig macht, obwohl er gar nichts tut. Oder vielleicht gerade deswegen. Und genau das hat es so schlimm gemacht. Dass man nie sagen konnte, wann und warum …

»Dass du in unsere Pension spaziert bist, isch a kleines Wunder«, sagt Maira und legt eine Hand auf Jans Wange. Und wie um seine schlechten Erinnerungen sicher zu vertreiben, legt auch er eine Hand auf Mairas Wange.

»Deine Finger sind ganz rau und schwielig«, sagt Maira und Jan will seine Hand schon wegziehen, als sie hinzufügt, dass sie das mag, weil es ihr verrate, dass er Cello spielt.

Jan spürt Mairas heißen Atem und wie sein Herz rast. Mit beiden Händen fasst er in ihre Haare und dann folgt *Psycho* und Jan fragt sich, was ihre Musikauswahl wohl über Maira verrät. Erst *Spaghetti mit Spinat*, dann *The Alien* und jetzt *Psycho*.

»Warum lächlisch du?«, fragt Maira und während Jan noch Mut fasst, um ihr zu sagen, dass er sie mag, liegen ihre Lippen schon auf seinen. Der Kuss ist so leidenschaftlich, als wisse Maira ganz genau, wie schnell alles zu Ende sein kann. Ja, fast so, als wisse sie um Jans Geheimnis, das mit einem Mal aus dem Lautsprecher seines Computers dringt, da er weder die Seite geschlossen noch den Ton abgestellt hat.

»Mensch, Bro!«, ertönt Rods Stimme laut und vernehmlich. »Das ist ja mega! Wenn ich ihr den gebe, verzeiht Emmy mir sicher sofort.«

#62 EMMY

Rods Minilautsprecher sind erstaunlich effektiv. Der Klang ist zwar nicht besonders, aber die Lautstärke dafür umso beeindruckender. Und nachdem es in der Hütte keine Boxen gibt, ist es gut, dass Rod wenigstens die kleinen mitgebracht hat.

Die Jungs haben das Wohnzimmer so gut wie möglich zum Tanzen hergerichtet und Rod hat sich echt Mühe gegeben, eine Partyplaylist zu erstellen. Das muss Emmy zugeben, auch wenn sie viel lieber mit Ann und Flo auf dem Bett liegen geblieben wäre. Zumal sie nicht glaubt, dass es möglich ist, in dieser Hütte zu fünft eine Party zu feiern. Nicht, nach allem, was passiert ist.

Dennoch scheinen sich alle stillschweigend einig zu sein, dass es an der Zeit ist, das Ruder herumzureißen, sofern der Urlaub überhaupt noch zu retten ist. Ob es dafür allerdings klug ist, Alkohol zu trinken und zu kiffen, steht auf einem anderen Blatt. Aber Emmy ist es leid, die Bedachte zu spielen. Also sagt sie nichts. Außerdem ist auch ihr ausnahmsweise mal danach, sich zu betrinken. Dann lässt sich das Chaos vielleicht etwas leichter ertragen. Zumindest einen Abend lang.

Nach zwei Flaschen Bier und drei Zügen an dem Joint, den Jens mal wieder hat kreisen lassen, rührt es Emmy fast ein wenig, wie sehr Rod sich darum bemüht, sie aufzuheitern und gute Stimmung zu verbreiten. Also geht sie darauf ein, als er die Hüften zu *Good Feeling* kreisen lässt und sie dabei dermaßen anmacht, dass es Emmy nüchtern megapeinlich wäre.

Ann sitzt auf dem an die Wand geschobenen Sofa, in einer Hand einen Gin Tonic, in der anderen einen Joint, den Jens extra für sie gedreht hat, was ihn allerdings nicht davon abhält, immer wieder am Sofa vorbeizutanzen, um auch mal daran zu ziehen.

Rods Verrenkungen werden immer bizarrer. Er tanzt nicht länger um Emmy herum, sondern jetzt um Jens. Sie fassen sich an den Händen und hüpfen wie bei einem Kindergeburtstag auf und ab. Flo verdreht zwar die Augen, aber Emmy weiß, dass sie sich das Lachen kaum verkneifen kann. Und letztlich ist es ja auch egal, ob sie sich zum Affen machen. Niemand sieht sie.

Irgendwann rutscht Ann von der sitzenden in die liegende Position. Der Gin Tonic ist leer, der Joint fertig geraucht. Emmy macht ihr Zeichen, zu ihnen zu kommen und mitzutanzen, doch Ann reagiert nicht.

Emmy schließt die Augen und überlässt sich *Cooler Than Me*. Sie spürt, wie ein Finger ihre Hand streift. Ganz leicht nur. Und als sie die Augen öffnet, sieht sie direkt in Anns Augen, die in dem Halbdunkel fast schwarz wirken. Obwohl Emmy weiß, dass sie einander nicht so ansehen sollten, solange Rod in der Nähe ist, schafft sie es nicht, ihren Blick abzuwenden. Und je länger sie sich ansehen, umso unwichtiger wird alles andere.

Emmy erwacht erst wieder aus ihrer Trance, als *Shots* aus den kleinen Boxen wummert. Noch lauter als zuvor, sofern das überhaupt möglich ist. Rod singt: »*If you are not drunk, ladies and gentlemen. Uh huh, get ready to get drunked up.*« Mit einem Mal tanzt er um Ann herum und macht sie an wie kurz zuvor Emmy. Und Ann geht darauf ein. Was soll das? Soll das eine Provokation sein? Und wer provoziert hier wen?

Weil Rod sich doppelt so schnell bewegt wie Ann, wirkt der Tanz absolut grotesk. Während Emmy noch überlegt, was sie jetzt tun soll, gesellt Flo sich dazu und ahmt erst Anns und dann Rods Gesten nach, was noch viel absurder wirkt und alle zum Lachen bringt.

#63 JAN

Nachdem Jan Maira davon überzeugt hat, dass sie sich später wiedersehen und Maira die Höhle als Treffpunkt vorgeschlagen hat, sitzt Jan wieder vor dem Computer. Die fünf kiffen und saufen, als gäbe es kein Morgen, und sogar Emmy zieht ab und zu an dem Joint. Ob Jan live gehen soll? Das ist zwar kein brisantes Material, aber besser als nichts, und die Rufe nach einer Liveschaltung werden immer lauter.

MAYFLOWER: jetzt mal los. LIVE! sonst pennt man hier ja ein.
SCHWARZEKATZE18: stimme zu. Live!
LINGERING_BOB: live klingt gut. aber wo? hütte, das sieht man. aber insel? berge? deutschland, österreich, schweiz? ist das hier was à la dschungelcamp, oder was? verrat uns doch mal, wer die typen sind.

Jan hat Maira versprochen, in einer Stunde in der Höhle zu sein. Dabei geht es nicht nur darum, sie nicht noch einmal zu enttäuschen, sondern Jan will wirklich zu ihr und mit ihr zusammen sein. Wie sie ihn geküsst und gestreichelt hat. Und dass sie es als Wunder empfindet, ihn getroffen zu haben. Das ist alles so … auch wenn er dafür den Computer eine Zeit lang verlassen muss. Er kann ja live schalten.

Die Maus schwebt über dem Befehl *Livestream starten*.

Aber was, wenn er seine Zuschauer damit langweilt?

Andererseits hat er nichts zu verlieren, da er gerade nichts Besseres zu bieten hat.

Wieder schwebt sein Finger über dem Button.

Aber was, wenn die Party entgleist? Oder wäre das genau das, was er jetzt braucht?

»Drei ... zwei ... eins!«, zählt Jan laut herunter und klickt auf *Livestream starten*.

Dann zieht er sein letztes frisches Hemd an und macht sich auf den Weg zur Höhle.

Die Luft ist angenehm und Jan fühlt sich beschwingt. Die Kameras sind live und er ist auf dem Weg zu Maira.

Zweimal biegt er falsch ab, bevor er die Höhle findet, wo Maira bereits Kerzen angezündet und Sekt eingeschenkt hat. Sie hebt ihr Glas und küsst Jan auf den Mund. Ihre Lippen schmecken nach einer Mischung aus Aprikose und Sekt, als habe sie sich schon ein wenig Mut angetrunken.

Und den kann Jan jetzt auch gebrauchen. Er setzt das Glas an und leert es in einem Zug, wobei die Luftblasen direkt in sein Gehirn rasen. Ihm ist nach Lachen zumute. Zugleich ist er höllisch aufgeregt. Was, wenn er heute Nacht den ersten Sex seines Lebens hat? Er stellt die Clique bloß und rächt sich für alles, was sie ihm in den vergangenen Jahren angetan haben, und hat zeitgleich Sex mit einem Mädchen, von dem er nie gedacht hätte, dass es sich überhaupt für ihn interessieren könnte.

Aber nein. Das geht ja alles viel zu schnell!

Vermutlich hat er bei dem Gedanken tatsächlich den Kopf geschüttelt, denn Maira nimmt seinen Kopf in beide Hände und bewegt ihn auf und ab, als wolle sie ihn zum Nicken bringen. Sie fährt ihm durch die Haare. Seine Kopfhaut kribbelt. Und dann breitet sich das Kribbeln über seinen gesamten Körper aus. Ob er ihr sagen soll, dass er noch Jungfrau ist?

Aber nein. Was für ein absurder Gedanke. Er ist wirklich ein *Freak*.

Maira zieht ihn in den hinteren Teil der Höhle, wo sie ein paar Decken und Kissen auf dem Boden ausgebreitet hat. Sie schenkt ihnen Sekt nach und startet *This Is the Life*. Sofort ist die Höhle erfüllt von der Musik und Jan beginnt, sich ein wenig zu entspannen. Sie stoßen erneut mit Sekt an, und nachdem sie getrunken haben, drückt Maira Jans Kopf auf die Kissen und küsst ihn. Dabei kichert sie und Jan hat das Gefühl, dass sie schon so einiges getrunken hat. Vielleicht ist sie doch nicht so erfahren, wie er gedacht hat, sondern mindestens ebenso aufgeregt wie er. Er spürt ihre Zunge in seinem Mund, hektischer als die letzten Male, und auch ihre Hände tasten eher unbeholfen über seinen Körper. Wir müssen das nicht tun, schießt es ihm durch den Kopf, und ein anderer Teil von ihm will es unbedingt. Will endlich wissen, wie es ist. Will sagen können, dass auch er … Maira versucht, ihm die Hose runterzuziehen, ohne den Reißverschluss zu öffnen. Immer verzweifelter nestelt sie an seiner Hose herum und fängt dann plötzlich an zu weinen. Jan ist so perplex, dass er einen Moment lang nicht weiß, was er machen soll. Dann zieht er Maira in die Arme und hält sie fest. Maira schluchzt und im Hintergrund läuft *La leva calcistica del 68*.

»Gregori singt von einem Jungen, der den entscheidenden Elfmeter verschießt«, sagt Maira und lacht schluchzend.

Zuerst kapiert Jan gar nichts, doch dann wird ihm klar, dass Maira wahrscheinlich andeuten will, wie es ist, eine Niederlage einzustecken. Auch wenn er nicht weiß, um was es sich handelt, hält er Maira nur noch fester, bis sie sich in einen unruhigen Schlaf geweint hat. Immer wieder zucken ihre Arme und Beine. Jan würde gerne wissen, was sie so belastet. Aber sie wird es ihm schon sagen, wenn sie bereit dafür ist. Er hat ihr schließlich auch nicht alles erzählt.

Was in der Hütte wohl gerade los ist? Es zieht Jan vor seinen Computer. Aber er kann Maira doch jetzt unmöglich allein lassen. Oder?

Immerhin tickt die Zeit und er hat nur noch diese eine Nacht. Verstohlen blickt er auf sein Handy. Beinahe Mitternacht.

Vorsichtig zieht er seinen Arm unter Mairas Kopf hervor. Sie murmelt etwas, schläft aber weiter.

Langsam rutscht Jan von der Decke. Er überlegt, Maira noch einen Kuss zu geben, will sie jedoch nicht wecken. Er wird ihr später eine Nachricht schicken. Es zerreißt ihm zwar fast das Herz, sie einfach so liegen zu lassen, aber er muss seine letzte Chance nutzen, sonst steht am nächsten Tag womöglich Mike vor der Hütte und alles war umsonst.

#64 EMMY

Emmy hat viel zu viel getrunken. Ihr ist schwindelig und sie hat Kopfschmerzen. Wahrscheinlich vom Kiffen. Das ist sie einfach nicht gewohnt. Ob sie eine Schmerztablette nehmen soll? Oder besser gleich eine Tavor? Dann kann sie schlafen und alles um sich herum vergessen. Auch dass Rod neben ihr auf dem Bett liegt.

Natürlich haben sie noch nicht geredet. Wann auch? Sie haben getanzt, getrunken und gekifft. Und so getan, als hätten sie Spaß. Und weil sie alle zu viel und zu schnell getrunken und gekifft haben, ist die Party schon vorbei. Vor Mitternacht. Ein Witz. Auch wenn es Emmy recht ist. Zumal Ann sich schon um elf verabschiedet hat. Besoffen und bekifft.

Rod greift unters Bett und zieht etwas hervor. »Von Jens für uns.« Er hält einen roten billig aussehenden Spitzen-BH in die Höhe. Emmy traut ihren Augen nicht. Rod muss noch betrunkener sein, als sie dachte.

»Die besorgt Jens immer für Flo«, sagt Rod. »Sie *liebt* diese Teile.«

Emmy weiß, dass es komplett unsinnig ist, jetzt mit Rod zu streiten, aber sie kann einfach nicht anders. »So ein Schwachsinn! Flo *hasst* die Teile und die Spielchen auch und sie macht das überhaupt nur, weil ...«

Rod hält Emmy den Mund zu. »Nicht«, sagt er. »Es geht doch hier um uns. Nur um uns. Und wenn du das nicht willst, dann ...«

»Will ich nicht«, sagt Emmy heftig, merkt aber im selben Augenblick, wie ihr Widerstand bereits erlahmt. Sie ist viel zu müde und betrunken und kann kaum noch klar denken.

Rod pfeffert den BH in die Ecke. »Dann nicht«, sagt er, dreht sich zu Emmy und ist plötzlich wieder der Rod, in den sie sich verliebt hat. Große braune Augen, die einen ansehen, als sei man die Beste und Schönste auf der ganzen Welt. Emmy verdankt Rod so viel. Durch ihn hat sie gelernt, nicht mehr so mit ihrem Körper und Aussehen zu hadern. Dadurch, dass er ihr immer wieder versichert hat, wie schön sie ist, ist Emmy viel selbstbewusster geworden. Dadurch, dass er ihr gesagt hat, wie sehr er jedes Pfund an ihr liebt, auch die, die Emmy als zu viel empfindet. Gut möglich, dass sie in letzter Zeit ein wenig ungerecht war. Deswegen lässt sie es auch zu, als Rods Mund sich auf ihren legt. Es fühlt sich vertraut an. Nicht so aufregend und prickelnd wie mit Ann, aber verlässlich und gut. Rod küsst sie auf die Nasenwurzel und Emmy durchströmt ein zärtliches Gefühl für Rod, der sie auf den Rücken dreht und sich auf sie legt, wobei er sein Gewicht mit den Händen abstützt. Auch das wie immer. Er zieht ihr das Shirt über den Kopf und umfährt ihre Brüste. Er weiß ganz genau, wo er sie berühren muss, und sie streichelt seine muskulöse Brust, so wie sie es tausendmal zuvor getan hat. Vielleicht lässt sich auf diese Weise sogar viel besser Abschied nehmen als mit Worten.

Geschickt streift Rod seine Shorts herunter und fährt mit seiner Hand in Emmys Slip und … Was verdammt noch mal macht sie da?

Nein! Das ist doch kein Abschiednehmen. So geht das nicht!

Doch als sie sich aufrichten will, drückt Rod sie zurück aufs Bett. Emmy versucht, ihn zur Seite zu schieben, aber er bewegt sich keinen Millimeter. Was soll das? Er muss doch merken, dass sie ihre Meinung geändert hat. Und dass es heute was ganz anderes ist, als die Male, bei denen sie zwar nicht unbedingt gewollt, aber doch irgendwie mitgemacht hat.

Sie spürt seinen schnellen Atem auf ihrem Gesicht und wie seine Finger immer heftiger und gröber in ihrem Slip auf und ab fahren. »Nein«, presst sie hervor. Aber Rod zerrt nur an ihrem Slip, den sie verzweifelt festzuhalten versucht. Sie ringen miteinander und Emmy sagt »Nein« und »Hör auf«. Aber so leise, als habe sie Angst, jemanden zu wecken, auch wenn ein Teil ihres Gehirns weiß, dass das der größte Schwachsinn überhaupt ist.

Damit der Slip nicht reißt, auch wenn das ein ebensolcher Unsinn ist, lässt Emmy schließlich los. »Rod, bitte«, versucht sie es noch einmal. Aber Rod scheint wieder im gleichen Terminator-Modus zu sein, wie im Wald. Mit seiner ganzen rohen Kraft drückt er Emmys Beine auseinander. Sie versucht dagegenzuhalten, sagt ein letztes Mal »Nein« und zerkratzt ihm mit den Nägeln sogar den Rücken. Doch er macht einfach immer weiter und Emmy hört schließlich auf, sich zu wehren, starrt erst zur Decke und dann in die toten Augen des Hirsches. Sie will nur noch, dass es vorübergeht. Und bis es vorübergeht, ist sie ganz einfach nicht da. Nicht in diesem Zimmer. Nicht unter Rod. Sie ist an den Reichenbachfällen und hört das Wasser rauschen. In den Bäumen zwitschern die Vögel und der Wind streicht über ihre Haut. Die Sonne wärmt ihren Körper und … Dann rollt Rod zur Seite und bleibt schwer atmend auf dem Rücken liegen.

Emmy greift nach einem Kissen und drückt es sich vor die Brust.

#65 JAN

Scheiße! Verdammte Scheiße! Jan sitzt vor dem Computer und rauft sich die Haare. Was er da eben gesehen hat, kann nicht sein. Es darf nicht sein! Er fährt sich mit den Händen übers Gesicht. Warum ist er nicht in der Pension geblieben? Jetzt ist das alles online und die ersten Kommentare rauschen bereits rein.

MAYFLOWER: Das ist nicht wahr, oder? Das habt ihr doch gestellt? Damit endlich mal was los ist auf dem Kanal. Oder?
SCHWARZEKATZE18: krass!
LINGERING_BOB: sind das schauspieler?
MAYFLOWER: Im echten Leben hätt die sich doch viel mehr gewehrt?!
JASMIN: Seid ihr wahnsinnig? Wer steckt dahinter? Ich alarmiere jetzt die Polizei!
MIKRO: Ja, ruf die Polizei. Ich fahr los.
SASA: So eine Scheiße! Ich komm mit.
SEPP: Warum tretet ihr alle nur mit Alias *auf? Das ist ein Skandal!! Ich meine, die beiden waren in unserer Klasse! Geht euch das denn am Arsch vorbei? Wenn ich wüsste, wo die sind ...*
MIKRO: Komm mit. Die sind in einer Hütte in der Schweiz. Ich weiß, wo.
SEPP: Sorry, geht nicht. Bin in Kanada. Aber heizt den Arschlöchern mal so richtig ein. Wer immer hinter dem Kanal steckt.
MATZE: Scheiße! Wenn ich mitgefahren wär ...
SASA: ... wär das auch passiert.
MIKRO: Los, Jasmin, informier die Polizei, sonst löscht das Schwein den Kanal und wir haben nichts in der Hand.

Jans Finger zittern so sehr, dass er nur mit Mühe die Tasten trifft. Er muss den Kanal löschen. Sofort. Die Polizei. Oh Mann. Das darf doch nicht wahr sein. Nicht. Wahr. Sein.

Okay.
YouTube-Inhalte entfernen.
Ausgewählt.
Ich möchte meine Inhalte endgültig löschen.
Klick!

Jan kann nur hoffen, dass wirklich alles gelöscht ist und die Polizei die Inhalte nicht wiederherstellen kann. Auch wenn das unwahrscheinlich ist. Haben die ihnen in der Schule nicht immer eingebläut, dass das Netz nichts vergisst? Und haben nicht schon einige Promis und Politiker ihren Status und Job verloren, weil uralte peinliche Videos im Netz aufgetaucht sind? Weil Kopien gemacht wurden? Immerhin ist Jan nicht selbst auf den Videos zu sehen und hat den Kanal unter einem falschen Namen angelegt. Wenn das reicht. Hätte er sich nur mal früher und eingehender damit beschäftigt!

Er muss ... aufhören zu heulen. Die Tastatur ist schon ganz nass.

Ob er die Kameras auch gleich vom Netz nehmen soll? Zur Sicherheit?

Am liebsten würde er zur Hütte fahren und die Kameras entfernen. Aber das wäre natürlich das Dümmste, was er jetzt tun könnte.

Er klickt zur Kamera im Hirschzimmer. Rod liegt auf dem Bett, das Gesicht in den Händen vergraben, sein Körper bebt. Heult der jetzt etwa? Wenn Jan vor Ort wäre, würde er ihm in die Fresse schlagen. Auch wenn das eigentlich nicht sein Stil ist.

Jens und Flo scheinen nichts mitbekommen zu haben. Sie liegen komatös jeder auf einer Seite des Bettes.

Ann schläft auch. Und schnarcht.

Emmy sitzt vor der Hütte und schreibt. Manisch gleitet ihr Stift übers Papier. Aber die Schrift ist viel zu klein und krakelig, als dass Jan etwas erkennen könnte.

Ob er noch ein wenig ranzoomen kann?

Ja, jetzt. *Stück Holz,* liest er und: *alles egal.*

Dann hält Emmy plötzlich inne und zückt ihr Handy. Mist! Jetzt weiß sie gleich Bescheid. Sie wird die Nachrichten von Mike lesen, der sicher schon neue geschickt hat. Nur gut, dass Jan den Kanal gelöscht hat, dann sieht sie wenigstens nicht …

Emmy springt auf, ihr Gesicht ist verzerrt, ihr Mund zum Schrei geöffnet, ohne dass ein Laut herauskommt. Dann krümmt sie sich zusammen, als habe ihr jemand in den Magen geboxt. Kurz danach richtet sie sich wieder auf, keucht, ringt nach Luft, wirft das Handy auf den Boden und springt darauf herum. Dann wird sie mit einem Mal ganz ruhig. Beängstigend ruhig. Sie greift in ihre Hosentasche, als wolle sie sich versichern, dass da etwas ist, das Jan nicht sehen kann. Schließlich setzt sie sich in Bewegung und marschiert in Richtung Schotterstraße. Dann verschwinden die kanariengelben Schuhe aus Jans Blickfeld.

#66 EMMY

Emmy geht den Weg entlang. Immer wieder greift sie nach der Dose in der Hosentasche. Die Pillen sind ihre Versicherung. Die kann sie nehmen. Jederzeit. Auch wenn Flo ihr ein paar geklaut hat, hat sie noch genug davon. Genug, um den Schmerz zu betäuben, und genug, um … Vielleicht sollte sie gleich eine nehmen. Gegen den schlimmsten Schmerz. Damit es sie nicht zerreißt.

Nein, nicht jetzt. Sie muss noch etwas durchhalten. Bis sie die Reichenbachfälle erreicht hat. Sie wird laufen. Und laufen. Bis sie da ist. Dort. Und nur dort. Und wenn sie die ganze Nacht laufen muss. Einfach einen Fuß vor den anderen setzen. Wie beim Wandern. Sich einzig auf die Bewegung konzentrieren. Ausschließlich darauf, wie der eine Fuß die Erde berührt, abrollt, den Boden verlässt, wieder aufsetzt, abrollt, sich hebt und wieder aufsetzt. Und der andere macht das Gleiche, nur zeitversetzt. Das reicht. Mehr braucht es gerade nicht.

Emmy hat nicht gesehen, was auf dem Video ist. Der Kanal wurde bereits gelöscht. Aber sie weiß, was auf dem Video ist. Mike hat es ihr geschrieben. Und wenn Mike es gesehen hat, haben es ... Und wie sagt man? Das Netz vergisst nie etwas?

Nein! Daran darf sie nicht denken. Sie darf jetzt gar nicht denken! Ihr linker Fuß berührt die Erde, setzt auf, rollt ab und wird angehoben. Von ihr. Sie macht das. Sie kann das. Links wie rechts.

Mike hat geschrieben, dass es noch andere Videos gegeben hat. In den Tagen zuvor. Vielleicht sogar von Ann und ihr, wie sie in der Nacht im Schaukelstuhl ... Nein! Linker Fuß: aufsetzen, abrollen, anheben. Rechter Fuß: aufsetzen ... Ob ihre Eltern?

Schluss. Das darf sie nicht denken. *Das* auf keinen Fall. Wenn sie erst damit anfängt ...

Sie hätte das Handy nicht zertrampeln sollen. Hätte Mikes Nachrichten sorgfältiger lesen sollen. Nicht nur dass ... Okay, das Wort stimmt nicht. Es ist falsch! Ihr Bruder hat ja keine Ahnung. So war es nicht! Vielleicht hat es von außen so ausgesehen und, ja, mag sein, dass Rod ein wenig ... Aber das? Nein! Emmy ist kein Opfer. Sicher nicht. Sie. Schritt. Ist. Schritt. Kein. Schritt. Opfer. Schritt. Links, rechts, links. Links, rechts, links.

Sie zählt nur die Schritte mit dem linken Fuß. Eins, zwei, drei, vier, fünf. Dann die mit dem rechten. Eins, zwei, drei, vier, fünf.

Dann sechs Schritte mit dem linken und sechs mit dem rechten Fuß. Macht zwölf. Plus sechs auf dem linken, sind achtzehn und weiter bis sechzig.

Wie viele Schritte es wohl bis zu den Reichenbachfällen sind? Ob sie das schafft? Links, rechts, links.

Oder soll sie umkehren? Zu Ann? Oder den nächsten Zug nach Deutschland nehmen?

Nein, das packt sie nicht. Jetzt, wo jeder weiß ... Ihr Gesicht brennt vor Scham. Warum hat sie das zugelassen? Links, rechts, links.

Natürlich gab es früher schon ähnliche Situationen, aber immer nur, wenn Rod total betrunken war und nie so schlimm.

Emmy berührt die Dose in der Hosentasche. Sie muss es bis zu den Wasserfällen schaffen. Dort, wo es zum Sterben schön ist. Das klare Wasser wird alles abwaschen, sie reinigen.

Als Emmy die Schranke erreicht, kann sie nicht mehr. Sie setzt sich auf einen Stein.

Okay. Denk nach, befiehlt sie sich. Schalte dein Gehirn ein.

Zu den Reichenbachfällen schafft sie es auf keinen Fall. Sie muss ... Der Hochsitz! In die andere Richtung zurück und dann über die Lichtung. Klar, da war es mit Ann ja noch viel schöner. Da hat Ann ihr das Herz auf die Haut gemalt.

Gut! Das ist nicht so weit. Dann kann sie jetzt schon eine Tablette nehmen gegen das Ziehen in ihrer Brust, das Stechen in ihren Eingeweiden und den explodierenden Schmerz im Kopf.

Sie holt das Döschen hervor, schüttelt eine Pille in ihre Handfläche und schluckt sie.

Gleich wird es leichter werden. Das kennt sie schon. Sie muss einfach nur atmen und warten.

Sie zählt bis hundert. Und dann noch einmal bis hundert. Unfähig weiterzugehen, bevor das Ziehen, Zerren und Stechen in ihrem Körper nicht wenigstens ein bisschen nachgelassen hat.

Aber das tut es nicht. Also schüttelt Emmy die nächste Tablette aus der Dose auf die Hand und von da in den Mund.

Und wartet.

Aber es zieht, zerrt und sticht weiter. Ihr Mund ist staubtrocken. Emmy würde sonst was für einen Schluck Wasser geben.

Der Bach! Sie hört ihn rauschen. Seligbach. Oder?

Wie passend. Vielleicht schafft sie es bis dorthin.

Sie streckt sich nach der Schranke, die mit einem Mal sehr weit oben zu sein scheint. Unerreichbar.

Okay. Dann muss es anders gehen. Emmy dreht sich auf die Seite und schafft es auf alle viere. Sie tastet nach der Dose. Ist da. Vielleicht noch eine zur Stärkung? Nur um es bis zum Wasser zu schaffen.

Ihre Hände zittern, weswegen sie die Pille lieber gleich von der Dose in den Mund schüttet. Ups, das waren … Egal. Sie fängt jetzt sicher nicht an, Pillen zu zählen. Sie wollte ja ohnehin. An den Reichenbachfällen. Aber Wasser ist Wasser. Und der Bach ist näher.

Sie steckt die Dose in die Tasche und kriecht los. Der Schotter ist unangenehm. Emmy denkt an die Abbruchkante und die Abschürfungen. Aber dann hat sie auch schon Waldboden erreicht und hört den Bach immer lauter rauschen.

Sie bleibt an einer Wurzel hängen. Aber irgendwie tut ihr nichts weh. Irgendwie spürt sie gar nichts mehr. Nur die Schuhe stören. Sie kommen ihr mit einem Mal extrem klobig vor. Vielleicht sind die fürs Kriechen einfach nicht gemacht und Emmy sollte … Sie dreht sich auf die Seite und von dort auf den Hintern. Gut, dass die ein Schnellschnürsystem haben. Haha. Perfekt. Sie muss nur an der Schnur ziehen, die Füße in die Luft halten, schlenkern und den einen Schuh mit der Ferse des anderen … und schon geht es weiter. Und weil sie ohnehin auf dem Hintern sitzt, bietet es sich an, den Rest des Weges zu rutschen. Es geht sowieso bergab und bis zum Bach sind es nur noch wenige Meter. Hauptsache, die Dose ist noch da. Emmy tastet danach, wobei sie leicht in Schieflage gerät und auf die Seite fällt. Was aber ganz praktisch ist, da sie jetzt die Böschung runterrollen kann. Schneller und schneller. Wie als Kind, als sie die Grashänge nach unten gerollt ist. Hui. Super. Emmy rollt und rollt, bis sie den Bach erreicht.

Das Letzte, was Emmy durch den Kopf geht, ist, dass das Wasser verdammt kalt ist.

#67 JAN

Jan springt in den Toyota. In diesem Augenblick klopft es an der Seitenscheibe. Wie am Tag seiner Ankunft blickt ein Mädchen mit pinken und grünen Haarsträhnen durchs Fenster. Wie am ersten Tag rutscht Jan der Griff der Tür aus der Hand, sodass sie in die Angeln knallt und Maira gerade noch rechtzeitig zur Seite springen kann.

Alles wie am ersten Tag. Und doch ganz anders. Maira lächelt nämlich keinesfalls mit Grübchen in den Wangen und sagt auch nicht »Ganz schö' wild«, sondern sieht im Gegenteil ziemlich gekränkt aus und ihre Stimme klingt leicht brüchig, als sie fragt: »Warum bist du einfach so gegangen?«

Na super. Maira enttäuscht und wütend. Emmy wütend und verzweifelt. Die Videos im Netz und die Polizei vielleicht schon auf seiner Spur und in seinem Kopf eine Stimme, die sagt: *Sei vorsichtig, mit dem, was du dir wünschst. Am Ende bekommst du es.*

»Warum?«, fragt Maira, sieht Jan aber nicht an, sondern starrt in die Dunkelheit.

»Ich habe Mist gebaut«, sagt er leise.

Maira nickt.

Aber sie hat ja keine Ahnung, welchen Mist er wirklich gebaut hat. Frustriert lässt er die Stirn aufs Lenkrad fallen. Die Hupe ertönt. Jan zuckt hoch und lässt den Kopf stattdessen gegen die Rücklehne fallen, schließt die Augen. Bilder, wie Rod auf Emmy liegt und sie in die Kamera starrt und Rod weitermacht, obwohl …

Jan reißt die Augen auf. »Ich muss zu Emmy.«

»Emmy?«, fragt Maira. Dann schüttelt sie ungläubig den Kopf. »Und ich dachte …«

»Ich kann dir alles erklären«, sagt Jan.

Aber in Wahrheit kann er genau das nicht. In Wahrheit kann er nichts erklären. Und wenn Maira jemals erfährt, was er getan hat, wird sie ihn hassen. Wenn sie das nicht ohnehin schon tut.

»Bitte, ich muss Emmy finden«, sagt er. Und weil Maira noch immer keine Anstalten macht die Tür freizugeben, versucht er, um sie herumzugreifen, um die Tür zuzuziehen und endlich loszufahren.

»Du hast mir die ganze Zeit was vorgemacht!«, sagt Maira und spricht mit einem Mal einwandfreies Hochdeutsch, auch wenn es etwas gestelzt klingt. Wahrscheinlich will sie sicherstellen, dass Jan auch wirklich alles kapiert, was sie sagt.

»Es geht nicht um uns«, sagt Jan und versucht, Maira zur Seite zu schieben, um die verdammte Autotür zu schließen. »Jedenfalls nicht in erster Linie«, fügt er hinzu. »Aber ich erklär dir alles später. Ich schwörs.« Jetzt schubst er Maira regelrecht zur Seite und sie lässt es so bereitwillig geschehen, dass Jan beinahe aus dem Wagen fällt.

Maira rennt ums Auto herum und reißt die Beifahrertür auf. Schwer atmend lässt sie sich neben Jan auf die Polster fallen. »Ich will jetzt wissen, was los ist«, keucht sie. »Du bist die ganze Zeit schon komisch. Ich hab dir vertraut und du hast mich … sitzen lassen.«

Die ganze Zeit schon komisch? Was soll das? Warum hat sie nichts gesagt? Und was soll er jetzt tun? Zum Diskutieren ist gerade wahrlich keine Zeit.

Aber Maira hockt mit verschränkten Armen und trotziger Miene neben ihm. Den kleinen gelben Rucksack fest zwischen ihre Beine geklemmt.

»Maira, bitte. Ich muss …«

»Zu Emmy. Das habe ich verstanden.« Falls möglich, drückt sie sich noch tiefer in die Polster. Also startet Jan den Wagen und gibt Vollgas.

#68 EMMY

Etwas kitzelt auf Emmys Wange. Sie wischt es weg. Es kitzelt am Hals. Sie öffnet die Augen. Alles dunkel. Ihr rechter Arm fühlt sich kalt an. Und nass. Sie erkennt Blätter über sich. Irgendetwas rauscht. Sind das die Blätter? Emmys Lider sind so schwer, dass ihr die Augen sofort wieder zufallen.

Etwas kitzelt an Emmys Arm. Sie will es abschütteln. Aber ihr Arm ist viel zu schwer, um ihn zu bewegen. Mühsam öffnet sie die Augen wieder. Doch da hört das Kitzeln auf und sie lässt die Lider erneut sinken. Alles ist schwer. Ihre Arme, ihre Beine, der ganze Körper und … Rods Körper. Der mit einem Mal auf ihr liegt, so wie Rods Gesicht plötzlich vor ihr auftaucht. So nah, dass sie den kleinen Leberfleck auf der Oberlippe erkennen kann. Sein Gesicht so nah und …

Emmy reißt die Augen auf. Mike! War da nicht eine Nachricht von ihrem Bruder auf ihrem Handy?

Das Video! Richtig. Sie erinnert sich und schreit.

Ihr Hals schmerzt. Sie fühlt sich vollkommen ausgedörrt. Sie braucht dringend etwas zu trinken. Vorhin war da doch dieses Rauschen. Irgendwo muss ein Bach sein. Ganz nah. Sehr nah. Das Rauschen ist direkt neben ihrem linken Ohr. Es hört sich so nah an, als müsse Emmy nur ganz leicht ihren Kopf drehen und und …

Doch so weit Emmy den Kopf auch dreht, kein Wasser. Es riecht nach Moos und Harz und ihre Lippen berühren den Waldboden und … etwas Schlammiges! Sie presst die Lippen so fest zusammen, dass sie kaum noch atmen kann.

Oder träumt sie das alles nur? Sie hebt den Kopf. Ihre Haare sind nass und kleben schwer und kalt an ihrem Kopf. Also muss da Wasser sein!

Als Emmy den Kopf wieder sinken lässt und erneut dreht, spürt sie das Wasser im Mundwinkel. Sie saugt so gierig, dass sie sich verschluckt.

Doch als sie die Hand zum Trinken zu Hilfe nehmen will, spürt sie, dass was drinnen liegt. Eine Dose. Aus Plastik. Eine Plastikdose. Ihre Tabletten!

Emmy versucht, den Kopf zu heben. Aber ihre Haare haben sich so mit Wasser vollgesogen, dass sie es nicht schafft. Wie Schlingpflanzen treiben sie im Bach und ziehen ihren Kopf nach unten. Ihren ganzen Körper ziehen sie hinter sich her. Aber Emmy will nicht mehr in den Bach. Nein!

#69 JAN

Die Reifen drehen durch, der Kies spritzt zu allen Seiten und Maira krallt ihre Fingernägel in Jans Oberschenkel. Ein stechender Schmerz zieht durch sein Bein, sein Fuß rutscht vom Gaspedal. Der Motor stottert und erstirbt.

»Scheiße, Maira!«, ruft Jan.

»Selbst Scheiße!«, sagt Maira.

Jan muss sich zusammenreißen, um sie nicht anzuschreien. Die ganze Zeit tut sie so cool. Und wenn es drauf ankommt, wird sie nervös?

Aber er darf keine Zeit verlieren. Er muss zu Emmy. Bevor etwas noch Schlimmeres passiert.

Also startet er den Motor ein zweites Mal, gibt weniger Gas und fährt in gemäßigtem Tempo vom Parkplatz, um erst auf der Straße wieder zu beschleunigen.

»Bitte lass Emmy keine Dummheiten machen«, flüstert er. »Lass sie am Leben sein. Lass sie …«

»Wer ist diese Emmy eigentlich?« Maira zieht die Nase hoch, als hätte sie geheult.

Jan sieht zu ihr. Aber es ist zu dunkel, um zu erkennen, ob sie wirklich geweint hat. Außerdem muss er sich darauf konzentrieren, den Wagen auf der Straße zu halten. Wie schrumpelige Zombiefinger greifen die Zweige nach dem Toyota, immer wieder holpert ein Reifen durch ein Schlagloch. Dabei haben sie den Schotterweg noch nicht einmal erreicht. An die Serpentinen will Jan gar nicht denken. Und auch nicht daran, was ihn in der Hütte erwartet. Aber vorerst fahren sie ja nicht zur Hütte, sondern suchen Emmy. Das Wichtigste ist, sie zu finden, bevor sie Dummheiten macht. Sie hat so zerbrechlich und verloren gewirkt. So wütend. Wenn sie sich etwas antut … Bei dem Gedanken wird Jan so übel, dass er würgen muss. Er bremst. Der Wagen gerät ins Schlingern. Jan steuert gegen. Der Wagen schleudert. Jan kurbelt das Lenkrad erst in die eine, dann in die andere Richtung. Sie schlingern von links nach rechts und landen schließlich mit der Kühlerhaube im Busch.

Jan versucht, die Tür aufzudrücken. Aber das Gebüsch ist zu dicht. Maira schreit und Jan drückt wie ein Irrer gegen die Tür. Er muss raus. Sofort! Er schafft es, die Tür einen Spalt aufzudrücken. Nicht genug, um rauszukommen, aber genug, um Luft reinzulassen. Zumal Maira die Beifahrertür ebenfalls geöffnet hat und sowieso Luft hereinweht.

Nachdem die Übelkeit ein wenig nachgelassen hat, weiß Jan mit einem Mal, wo er Emmy suchen muss. »Wir müssen zu der Schranke«, sagt er. »Und dann zu dieser Lichtung mit dem Hochsitz.« Er hört selbst, dass seine Stimme unnatürlich hoch klingt, und bemüht sich um einen tieferen, ruhigeren Tonfall: »Ich weiß nicht, ob ich das finde. Bitte hilf mir.«

Als Maira nicht reagiert, drückt er gegen ihre Schulter. »Dann lass mich wenigstens raus.«

Doch Maira sitzt wie festgetackert auf dem Beifahrersitz und versperrt ihm den Weg.

Jan drückt fester gegen sie.

Maira erhöht den Widerstand.

»Bitte, Maira!«

Da endlich sieht sie ihn an. »Warum sollte ich? Du sagst mir ja nicht, was hier los ist!«

Ja. Warum sollte sie? Jan hat sie in der Höhle allein gelassen, und wenn nicht bald ein Wunder geschieht, wird er demnächst auch noch eine ehemalige Mitschülerin auf dem Gewissen haben.

»Maira, es tut mir leid. Bitte können wir später darüber reden? Ich glaube, Emmy tut sich was an.«

Maira hebt den Rucksack an, zieht schrecklich langsam den Reißverschluss auf, nimmt eine kleine Flasche Wasser heraus, dreht am Verschluss, setzt die Flasche an, hält noch einmal inne und trinkt.

Jan ist kurz vorm Explodieren. Aber er darf Maira nicht drängen. Das bringt nichts.

Gerade als sie zum Aussteigen bereit scheint, donnert etwas aufs Autodach. *Bumm!* Der Wagen wackelt.

Zwei weitere Einschläge: *Bumm! Bumm!*

Maira schreit.

Jan schreit.

Ein Baum ist aufs Dach gestürzt. Oder greift ein Bär sie an?

Und wieder: *Bumm! Bumm!*

Der Wagen bebt. *Bumm!*

»Komm raus, du Feigling! Mike hat uns gesagt, was du getan hast. Wir haben unsere Handys eingeschaltet und wissen alles!«

Jan erkennt die Stimme sofort.

»Du verdammtes Schwein!« Rod schlägt ein weiteres Mal aufs Autodach, während an Mairas Seitenscheibe Jens' Gesicht auftaucht. Und kurz darauf auch Rods. Noch bevor Jan reagieren kann, haben die beiden Maira aus dem Wagen gezogen. Kurz überlegt Jan, die Tür zuzuziehen und sich im Wageninneren zu verschanzen. Aber das würde nichts helfen. Also schiebt er sich auf den Beifahrersitz und steigt mit erhobenen Händen aus. Lächerlich, aber etwas Besseres fällt ihm gerade nicht ein.

Kaum dass er draußen ist, trifft Rods Faust ihn an der Schläfe. Jans Kopf fliegt zur Seite. Die Haut platzt auf und Blut fließt an seiner Wange entlang und in sein linkes Auge, sodass er nur noch verschwommen sieht, wie Rod ein zweites Mal ausholt und … sein Arm wie durch ein Wunder abgebremst wird.

»Spinnt ihr jetzt total?«

Nie zuvor war Jan so dankbar, diese Stimme zu hören.

Aber seine Dankbarkeit währt nicht lange. Denn kaum dass Ann das letzte Wort ausgesprochen hat, spuckt sie Jan volle Kanne ins Gesicht.

Dann stürzt Jens sich auf Jan, wirft ihn zu Boden und tritt auf ihn ein. Jan schützt seinen Kopf mit den Händen. Ein Tritt trifft ihn an seiner rechten Hand. Dann zerreißt ein Schuss die Stille.

#70 EMMY

Ein Schuss! Emmy öffnet die Augen. Ein Schuss? Wie auf der Lichtung? Doch ein Traum? Auch das mit Rod? Alles nur ein Traum? Dazu passt das wattige Gefühl in ihrem Kopf. Sie träumt. Das ist die einzig logische Erklärung. Sie wird sich in den Arm zwicken und aufwachen.

Doch als Emmy ihre Hand bewegen will, spürt sie, dass ihre Finger noch immer die Plastikdose umklammern. Die Tabletten!

Sie hört ein Wimmern. Was ist das?

Das Wimmern kommt aus ihrem Mund. Und dann strömen die Bilder nur so auf sie ein. Rods Gesicht so nah. Seine Nase so nah. Sein nach Bier stinkender Atem. Sein Körper, der schwer auf ihr liegt. Wie Emmy sich wehrt. Oder denkt, dass sie das tut. Denn in Wahrheit bewegt sich nichts. Alles ist einfach nur schwer. Schwer und wund. Und ihre Augen brennen so sehr, dass Emmy sie schließen muss. Doch dann sind sie sofort wieder da, die Bilder, wie Rod auf ihr liegt und … Emmy reißt die Augen auf. Sie braucht was zu trinken. Und die Tabletten. Ihre Hand umfasst noch immer die Dose. Sie muss nur den Deckel. Den Fingernagel unter den Deckel und … Die Dose rutscht ihr aus der Hand und rollt weg. Emmy heult auf. Hält erschrocken inne. War sie das? Dieses tierische Heulen?

»Ist da ... Ist da jemand ... Rod?«

Tränen schießen Emmy in die Augen. Alles schmerzt. Etwas in ihr reißt und zerrt. Zerreißt.

Es soll einfach nur aufhören! Alles. Der Schmerz. Die Angst. Der Durst. Die Bilder. Wie Rod sich ... Und das Wissen, dass jetzt alles für immer in der Welt ist. Im Netz.

#71 JAN

Es dauert eine ganze Weile, bis Jan den Mut aufbringt, hochzublicken. Flo steht einen halben Meter entfernt. In der Hand ein Gewehr, den Lauf gen Himmel gerichtet. »Das nächste Mal schieße ich nicht in die Luft«, sagt sie. Jan kann ihr Gesicht zwar nicht sehen, aber ihre Stimme klingt seltsam ruhig. Neben ihm atmet Maira gequält ein und Jan durchfährt eine Welle der Panik. »Bist du okay?« Hektisch beginnt er, Maira abzutasten. Aus lauter Sorge um Emmy hat er Maira fast vergessen. »Hat sie dich getroffen? Hast du ... Ich meine, bist du ...«

»Hör auf«, schneidet Flos Stimme durch die Nacht. »Ich hab in die Luft geschossen.«

Jens bricht in ein helles gackerndes Gelächter aus und Jan ist so erleichtert, dass er laut seufzt und deswegen nur noch Rods letzte Worte hört: »... später noch abrechnen.«

#72 EMMY

Emmy tastet nach der Dose. Findet sie und könnte heulen vor Glück.

Wieder schiebt sie den Fingernagel unter den Deckel. Er springt ab. Landet auf der Erde. Zusammen mit den Tabletten.

Emmy krallt die Finger in den Boden und stopft sich die Pillen samt Erde in den Mund.

Dann dreht sie unter Aufbringung aller Kräfte den Kopf zum Bach und trinkt wie Molly, das Pony, das ihrer Cousine gehörte und das Emmy nur ausnahmsweise reiten durfte.

#73 JAN

Jens' irres Lachen hört so abrupt auf, wie es angefangen hat. In die Stille hinein sagt Flo: »Wir müssen Emmy suchen.« Sie hebt das Gewehr an. »Alle.«

»Und was ist mit diesem Schwein?« Rod ballt die Faust in Jans Richtung.

»Alle!«, sagt Flo. »Los!« Sie schultert das Gewehr, dreht sich um und geht. Ein wenig schwankend, wie Jan glaubt, aber was lässt sich in dieser Dunkelheit schon erkennen.

Jens läuft hinter Flo her, während Rod neben Maira und Jan stehen bleibt, als wolle er sicherstellen, dass sie auch mitkommen. Seine Fäuste sind geballt, aber auch da kann Jan sich täuschen. Er greift nach Mairas Arm, um ihr zu helfen. Aber sie schüttelt ihn ab. Also bleibt er sitzen, bis sie von allein aufgestanden ist, und steht dann ebenfalls auf.

»Wir sind noch nicht fertig«, zischt Rod. Dann schließt er sich den anderen an. Ein Trauermarsch der besonderen Art.

Jan greift nach Mairas Hand. Aber sie entzieht sie ihm und arbeitet sich in der Dunkelheit zu Flo vor.

Selbst wenn Maira ihn jetzt hassen sollte, ist Jan froh, dass sie dabei ist. Er mag sie. Mag sie wirklich.

Und allein hätten sie die Schranke nie gefunden. Ganz zu schweigen von dem Schuh, den Maira in die Luft hält, als Jan als Letzter an der Schranke ankommt.

Maira strahlt den Schuh mit einer winzigen, aber sehr hellen Taschenlampe an, die sie in ihrem Rucksack gehabt haben muss. Da der Schuh nicht nur kanariengelb ist, sondern auch noch reflektierende Streifen hat, finden sie den zweiten ganz schnell.

»Die hatte Emmy an, als sie weggerannt ist«, sagt Jan, ohne nachzudenken, mit einem gewissen Triumph in der Stimme.

»Wegen dir!«, zischt Rod. »Emmy ist wegen dir abgehauen und wegen dir will sie sich was antun!«

»Ich war es nicht, der Emmy ...«

»Halts Maul!« Rod baut sich vor Jan auf.

Jens zieht ihn zur Seite. »Lass gut sein, Bro. Lass uns lieber Emmy ...«

Rod wirbelt zu Jens herum. »Und du hältst gefälligst auch die Fresse! Du landest ja nicht im Knast! Dein Vater hat genug Kohle, um ...«

»Hört auf.« Flo hebt das Gewehr an.

Jan würde es ihr am liebsten abnehmen, immerhin gehört es seinem Onkel. Aber er hat Angst. Vor Flo, dem Gewehr und dass die Lage dann erst recht eskaliert. Woher weiß Flo überhaupt, wie man ein Gewehr bedient?

Während sie noch damit herumfuchtelt, leuchtet Maira auf den Boden und inspiziert die Erde. Wo sie Emmys Schuhe gefunden haben, ist das Laub platt gedrückt und eine Spur führt die Böschung hinab.

»Da lang.« Maira zeigt in die Richtung, aus der ein leises Plätschern zu hören ist.

»Wer bist du eigentlich, dass du uns rumkommandierst? Steckst du da mit drin?«, fragt Jens, der nach Rods Attacke kurzzeitig in sich zusammengesackt war, jetzt aber wieder Fahrt aufnimmt.

Maira leuchtet ihm direkt in die Augen. »Und du? Wer bischt du?«

Jens blinzelt erschrocken und schirmt die Augen mit der Hand ab.

»Ich dachte, hier gehts um das Mädschi. Die Emmy. Die ist doch eure Freundin, oder?« Maira klingt so feindselig, dass Jens sich duckt und nur noch ein verschrecktes Nicken zustande bringt.

»Worauf wartet ihr dann noch?«, fragt Maira.

Doch als Jan sich neben sie stellt, stößt sie ihn weg. So, dass alle es sehen. Was jetzt? Hasst sie ihn? Oder hasst sie ihn nicht? Warum hilft sie ihnen? Weil Emmy das Mädchen von dem Blog ist, den ihre deutsche Freundin liebt? Weil Flo ein Gewehr hat? Oder weil sie Jan vielleicht doch ein wenig mag?

Jan wartet, bis alle losgelaufen sind, und heftet sich dann an ihre Fersen.

Halb laufen, halb rutschen sie den Abhang runter, während der Strahl von Mairas Taschenlampe auf und ab hüpft.

#74 EMMY

Ein auf und ab hüpfendes Licht in der Dunkelheit. Emmy kneift die Augen zusammen. Eindeutig. Sie will die Augen mit der Hand abschirmen, aber ihre Hand gehorcht ihr nicht. Sie will den Kopf heben. Doch der ist zu schwer. Also lässt sie ihn wieder sinken und schließt die Augen.

Jemand rüttelt an ihrer Schulter.

»Wo? Was?« Emmy will sich aufrichten. Doch eine Hand drückt sie auf den Boden.

»Bleib erst mal liegen«, sagt eine Frau mit Schweizer Akzent.

Emmy fühlt sich benommen. Ihr Mund ist trocken und sie erinnert sich, auf der Suche nach Wasser gewesen zu sein. Neben ihr rauscht der Bach. Sie blinzelt. Schaut sich um. Die Taschenlampe wirft Schatten. Ist das Flo? Nein. Da kniet ein Mann neben der Frau mit dem Akzent. Jan? Kann das sein? Emmy blinzelt wieder. Noch immer sieht sie Jan neben dieser Frau, die etwas in den Lichtstrahl einer Taschenlampe hält und fragt: »Wie viele?«

Emmy ignoriert die Pillendose und schaut an der Frau vorbei auf den knienden Mann. »Jan?«

»Es tut mir leid«, sagt der Typ, dessen Stimme wirklich nach Jans klingt. Er fasst nach ihrer Hand und drückt sie. Streicht ihr über den Handrücken. Ist der verrückt? Der kann doch nicht einfach … Aber Emmys Kraft reicht nicht, um ihm ihre Hand zu entziehen. Sie reicht ja nicht einmal, um die Augen offen zu halten. Emmys Lider klappen einfach wieder zu. Schlafen. Emmy will nichts als schlafen.

Doch jemand schlägt ihr auf die Wange.

Sie will sich wehren. Wieder reicht ihre Kraft nicht. Alles, was Emmy schafft, ist ein: »Nicht.«

»Du musst wach bleiben«, sagt die Frauenstimme. Und wenig später: »Hilf mir, sie aufzurichten. Wir müssen ihren Kreislauf in Schwung bringen.«

Was wollen die von ihr? Wer ist diese Frau? Und ist der Typ wirklich Jan? Was macht der …?

Jemand packt Emmy und zieht sie in eine aufrechte Position. Obwohl sie doch nur liegen will.

Jemand schiebt sich in ihren Rücken und stützt sie. Wer ist das? Emmy versucht, den Kopf zu drehen, aber es gelingt ihr nicht. Eine Hand fasst nach ihrem Kiefer und presst etwas gegen ihre Lippen. So fest, dass Emmy den Mund öffnet.

Nass. Wasser. Gut. Emmy schluckt. Verschluckt sich. Hustet. Röchelt. Hört plötzlich ganz viele Stimmen und sackt wieder in die erlösende Dunkelheit.

#75 JAN

Rod stürzt sich auf Emmy und schüttelt sie wie eine Puppe. »Nicht einschlafen.« Er schlägt ihr auf die Wange. »Los, mach die Augen auf.«

Ann versucht, ihn zurückzuziehen. »Idiot«, sagt sie. »So doch nicht.«

Doch Rod schüttelt Emmy immer weiter. »Wie viele Pillen hast du geschluckt?« Wieder und wieder schlägt er ihr auf die Wangen.

»Es reicht!« Ann hämmert mit den Fäusten auf Rods Rücken.

Flo versucht, Ann wegzuziehen, und Jan fragt sich, wo das Gewehr ist.

Jens nimmt Maira das Döschen ab und schüttelt es. »Leer«, sagt er. »Meint ihr wirklich, sie hat die alle genommen?«

»Wer sonst?«, faucht Rod.

Doch da entdeckt Jens den Rest der Tabletten auf dem Boden und zeigt gackernd darauf.

Rod lässt von Emmy ab und greift nach den Pillen, wobei er zusätzlich eine Ladung Erde in der Hand hält. Er springt auf, nimmt Jan in den Schwitzkasten und stopft ihm die Tabletten samt Erde in den Mund. »Friss, du Schwein! Und während du verreckst, filmen wir dich. Damit du weißt, wie das ist!«

Jan spuckt und prustet. Nur keine von den Tabletten schlucken! Er hustet und würgt, als der nächste Schuss fällt.

Auch wenn er nicht mehr dieselbe Wirkung hat wie der erste, reicht sein Effekt, um Rod zu stoppen. Alle blicken zu Flo. Aber die hat gar nicht geschossen, sondern Maira. »Wir müssen den

Notarzt rufen«, sagt sie und hält ihr Handy in die Höhe. »Ich habe aber keinen Empfang. Ihr?«

»Ich«, sagt Rod. »Ich.« Eifrig wedelt er mit seinem Handy in der Luft herum.

Nach einem Blick aufs Display und einem »Scheiße!« stürmt er den Hang hinauf, den sie gerade erst nach unten gerutscht sind. Wild fuchtelt er mit dem Handy herum und hält sich das leuchtende Display vors Gesicht. »Scheiße!«, brüllt er und Emmy öffnet die Augen.

#76 EMMY

Emmy lächelt, als sie Ann erblickt. »Ich wollte nicht ... Du weißt schon ...« Sie lächelt und lächelt und kann gar nicht mehr aufhören. Als würden ihre Mundwinkel von unsichtbaren Gummibändern nach oben gezogen. Sie kennt das. Das kommt von den Tabletten. Das ist ihr schon mal passiert. Als sie vier Tabletten statt einer genommen hat. Da hatte sie auch dieses zwanghafte Lächeln, den trockenen Mund und die pelzige Zunge.

»Wir müssen einen Arzt holen oder Emmy ins Krankenhaus bringen«, sagt Flo, deren Gesicht geisterhaft hinter Anns auftaucht.

»Ich trag sie!« Rod drängt sich neben Flo und Ann.

Da endlich kann Emmy ihre Lippen bewegen, auch wenn es nur für ein lang gezogenes »Neeeeiiinn!« reicht.

»Schon gut.« Ann streicht ihr die nassen Haare aus der Stirn und küsst sie vor aller Augen auf den Mund.

Obwohl Emmys Lippen noch ein wenig taub sind, fühlt es sich gut an. Jedenfalls so lange, bis sie sieht, dass Rod die Fäuste ballt.

Doch statt seine Wut an ihr oder Ann auszulassen, stürzt Rod sich auf Jan. »Alles wegen dir!« Er schlägt Jan auf die Nase, die sofort zu bluten anfängt. »Wie kannst du es wagen, Scheißkameras in der Hütte einzubauen? Du Wichser!« Rod schlägt erneut zu.

»Ihr Arschlöcher habt mich gemobbt und bloßgestellt. Drei Jahre lang!«, schreit Jan. »Immer wieder. Tag für Tag!« Das Blut strömt ihm nur so aus der Nase. Er wischt es mit dem Handrücken weg. »Was ich getan habe, war absolut fair und gerecht!«

»Fair und gerecht? Ich mach dich fertig!« Rod legt den Arm so eng um Jans Hals, dass der röchelt.

Das Schweizer Mädchen eilt Jan zu Hilfe. Obwohl sie Rod gerade mal bis zur Brust reicht, versucht sie, dessen Arm zu lockern, damit Jan Luft bekommt. Ihre Hände zittern, aber ihre Stimme ist fest, als sie sagt: »Ich weiß, wie so was läuft. Mit mir haben sie das in der Schule auch gemacht.«

»Du weißt, wie so was läuft?« Jens lacht höhnisch. »Du hast aber schon gehört, was Rod gesagt hat? Dein sauberer Freund hat uns überwacht. Kameras installiert, uns gefilmt und die Videos ins Netz gestellt.«

»Selbst schuld!«, schreit Jan, kaum dass sich Rods Griff etwas gelockert hat. »Ihr habt Fotos von mir in eurer Scheiß-WhatsApp-Gruppe geteilt. Habt euch lustig gemacht. Drei Jahre lang! Ihr Schweine!« Halb schreit Jan, halb heult er. Blut und Rotz vermischen sich. Immer wieder fährt er mit dem Arm über Nase und Mund.

»Wir rufen die Polizei, dann wanderst du in den Knast«, sagt Jens selbstgefällig.

»Das lässt du schön bleiben!«, schreit Rod. »Wenn du die Bullen rufst, sind wir alle dran.«

»Wegen dem bisschen Koks?«, fragt Jens.

»Vergewaltigung wird bei uns mit …«, sagt Ann.

»Dämliche Kuh!«, brüllt Rod. »Du bist doch überhaupt an allem schuld! Nur wegen dir hat Emmy das gemacht! Die ganze Zeit schon willst du dich zwischen uns drängen, Schlampe!«

»Arschloch«, brüllt Ann. »Du hast nie Rücksicht auf Emmys Gefühle genommen. Nur weil du sie vergewaltigt hast, sind die Videos durch die Decke gegangen! Wegen dir liegt Emmy hier!«

Emmy hat Mühe, der Unterhaltung zu folgen. Sie wirft Ann einen Blick zu. Die streicht ihr über den Kopf. »Mike hat erzählt, dass das, was dieser Scheißkerl …« Sie spuckt Rod vor die Füße. »Dass das, was der mit dir gemacht hat, live gegangen ist. Und du deswegen …«

Emmy erinnert sich vage daran, dass Mike ihr Nachrichten geschickt hat. Warum hat sie überhaupt aufs Handy geschaut? Und was hat er noch mal geschrieben? Das mit dem Video und dem Übergriff und dass jetzt alles online ist? Oder schon wieder offline? Dass alles Jans Schuld ist. Oder Rods?

Ann beugt sich zu Emmy und sagt: »Jetzt zeigt Rod sein wahres Gesicht. Reicht das? Ist jetzt Schluss?«

Emmy nickt, auch wenn ihr Hirn viel zu benebelt ist, um zu verstehen, was los ist.

»Wir zwei gehen nach Amerika«, sagt Ann und Emmy nickt noch einmal, auch wenn sie nicht weiß, was Ann und sie in Amerika sollen.

»Okay«, sagt das Mädchen mit dem Schweizer Akzent. »Sie sollte jetzt wirklich ins Krankenhaus. Nicht dass am Ende ihre Nieren versagen oder sie einen Herzstillstand bekommt.«

Emmy hat das ungute Gefühl, dass von ihr die Rede ist. Aber das Mädchen kennt sie doch gar nicht. Und was redet sie da von einem Herzstillstand? Emmy ist bei bester Gesundheit. Bis auf die Angststörung natürlich, aber ... Bevor Emmy den Gedanken zu Ende denken kann, wird sie in die Höhe gezogen. Ann und Flo halten sie in ihrer Mitte. Emmy sieht, dass ihre Füße den Boden berühren, aber sie spürt sie nicht. Dann wird ihr schwindelig. Sie kämpft dagegen an, aber der Schwindel ist so übermächtig, dass sie sich ihm schließlich ergibt und fällt und fällt und ...

#77 JAN

Emmy hängt wie ein Sack zwischen Ann und Flo. Der Kopf ist ihr auf die Brust gefallen und die beiden haben Mühe, sie aufrecht zu halten. Als Jan helfen will, schieben sie ihn jedoch zur Seite.

»Los«, treibt Maira sie an. »Wir müssen in die Klinik.« Sie zeigt auf Rod. »Du nimmst Emmy huckepack.«

Rod scheint ebenso verwundert wie Jan, dass Maira ihm Befehle erteilt, sodass es einen Moment dauert, bis er begreift, was er tun soll.

Dann geht alles so schnell, dass Jan erst merkt, dass er mal wieder der Außenseiter ist, als der kleine Trupp sich schon in Bewegung gesetzt hat. Während sich Rod mit Emmy auf dem

Rücken die Böschung nach oben kämpft, Flo und Ann darauf achten, dass Emmys Arme nirgends hängen bleiben, und Maira der bewusstlosen Emmy immer wieder auf die Wangen klopft, hat Jan nichts zu tun. Deswegen bietet er an, zur Hütte zu gehen. Aber Maira beachtet ihn gar nicht, sondern erklärt Jens: »Du rennst zur Hütte und rufst den Notarzt. Die sollen zur Schranke oberhalb Schattenhalb und unterhalb der Hütte vom Meirer kommen. Dort bringen wir Emmy hin.«

»Zur Schranke oberhalb Schattenhalb, unterhalb Hütte«, sagt Jens und setzt sich in Bewegung.

Ob Jan ihm folgen soll? Maira behandelt ihn ohnehin wie Luft, und die bewusstlose Emmy die ganze Zeit vor Augen zu haben, ist auch nicht viel besser.

Aber da hat die Dunkelheit Jens und sein Gemurmel »Schranke Schattenhalb Hütte Schattenhalb Schranke« längst verschluckt.

Jan stolpert hinter den anderen durch die Dunkelheit. Die Zweige schlagen ihm ins Gesicht. Einer trifft ihn an der Schläfe. Die Wunde platzt wieder auf. Er ist schuld. Wenn Emmy stirbt, ist er ... Er knickt um. Ein stechender Schmerz schießt durch seinen Knöchel. Verdammte Scheiße! Er hat das gemacht, um sich zu rächen. Er dachte, er würde sich besser fühlen, aber ... wenn Emmy stirbt ... Alles ist so real. Keine Fantasiewut, keine Fantasierache, sondern ... Jan stolpert, strauchelt und kann sich gerade noch abfangen, als er die blauen Lichter des Notarztwagens durch die Zweige und Blätter leuchten sieht.

#78 EMMY

Das sanfte Schaukeln ist angenehm. Emmy fühlt sie wie auf dem Boot mit Ann. Wie hieß der See noch?

Egal. Emmy will nur schlafen. Schaukeln und schlafen.

Aber da schlägt ihr jemand auf die Wange. »Aufwachen.«

Emmy will den Kopf wegdrehen.

Da erfolgt der nächste Schlag auf die andere Wange: »Bei uns bleiben.«

Emmy dreht den Kopf wieder in die andere Richtung.

»Komm, Mädchen.« Der nächste Schlag.

Jemand ruft ihren Namen: »Emmy! Komm schon. Bitte.«

Ann. Das muss Ann sein. Ihre Ann.

Doch dann schaukelt es so heftig, dass Emmy übel wird und sie würgen muss.

»Gut so«, sagt jemand. »Raus damit.«

»Doch nicht hier«, sagt eine andere Stimme.

Und dann ist da wieder Ann: »Wird sie es schaffen?«

#79 JAN

Die Warterei und die Ungewissheit sind das Schlimmste. Hinzu kommen die feindseligen Blicke der anderen und dass Maira Jan noch immer ignoriert. Und das, nachdem er erkannt hat, dass Maira ihm viel wichtiger ist, als Emmy es jemals war.

Maira saugt an einer Cola, die sie aus dem Automaten im Wartezimmer gezogen hat, und starrt aus dem Fenster, auch wenn dort nichts zu sehen ist. Oder alles. Denn die dunkle Scheibe wirft ihre verzerrten Spiegelbilder zurück. Während Ann in dem riesigen Wartezimmer auf und ab tigert und im Fenster die Spiegelbilder der anderen immer wieder kreuzt, ohne sie im realen Raum zu berühren, hockt Rod auf einem der Plastikstühle, den Oberkörper nach vorne gebeugt, die Arme auf die Beine gestützt, den Kopf in den Händen. Flo hat sich in Jens' Arme gekuschelt. Und Jan sitzt mittendrin. Als sei er nie der Außenseiter gewesen. Jetzt gehört er dazu. Ist Teil der Clique. Allerdings auf eine Art und Weise, die er sich in seinen kühnsten Träumen nicht hätte vorstellen können.

Sein Handy vibriert. Seit sie wieder Empfang haben, sind zahlreiche Anrufe und Nachrichten seiner Mutter eingegangen. Sie war beim Abschlusskonzert in Ungarn. Er nicht.

Jan hat ihr zwar bereits eine Nachricht gesendet, dass alles in Ordnung ist, damit sie nicht die Polizei ruft, aber sie gibt keine Ruhe. Wahrscheinlich haben die Ärzte in der Klinik ohnehin längst die Polizei verständigt. Man sagt ihnen ja nichts, lässt sie einfach immer weiter warten.

Nachdem das Vibrieren aufgehört hat, schreibt Jan seiner Mutter eine Nachricht: *Bin bei einer Freundin in der Klinik. Melde mich, sobald sie über den Berg ist.*

Er zögert, dann tippt er: *Wir müssen reden. Hab Scheiße gebaut.*

Er liest die Nachricht und löscht das mit der Scheiße.

Er liest die Nachricht ein weiteres Mal und löscht auch das mit dem Reden.

Schließlich löscht er die komplette Nachricht, schreibt stattdessen: *Hab dich lieb. Melde mich.*

Kaum dass er auf Senden gedrückt hat, kommt die Ärztin. »Eure Freundin ist über den Berg.« Sie blickt ernst, fast strafend in die Runde. Dann seufzt sie, dreht sich um und geht. Die Erleichterung über diese Nachricht scheint die Wut der anderen auf Jan erst einmal in den Hintergrund zu rücken. Doch er weiß, dass da noch etwas auf ihn zukommen wird. Und er wird seine Fehler ausbaden.

In der dunklen Scheibe sieht Jan, wie Maira aufsteht und auf ihn zukommt. Er hält ganz still, als wäre Maira ein scheues Reh, das er mit der kleinsten Bewegung vertreiben könnte.

Als die beiden Gestalten im Fenster aufeinandertreffen, spürt Jan Mairas Hand auf seinem Arm. »Grad noch mal gut gegangen«, sagt sie.

Als Jan entgegnen will, dass er nicht allein schuld ist, fügt sie hinzu: »Das heißt aber nicht, dass sonst auch alles wieder gut ist. Dafür braucht es wohl noch eine Menge Zeit.«

Wieder will Jan etwas sagen, aber Maira legt ihm den Finger auf den Mund. Jans Lippen kribbeln. Ihm wird heiß. Er würde so gerne wenigstens ihren Namen sagen, sich vielleicht sogar entschuldigen, wenigstens bei ihr, doch da sagt sie: »Rache bringt einem keine Genugtuung, sondern stellt einen bloß auf dieselbe Stufe wie die Arschlöcher. Das habe ich selbst schmerzhaft gelernt.« Flüchtig fährt ihr Finger noch einmal über Jans Lippen. Ja, er mag Maira wirklich.

Dann sieht er in der Scheibe, wie ihr Spiegelbild sich von ihm entfernt.

TRIGGERWARNUNG

Dieses Buch enthält Inhalte, die triggern könnten, sowohl was Ängste, Selbstverletzungen und Selbstmordfantasien als auch Übergriffe angeht. Wer mit diesen Themen Schwierigkeiten hat, sollte beim Lesen vorsichtig sein und sich Hilfe holen, wenn es ihm oder ihr nicht gut geht.

NACHBEMERKUNG

Dieses Buch handelt in erster Linie davon, dass wir alle in Schwierigkeiten kommen können und wir alle zugleich schräg und wundervoll sind und unsere Eigenheiten haben und es vor allem darum geht, diese zu verstehen und zu akzeptieren. Wir alle kennen Augenblicke oder auch mal längere Zeiten, in denen uns alles zu viel wird und wir kein Licht mehr am Horizont sehen. In solchen Momenten ist es wichtig, sich Hilfe zuzugestehen und zu holen. Solltet ihr euch in einer solchen Lage befinden, redet mit Menschen, die ihr liebt und holt euch Hilfe durch Profis, geht zum Arzt oder zur Ärztin eures Vertrauens und erzählt ihm oder ihr, was euch belastet. Zugleich denkt immer daran, auch für andere da zu sein und ihnen Unterstützung anzubieten, wenn ihr das Gefühl habt, dass dies nötig ist. Bei der Suche nach Informationen und Hilfe im Netz versichert euch, dass die Angebote seriös sind.

AUSGEZEICHNETE SEITEN, UM HILFE ZU FINDEN SIND:

- www.dgkjp.de
  Bei der Deutschen Gesellschaft für Kinder- und Jugendpsychiatrie, Psychosomatik und Psychotherapie e. V. (DGKJP) finden sich Ansprechpartner für Betroffene.
- www.vakjp.de
  Die Vereinigung Analytischer Kinder- und Jugendlichenpsychotherapeuten liefert Adressen von psychoanalytischen Kinder- und Jugendtherapeuten in eurer Nähe.

- www.dgpt.de
  Die Deutsche Gesellschaft für Psychoanalyse, Psychotherapie, Psychosomatik und Tiefenpsychologie e. V. (DGPT) stellt Adressen tiefenpsychologisch ausgerichteter Psychotherapeuten zur Verfügung.
- www.dgps.de
  Die Deutsche Gesellschaft für e. V. ist eine Vereinigung von Psychologinnen und Psychologen.
- www.deutsche-depressionshilfe.de
  Die Stiftung Deutsche Depressionshilfe arbeitet daran, die Versorgung von depressiv Erkrankten zu verbessern.

NOTFALLNUMMERN FÜR SOFORTHILFE:

- www.telefonseelsorge.de
  Die Telefonseelsorge ist rund um die Uhr erreichbar. Sie berät anonym und kostenfrei unter den Nummern 0800 1110 111 und 0800 1110 222 sowie per E-Mail und Chat.
- www.nummergegenkummer.de
  Unter dieser Adresse findet man das Kinder- und Jugendtelefon für Probleme und Krisen. Es ist unter der bundesweiten Nummer 116 111 erreichbar. Dort gibt es auch ein Elterntelefon: 08 001 110 550.
- www.krisenchat.de
  Hier stehen Menschen mit einer Ausbildung in Psychologie und Sozialpädagogik im Chat zur Verfügung.
- www.116117.de
  Auch bei psychischen Schwierigkeiten und Krisen könnt ihr

euch jederzeit an den ärztlichen Bereitschaftsdienst mit der Nummer 116 117 wenden.

Passt gut auf euch und eure Mitmenschen auf und lasst uns füreinander da sein.

DANKSAGUNG

Mein herzlichster Dank gilt meinen Autorinnenfreundinnen Katja Keweritsch und Nina Fuhrmann, ohne die das Buch in dieser Form nicht existieren würde. Tausend Dank für mehrfaches Lesen und superhilfreiches Feedback! Dank auch an meine Literaturagentin Paula Peretti, die von Anfang an an das Buch geglaubt hat, ebenso an Cassandra Müller vom Ueberreuter Verlag, die schon nach den Probeseiten geschrieben hat, dass sie den Text spannend findet und mehr lesen will und mich dann so unfassbar klug, einfühlsam und wertschätzend durch das Lektorat begleitet hat. Vielen Dank auch an meine liebste Schweizer Freundin Ingrid Peter für die Übersetzung von Mairas Text ins Schwyzerdütsch und Frau Schnörzinger für meine Schreibheimat in den Bergen! Dank an Susanne Geminn dafür, dass sie in mein Leben getreten ist, und an Sven Biela, Renate Menning, Ina Tillmann, Dirk Mentzer, Suza Erlauer, Christine Leutkart, Elke Bludau, Klaus Bachhuber und Steffi Eckert für ihre Freundschaft und Unterstützung sowie an Gert Jakoby und Peter Ahlers fürs Abheben und Fliegen. Und zuletzt ein riesiges Dankeschön an die beiden liebsten Menschen in meinem Leben: Thorsten und Lennart Heimes. Ihr seid sowohl fantastisch als auch zauberhaft. Schön, dass es euch gibt.

Silke Heimes studierte Medizin und Germanistik in Deutschland und Brasilien. Bevor sie eine Professur für Journalismus antrat, hat sie lange als Ärztin in Psychiatrien in Deutschland und der Schweiz gearbeitet. Sie lebt in Darmstadt sowie am Meer und in den Bergen, wo sie Romane und Sachbücher schreibt. »The truth behind your lies – #nofilter« ist ihr Jugendbuchdebüt.